THE TRUE PRINCIPLES OF ALL THINGS.

# Magos

## Histórias de feiticeiros e mestres do oculto

Organizado por

Ana Lúcia Merege

1ª edição

Editora Draco

São Paulo
2017

*Publisher:* Erick Santos Cardoso
*Produção editorial:* Janaina Chervezan
*Organização:* Ana Lúcia Merege
*Revisão:* Ana Lúcia Merege
*Capa e arte:* Ericksama

Dados Internacionais de Catalogação na Publicação (CIP)
Ana Lúcia Merege 4667/CRB7

Merege, Ana Lúcia (organizadora)
Magos: Histórias de feiticeiros e mestres do oculto / organizado por Ana Lúcia Merege. – São Paulo: Draco, 2017

Vários Autores
ISBN 978-85-8243-230-3

1. Contos brasileiros I. Título II. Cardoso, Erick

CDD-869.93

Índices para catálogo sistemático:
1. Contos : Literatura brasileira 869.93

1ª edição, 2017

*Editora Draco*
R. César Beccaria, 27 – casa 1
Jd. da Glória – São Paulo – SP
CEP 01547-060
editoradraco@gmail.com
www.editoradraco.com
www.facebook.com/editoradraco
Twitter e Instagram: @editoradraco

# Mestras e mestres do oculto

A FIGURA DO mago sempre esteve presente em nosso imaginário. Desde as primeiras civilizações existiu quem buscasse interpretar os sinais da natureza, explicá-los para o grupo e manipulá-los a seu favor por meio de sonhos, desenhos, canções e histórias. Eram os anciãos da tribo, xamãs e feiticeiros que, em algumas sociedades, acabaram por assumir a tarefa de mediar o delicado relacionamento entre homens e deuses. Isso se deu em civilizações tão antigas quanto as do Egito e da Babilônia, em que os sacerdotes detinham grande poder e praticavam artes mágicas, tais como a divinação e a alquimia.

A literatura proveniente da Antiguidade nos legou magos famosos, como Circe, que transformava homens em animais na *Odisseia* atribuída a Homero, e Medeia, citada no mito de Jasão e dos Argonautas. Mais tarde, a Magia surgiu como tema central em *O Asno de Ouro,* do romano Lúcio Apuleio (séc. II de nossa era), o qual, em outra ocasião, fora acusado de praticar feitiçaria para conquistar sua esposa. Os textos clássicos também se referiam a espíritos da natureza ligados aos elementos, um ponto em comum com as crenças de povos mais setentrionais, especialmente dos celtas, entre os quais havia druidas e bardos que praticavam a Magia natural. Uma terceira tradição, a do Oriente, ainda se somaria às provenientes do mundo clássico e dos povos célticos e nórdicos para resultar na cultura medieval do Ocidente, já contemplada pela Editora Draco na coletânea *Medieval* (2016), na qual o fantástico e o sobrenatural estavam presentes no imaginário e no cotidiano popular.

Sagas, lais, canções de gesta e romances de cavalaria estão repletos de menções à Magia. Não se pode, contudo, deixar de mencionar a figura de Merlin, nome latinizado de Myrddin, um bardo proveniente das lendas galesas e tornado personagem literário por Geoffrey de Monmouth, autor da obra considerada o "divisor de águas" na literatura arturiana, a *História dos Reis da Britânia* (ca. 1138). Profeta, conselheiro, às vezes manipulador, Merlin se manteve como figura central nas histórias de Artur e seus cavaleiros – também revisitadas em nossa coletânea *Excalibur* (2013) –, e acabou por se tornar uma espécie de arquétipo do mago idoso e sábio, frequentemente com um lado brincalhão, que orienta seus aprendizes ou companheiros mais jovens. Há ecos de Merlin no Gandalf de *O Hobbit* e *O Senhor dos Anéis*, no Ogion de *O Feiticeiro de Terramar*, no Dumbledore da série *Harry Potter*, entre centenas de exemplos nas obras contemporâneas de Literatura Fantástica.

Isso, porém, não significa que todos os magos da Literatura sejam como Merlin. Tal como a Magia, que se manifesta de muitas formas e é praticada com diferentes intenções, existem magos sábios e tolos, benevolentes e cruéis; existem mestres experientes e aprendizes desastrados; existem xamãs, cabalistas, alquimistas, magos tradicionais, magos urbanos. E sobre todos eles têm sido escritas histórias fantásticas.

A exemplo de coletâneas como o primeiro volume da série *Isaac Asimov's Magical Worlds of Fantasy* – publicado no Brasil em 1990 com o título *Magos* e trazendo contos de autores consagrados, como Robert E. Howard, Larry Niven e Ursula le Guin – e os dois volumes organizados por Peter Haining, *A Caverna dos Magos* (2003) e *O Círculo dos Magos* (2007), o livro que você tem em mãos reúne doze contos em que magos são os protagonistas. A abordagem dada à Magia varia de acordo com o cenário, a vertente fantástica e, é claro, o estilo de cada autor. Alguns situaram suas histórias no Brasil, o atual ou o do futuro; outros, em universos de criação própria; dois buscaram inspiração no passado e em lendas antigas. É o caso de Eduardo Kasse, conhecido por sua série de fantasia medieval *Tempos de Sangue*, que revisita aquela era fantástica para narrar, no conto *Aço Sagrado*, a história de um jovem letrado em posse de uma espada mítica. Por sua vez, Liège Báccaro Toledo, em *Kyrie Eleison*, transporta o leitor até a Irlanda medieval, onde, entre os ecos da magia céltica, um jovem monge deve fazer uma escolha perturbadora.

Seguir o próprio caminho e aceitar uma herança que pode ser

bênção ou maldição é também o dilema da personagem de Melissa de Sá em *De Carona*, conto de fantasia urbana passado no Brasil. O Rio de Janeiro é o cenário do agridoce *E Então Eu Não Estava Mais Lá*, de Cirilo Lemos, em que um jovem entra em contato com seus sonhos e pesadelos após um misterioso encontro em uma exposição. E o bairro carioca de Copacabana é o local onde um investigador psíquico procura pistas de um crime em *Crônicas de Libertà : Fogo de Artifício*, de Eric Novello.

Ainda numa vertente urbana, porém com um toque de distopia, Karen Alvares conta em *Coração de Ouro* a história perturbadora de uma menina com poderes mágicos em Brax, país situado num futuro talvez não muito distante. Marcelo Augusto Galvão promove uma virada radical trazendo feiticeiros nativos e caçadores de recompensa em *Era uma Vez No Oeste Bizarro*. Já Simone Saueressig, em *O Jogo dos Gêmeos*, compõe com mestria uma trama intrincada e delicada em que uma menina é levada para o universo de seu *game* favorito.

E, por falar em universos fantásticos, eles não poderiam faltar nesta coletânea. O de Charles William Kruger, mostrado no conto *O Último Desejo*, está à beira de um colapso, e a presença de um ser misterioso pode representar ruína ou salvação. Erick Santos Cardoso conta sobre as dúvidas e o desejo de redenção de um mago em uma aventura repleta de ação e reviravoltas, intitulada *Um Mar de Fogo*. Vivianne Fair narra com bom humor as idas e vindas de uma elfa aceita como aprendiz por um feiticeiro bonachão no conto *A Elfa Maga*. Por fim, em *De Poder e de Sombras*, Ana Lúcia Merege retorna ao universo da série *O Castelo das Águias* para contar sobre um ritual feito por estudantes de artes ocultas à revelia de seus mestres.

Magos sempre foram grandes contadores de histórias, e há quem diga que as palavras, escritas ou narradas, contêm a mais poderosa Magia. Assim, desejo que este livro lhe proporcione muitas horas de encantamento.

Boa leitura!

*Ana Lúcia Merege*
*Niterói, inverno de 2017*

*Waiting for the winter sun and the cold light of day*
*The misty ghost of childhood fears*
*The pressure is building, and I can't stay away*
Bruce Dickinson

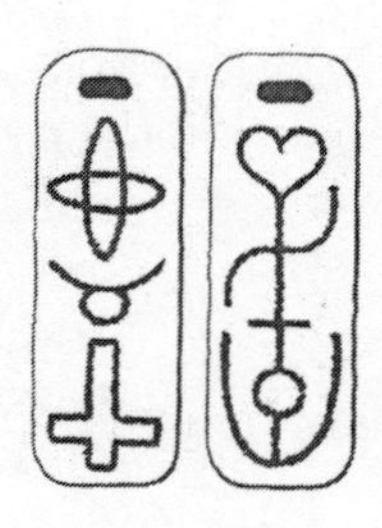

Eu estava de joelhos. À minha frente, apenas a imensidão de um mar bravio, o vento forte instigando as ondas a morrer nas rochas, em jorros altos e brancos. Havia sangue seco em minhas mãos, havia feridas profundas na minha alma e, à frente dos olhos, apenas o medo e a dor de todos aqueles que eu matei.

Alguns mereceram e, por esses, não tenho quaisquer arrependimentos. Outros pereceram apenas por estar no caminho da lâmina da espada, que já fora brandida por heróis e, agora, pesava na minha mão.

Todos sofreram enquanto eu triunfava numa orgia deturpada, ignorando súplicas e choros sinceros.

Primeiro agi por vingança.

Depois foi o rancor que envolveu o meu espírito e a minha mente.

Então a cobiça e a loucura advinda do poder me dominaram.

Mas, mesmo nos momentos mais insanos, em que eu decidia pela vida e pela morte por simples capricho, eu sabia da minha ruína. Sabia que eu já estava condenado ao inferno ou qualquer outro lugar que o valha.

Meu destino era sucumbir.

Afinal, um homem nunca suportará o poder de um Deus.

Eu não tinha qualquer costume de pegar em armas, exceto num pequeno arco de caça e em facas para estripar carcaças. De todas as batalhas que aconteceram ao meu redor, fui apenas um observador. Ainda na minha infância, fui acometido por uma doença que enchia meus pulmões de fleuma e me impedia de respirar direito.

– Ele é um bosta, isso sim – zombou o mais gorducho, munido com um garfo que usava para revolver o feno.

– Volte para o colo da mamãe, covarde – o magricela, que portava uma funda, imitou uma galinha.

Eu permaneci, choroso, ofegante, humilhado.

Ambos foram enterrados após a peleja.

Vivia apático, cansado e desacreditado pelos anciãos. Cada dia em que eu despertava era como uma vitória, apesar dela vir cheia de dores e sofrimento sufocante. Meus primos apostavam que eu morreria antes do primeiro fio de barba nascer no meu queixo. Meus irmãos mais velhos escarneciam de mim. As minhas irmãs se condoíam.

Eu não servia para a lida no campo. Não servia para a guerra. Eu era um imprestável: ainda mais por ser o mais novo de oito filhos vivos – sem contar os vários que morreram antes de vingar. Assim, meu pai não hesitou em me entregar aos cuidados da Igreja, onde aprendi a rezar, ler, escrever, comer pouco e apanhar em silêncio.

O mofo e o pó dos livros só pioravam a minha situação, mas, como podia trabalhar sentado, tornei-me um eficiente copista. E me destaquei, pois tinha caligrafia impecável e agilidade sem precedentes. Pilhas de livros e pergaminhos pouco ficavam sobre a minha mesa.

E o que mais causava admiração em todos: eu conseguia escrever bem com ambas as mãos e, por várias vezes, fazia duas cópias ao mesmo tempo. Meus superiores sempre bradavam que eu era um abençoado, meus pares tinham inveja.

Com o tempo, a rotina me envolveu, assim como as histórias que eu lia sobre heróis, santos, demônios ou mesmo estranhos imortais bebedores de sangue. Passava dias e mais dias sem sentir o ar fresco vindo do mar e o aroma gostoso do bosque de pinheiros. A biblioteca se tornou meu lar e, de certa forma, o meu refúgio, onde eu não era incomodado e não incomodava ninguém – exceto quando tinha acessos de tosse ou era sufocado pelo ar que teimava em não entrar nos pulmões.

Nunca fui de imaginar o meu futuro, mas, nas poucas vezes em que fiz isso, vi-me branquelo, corcunda e com a barba amarelada a se sujar na tinta, de tão comprida. Talvez minhas vistas já estivessem fracas para esse trabalho. Talvez eu morresse antes, num acesso de falta de ar definitivo.

Mas eu era tão hábil em acertar o meu destino quanto em correr duzentos passos sem ofegar.

– Irmão Ulick! – Seoirse, um jovem carpinteiro que trabalhava na pequena fazenda do meu pai, apareceu suado, as palavras mal saindo da boca, as botas enlameadas sujando o assoalho de madeira impecavelmente varrido.

– Acalme-se, homem! – Puxei uma cadeira e o fiz sentar. – O que aconteceu?

– A sua irmã. Levaram a sua irmã...

– O que você está falando, Seoirse? Qual irmã? Qual delas?

– Méabh – o carpinteiro começou a chorar, pois era declaradamente apaixonado por ela. – Levaram Méabh...

Levantei-me, meus joelhos estalaram e senti uma fisgada na base das costas. Corri manquitolando, a perna dormente, até a mesa que ficava debaixo da janela voltada para o leste e enchi uma caneca de estanho com água, enquanto o pranto do carpinteiro se avolumava até se tornar escandaloso.

Alguns noviços vieram dar uma espiadela na biblioteca, dispensei-os com um gesto brusco. Mas sabia que eles iriam escutar de trás das paredes. Seoirse engoliu a água, engasgando, derrubando metade na roupa. Demorou a recuperar a compostura. Queria vomitar toda a história de uma vez, mas achei mais prudente irmos até a minha cela, apesar da urgência da situação.

– Uma desgraça, Ulick! – As lágrimas não cessavam, mas ele conseguiu falar. – O bispo e todo o seu séquito e guardas e pessoas armadas vieram e...

– Que bispo? Não estou entendendo nada!

– Cináed Ua Rónáin!

– O bispo de Glendalough? – Desabei na minha cama, a mão na boca, o estômago embrulhando. Agora tudo fazia sentido.

1172, um ano antes do sequestro de Meábh.

– Por que está chorando, minha irmã? – Acariciei os cabelos ruivos de Meábh. Ela permaneceu em silêncio, apenas afundou o rosto no meu ombro, as mãos segurando com força o meu hábito.

Ela era jovem, era minha gêmea. Tínhamos dezesseis primaveras. Mas, ao contrário de mim, ela esbanjava saúde e vitalidade. E ganhou todas as brigas que participou, mesmo com garotos maiores.

– Pode me contar, prometo que vou guardar segredo, se assim preferir. – Enxuguei suas lágrimas com os dedos ainda manchados de tinta.

Nós estávamos no pequeno curral onde as ovelhas esperam para ser tosquiadas. Fazia algumas semanas que eu não retornava à fazenda, pois os afazeres na biblioteca me deixaram sem tempo, e, assim que me viu, Meábh largou as tesouras no chão e veio correndo, já aos prantos.

E a minha irmã nunca chorava.

*– Você está bem, Me? – Arregalei os olhos ao ver o sangue escorrendo do seu nariz. Ela acabara de rolar do barranco enquanto brincávamos de nos empurrar.*

– Tá *doendo... – ela fez uma careta quando viu os ralados nos cotovelos e joelhos.*

*– Quer que eu chame a mãe?*

*– Não precisa – limpou o sangue do nariz com a manga do vestidinho surrado –, e, se* corrê *até lá, vai* morrê *de tosse e falta de ar.*

*Ela riu, mesmo com o rosto sujo era linda. E, ao invés de ficar amuada, saiu correndo barranco acima, me instigando a persegui-la.*

*Tínhamos uns oito ou nove anos.*

– E-ele tocou em mim. – Eu via a dor nos seus olhos esmeralda, envoltos por sardas clarinhas. – Ele levantou o meu vestido e...

Permiti que ela chorasse, entre os balidos e o piar de estorninhos que adornavam o cercado e pareciam se comover com a sua dor. Logo minha irmã se acalmou. No seu semblante, apenas o nojo reluzia, a boca cuspindo a história.

– Você sabe, Ulick, que o maldito bispo é apreciador do nosso queijo de ovelha. – Enxugou a última lágrima que teimava em escorrer pela bochecha avermelhada. – Então ele encomendou dois dos grandes. E o pai pediu para eu levar até ele.

Ficou em silêncio, olhando para o chão. Um borrego se aproximou e ela começou a acariciá-lo.

– Com a maior boa vontade fui até ele, levando não só os queijos, mas também amoras frescas recém-colhidas. O pai sempre nos ensinou a agradar os nossos compradores, não é?

Assenti com a cabeça.

– Não fui atendida pelos criados, como de costume. – Meábh beijou o carneirinho e permitiu que retornasse para as tetas da mãe. – O próprio bispo abriu a porta da sua torre de pedra. Sempre me encantava quando adentrava a sala ornada com tapeçarias e imagens santas.

– Lembro-me de ter ido lá uma vez com o pai. – Vi ao longe os pescadores jogarem as redes no lago Lower enquanto crianças corriam atrás de uma pata e dos seus filhotes.

– "Por favor, minha menina, entre e sente-se. Está com fome?" – A minha irmã imitou a voz rouca de Cináed Ua Rónáin. – O nojento disse que havia dado um dia de folga para os empregados.

Meábh me encarou, os dentes cerrados, as veias saltando nas têmporas.

– Eu não me sentei, Ulick, queria apenas entregar a cesta com os queijos, pegar as moedas e sair, mas o desgraçado havia trancado a porta e me olhava com um sorrisinho estranho – cruzou os braços como se quisesse se proteger. – E, sem qualquer aviso, começou a me agarrar, a meter a mão por dentro do meu vestido e a tentar me violar com força, enquanto aquela boca fedida me beijava.

Cuspiu, enojada.

– Consegui me desvencilhar, arranhei o rosto dele. Ele berrou que nenhuma mulher recusaria o carinho de um homem tão poderoso. – Fechou os olhos. – Então eu roguei uma praga, disse que ele nunca mais conseguiria ter prazer. E saí correndo.

– Quando foi isso, irmã?

– Ontem.

– Alguém mais sabe?

– Não. Ele tem reputação, é um homem da Igreja. E eu? – Ela

começou a chorar novamente. – É capaz de nos acusar de algo e fazer o pai perder a fazenda.

Infelizmente Meábh tinha razão. E eu, covarde, também me omiti. E por um ano o bispo nunca mais apareceu nas terras do nosso pai, ou mesmo comprou seus amados queijos.

E a história foi enterrada por Meábh e por mim.

Até Seoirse aparecer na biblioteca.

1173, Catedral de Glendalough.

– Ah, minha querida Meábh. – O bispo de Glendalough sentou-se num banquinho, a cruz de ouro cravejada de rubis pendendo no peito, refletindo o fogo dos archotes. Delineou com os olhos o corpo bem-formado dela, detendo-se nos seios pequenos. – Queria ter te reencontrado antes, mas os afazeres no Norte e depois em Cork, e uma inesperada febre que me deixou semanas de cama atrasaram tudo, sabe? Mas não deixei de pensar em você um dia sequer, menina.

O cônego que cuidava do local acabara de sair, fechando a pesada porta de madeira, reforçada com tiras de ferro, da cripta da Catedral. Cináed Ua Rónáin sabia que os gritos dela morreriam naquela alcova fria onde jaziam os ossos de homens santos.

– Eu nunca havia acreditado em maldições, feitiços ou coisas do tipo – o bispo pigarreou –, mas desde o nosso encontro, quando você recusou o meu amor e me rogou a praga, eu mudei um pouco a minha opinião. Será que você é uma bruxa?

A jovem estava nua, presa numa das colunas talhadas na rocha por grilhões travados em seus pulsos delicados, os braços marcados de vermelho pela força exacerbada dos lacaios que a tiraram da fazenda. O pai e os irmãos nada puderam fazer: intimidaram-se com a autoridade do bispo e com o aço das lanças e espadas. O povo sempre fora facilmente subjugado: as ovelhas, mesmo em maior número, nunca enfrentam o lobo.

Meábh tremia de frio e medo, a boca arroxeada, os dentes batendo. Sua bexiga estava cheia, mas evitaria ao máximo se mijar. Não queria presentear o bispo com essa visão. Inspirou fundo e retomou o orgulho que sempre a acompanhou.

– Deve ser frustrante ter uma lombriga morta no meio das pernas, não é senhor bispo? – O sorriso dela fez o semblante do bispo se enrijecer. Fê-lo se levantar e desferir um tapa no rosto delicado, que se avermelhou, mas não perdeu a máscara de escárnio, apesar da bochecha latejar, principalmente onde o pesado anel de ouro formara um sulco.

– Quando não consegue mais dar prazer às mulheres, recorre à violência, não é nobre bispo? – Sibilou as últimas palavras. – Acostume-se: logo essa porcaria que jaz debaixo dessas suas vestes pomposas mal vai servir para conter o mijo. – Cuspiu.

O bispo arregalou os olhos e se afastou como se Meábh fosse mesmo uma bruxa, uma feiticeira tal como aquelas cantadas e contadas nas lendas de outrora. A impotência já arruinara a sua vida: as criadas zombavam dele pelas costas, e mesmo as mais hábeis prostitutas não conseguiram tirar o pau da sua hibernação. Agora, a incontinência seria a lápide sobre a sua sepultura. Desabou sobre o banquinho de madeira.

Por um instante, a garota deixou de pensar em tudo como uma grande coincidência e se lembrou da última conversa que teve com a avó, que também se chamava Meábh, instantes antes de ela morrer:

*– Nós, mulheres, temos um grande poder, minha neta, somos guardiãs do sagrado e da graça da Deusa – tossiu. – Por isso os homens nos temem, ainda mais os da Igreja.*

*– Eles nos temem, vovó? – A menininha franziu a testa.*

*– Claro. – Sorriu, os dentes amarelados emoldurados pela boca enrugada. – Por que eles não nos deixam livres? Por que nos tratam como suas posses? Por que nos punem sempre que temos uma opinião diferente?*

*Meábh assentiu, mesmo não tendo compreendido direito devido à pouca idade.*

*– Nunca esqueça, minha neta, que de você pode emanar um grande poder, tanto para o bem, quanto para o mal – piscou. – Afinal, você tem o meu sangue, tem o meu nome! No momento preciso, seu poder há de despertar.*

*A avó a beijou e fechou os olhos, para nunca mais abri-los nesse mundo.*

– Você me teme, bispo! – Levantou-se com dificuldade, os grilhões aferroando os pulsos, os dedos tais como garras. – Você me chama de bruxa, tendo a pose de um homem de Deus, quando, na verdade, cobiça o meu poder. Você é apenas um bastardo que se protege atrás da cruz e da riqueza da sua família. Você merece morrer!

Cináed Ua Rónáin começou a se encolher e miou:

– Por favor, retire a maldição! – Pela primeira vez viu súplica no rosto dele, como se uma máscara de cera tivesse se dissolvido.

Meábh gargalhou. Sofria como uma galinha prestes a ser depenada, mas sentia prazer em saber que o poderoso bispo de Glendalough também.

– A vergonha irá te acompanhar até o túmulo, seu verme!

Ele saiu, deixando-a na fria cripta. Só então ela se permitiu aliviar a bexiga.

Três dias haviam se passado desde que a minha irmã fora levada. Soube que estava viva, mas presa na cripta da Catedral, como me contara o meu amigo cônego numa mensagem secreta. Nem ele, nem eu podíamos fazer nada contra o bispo enfurecido. Contudo, com seu bom coração, ele lhe dava comida e água e uma manta grossa de lã para passar a noite com um pouco de conforto, só que precisava ser rápido e retirá-la assim que o bispo chegava. Ele nunca permitiria isso.

– Não sei o que fazer, Seoirse! – Dei um tapa na mesa, e a minha mão acostumada somente às penas e tintas ardeu. – Não sei como posso ajudar a minha irmã.

– Você não tem nenhum amigo que possa? Você é da Igreja e...

– Entenda, eu sou apenas um monge copista, sou apenas uma merda debaixo da sola do sapato do bispo!

Meu amigo carpinteiro murchou. Sorveu o restante da cerveja barata e comeu o pão de centeio com uma bela passada de manteiga de alho. Sua cabana, que ficava ao lado da carpintaria, era simples, mas muito bem feita, cada ripa de madeira encaixada com precisão nos caibros e vigas.

– Sou apenas um monge copista – murmurei. – Porra! Sou um copista!

Levantei-me e saí correndo. Logo nos primeiros passos, meus pulmões arderam, e assim foi a cada inspirada. Montei então no meu burro e galopei – se é que assim pode ser chamado o trote preguiçoso do Tinhoso – rumo à abadia.

Entrei atabalhoado na biblioteca vazia: os irmãos já faziam as últimas orações antes da ceia. Suava e ofegava na mesma medida, o peito chiando. Rezei a Deus para não ter uma crise. As minhas mãos eram hábeis na escrita e a minha memória também era aguçada: encontrei rapidamente o tomo que eu queria, um registro muito antigo, cujo velino estava desgastado, apesar de a capa de madeira revestida com couro continuar em ótimo estado.

Assoprei a poeira e espirrei. Folheei o tomo sem o habitual cuidado, as mãos sujas manchando as letras e gravuras preciosas; quando encontrei as páginas que queria, arranquei-as sem cerimônia, e esse seria o menor dos meus pecados.

– Dormiu bem, menina? – O semblante do bispo não era nada amigável, as olheiras arroxeadas e fundas e os cabelos desgrenhados formando a máscara da derrota. – Vejo que está corada, apesar de não ter comida nem água. Acho que você deve ser mesmo uma bruxa – balançou a cabeça com pesar.

Meábh sorriu. Havia feito um ótimo desjejum, apenas a manta retirada havia pouco lhe fazia falta.

– Do meu lado, se lhe interessa, tive uma péssima noite de sono – a vergonha resplandeceu. – Não é nada agradável acordar molhado, sabe?

– Então já começou? – Gargalhou. – Eu devo ser muito mais poderosa que imaginei, não é, senhor bispo mijão?

Cináed Ua Rónáin engoliu em seco, contendo o ódio e a vontade de estrangulá-la naquele instante.

– Pela última vez irei lhe pedir com cortesia: retire a maldição e sairá daqui incólume.

Ela permaneceu num silêncio afrontador que fez o bispo sentir duas pontadas no peito.

– Cria de Satanás – apertava o peito –, eu tentei ser misericordioso, mas você não merece. E, depois dos cuidados especiais que providenciarei, quero ver se continuará tão imponente.

Virou-se e deu duas batidas na porta, aberta prontamente pelo cônego. Este, antes de trancá-la novamente, olhou para a menina com pesar, pois sabia das agruras que logo viriam.

– Por que o Arcebispo de Dublin quer essa tapeçaria? – O abade Domnall me recebeu com má vontade, afinal a noite já caía densa. A princípio pensou que eu era apenas um peregrino, mas, assim que lhe mostrei a carta com a letra pomposa de Lorcán Ua Tuathail, selada com o seu selo pessoal, ele se convenceu. – Ele não podia esperar o dia nascer? Para que tanta pressa?

Claro que o nobre arcebispo não tinha escrito nada: eu aplicara as minhas habilidades extremas para forjar a sua letra. E o selo eu *roubara* da gaveta do aposento que ele usava quando ainda era o abade de Glendalough. E ficou tudo tão perfeito, a letra levemente inclinada para a direita, manchada em algumas partes e meio tremida, que até eu acreditaria ser mesmo a dele. Meu dom me serviu bem, e eu agradeci a são Cóemgen pela ajuda.

– Olha, Vossa Excelência Reverendíssima – encarei-o sem piscar –, se um arcebispo me pede algo, eu obedeço sem fazer perguntas. Afinal, o senhor sabe como a ira deles pode ser dura.

O abade pensou em retrucar, calou-se e foi buscar a tal tapeçaria que ficava guardada junto com outros objetos sem valor e velharias numa saleta escura. Veio com um tapete enrolado por tiras de couro, cheio de poeira e meio carcomido pelas traças. Agradeci e parti.

A imponente abadia de Baltinglass começou a diminuir atrás de mim enquanto eu andava apressado em direção ao rio Slaney. A garganta coçava insuportavelmente por causa do cheiro de mofo do tapete e logo meu nariz se tapou. Espirrei.

Meu amigo Seoirse saiu das sombras, trazendo uma pequena tocha acesa. Havia pedido para ele me esperar.

– Encontrou o que veio buscar, Ulick? Isso é um tapete? Como um tapete vai nos ajudar?

Ignorei o falatório, fiz uma oração silenciosa e desamarrei os cordões de couro. Ao abrir o tapete, que praticamente se desfez no ar, arregalamos os olhos.

– Encontrei. Os registros eram mesmo verdadeiros! – Sorri e

montei no cavalo que *pegara emprestado* do irmão Arthur. – Vamos salvar a minha irmã.

O carpinteiro montou seu pangaré e veio no meu encalço, ainda confuso. Mas não tínhamos tempo para explicações: cerca de vinte milhas de trilha estreita por dentro da floresta nos separavam da Catedral.

Uma chuva torrencial começou, os raios incendiando-se acima das árvores eram a única luminosidade que tínhamos: a tocha se apagou com o aguaceiro.

– Temos que parar. – Seoirse levou a mão à testa depois de bater num galho baixo. – Não dá para ver nada.

Eu mal podia ouvi-lo, os trovões faziam os ouvidos zunir enquanto o vento gelado açoitava a pele. Estava um breu na trilha estreita, e os cavalos estavam exaustos por chafurdar no lamaçal que havia se formado.

Contra a vontade apeei, e nos abrigamos debaixo dum salgueiro, mas nem a copa frondosa foi capaz de amenizar o aguaceiro. Abracei meu trunfo e rezei para Deus secar logo as nuvens.

– Acorda, Ulick! – Senti um cutucão no braço. Demorei para conseguir abrir as pálpebras pesadas. – Já é dia!

Levantei trôpego, a claridade cegando as vistas, o estômago exigindo alimento, o hábito pesado pela água absorvida. Os cavalos pastavam as plantas suculentas de um charco e os mosquitos faziam o desjejum na nossa pele.

Seoirse tinha um calombo escuro na testa, por causa da pancada no galho. Olhei para o céu azul e com poucas nuvens e vi que já passava das *laudes*.

– Dormimos demais. – Dei uns tapas no rosto para despertar de vez. – Traga os cavalos, Seoirse, precisamos correr!

A trilha ainda tinha muito barro, o que nos atrasou. E, para piorar, uma pequena ponte de madeira havia desabado, o que nos obrigou a cavalgar quatro milhas a mais. Mas, antes do meio dia, a Catedral surgiu adiante. E, apesar do sol forte, senti um frio estranho percorrer a minha espinha. Sabia que Meábh sofria.

– Você é resistente, menina – o bispo ofegava, as mãos latejando, a estola salpicada de sangue. – Achei que você seria quebrada nas primeiras, pancadas, mas ficamos nisso a manhã toda.

Ele poderia ter ordenado a um lacaio para aplicar a tortura, mas se comprazia com a dor dela.

Meábh tinha as pálpebras roxas e inchadas, os olhos praticamente tapados. Escorria sangue do canto da sua boca e o seu pé doía demais. Certamente alguns ossos haviam sido quebrados com uma pisada bem dada por Cináed Ua Rónáin.

Ele desabou sobre o banquinho de madeira e enxugou o suor da testa. Lá fora o cônego chorava baixinho, odiando-se por nada fazer para impedir tamanha injustiça. Sentia-se um cúmplice, e era como se o sangue dela também escorresse por entre os seus dedos. Vomitou.

– Retire a maldição e o seu sofrimento acaba agora. – Segurou a cruz de ouro pendente no peito. – Retire e eu a perdoo de todos os seus pecados.

– Você me perdoa, Vossa Excelência Reverendíssima? – A voz dela saiu fraquinha. – De verdade?

O bispo soergueu as sobrancelhas e um leve sorriso de triunfo escapou-lhe. Demorara mais do que ele imaginava, mas sentia que, enfim, a égua selvagem fora domada.

– Claro, minha filha, tudo será perdoado – sorriu. – E nenhuma história que possa manchar a sua reputação ou a da sua família será contada.

– Você me perdoa. Bom. – Rezou para a sua finada avozinha para lhe dar forças, pois estava quase desmaiando. – Eu nunca o perdoarei, Senhor Bispo Pau Morto!

Gargalhou.

E o bispo se encolheu enquanto a risada estridente ecoava na cripta. Lá fora, muitos dos irmãos que sequer sabiam da tortura sentiram um arrepio, uma sensação ruim, e prontamente fizeram o sinal da cruz.

– Vaca insolente! – Ele se levantou do banquinho, o peito doendo. – Você já está morta, e agora mandarei sua alma ao inferno!

O bispo pegou o seu báculo de ouro maciço e ergueu sobre a cabeça. Seu rosto era uma máscara de ódio. Meábh não sentiu medo, pois já sabia que nunca sobreviveria a tamanha ousadia. Só esperava reencontrar a avó e os irmãos falecidos. Fechou a nesga que sobrava aberta das pálpebras inchadas.

E, se os seus ouvidos não lhe estivessem pregando peças, ouviu o som da porta sendo destrancada, ao qual se sucedeu um ganido gorgolejante.

– Ulick!

*Pela primeira vez desde que fora jogada, tal como um animal, nessa cripta, ela chorou. E, pela primeira vez na vida, viu a fúria nos olhos do irmão gêmeo, que empunhava uma magnífica espada cuja ponta tirava um pouco de sangue da garganta do bispo.*

– Essa é a espada Fragarach, seu covarde – rosnei. – Ela foi forjada pelos deuses, brandida pelos heróis da nossa terra e esquecida num depósito qualquer. E agora ela é minha.

Ao segurar seu cabo de madeira revestido por fios de ouro, eu não sentia mais falta de ar, cansaço ou quaisquer dores, como se não tivesse passado a minha vida toda doente. E na minha mão a espada comprida não parecia ter peso, tal como se fosse uma das penas que eu usava na minha labuta diária na biblioteca. A lâmina estava perfeita como se recém-polida e, apesar de ter participado de várias batalhas, não tinha marcas ou sequer pequenos riscos.

Esplêndida.

Poderosa.

Minha.

O bispo tentava, em vão, mover-se, e aquilo me divertiu. A magia da espada era verdadeira. As lendas eram verdadeiras. E eu me tornara o seu mestre.

– Você tentou violar a minha irmã, seu bosta de bode?

– Sim, tentei. – Cináed Ua Rónáin sequer hesitou. – Eu queria entrar nas carnes macias e sem doença dela. Mas a cadelinha me refutou.

– E então você a acusou de heresia? De bruxaria?

– Eu precisava de um pretexto para prendê-la. – Fez uma careta, mas a voz não se calava. – Queria privá-la de tudo, assim ela sucumbiria e me daria o que eu quisesse. Mas a puta é uma bruxa mesmo e agora o meu pau parece uma lombriga.

– Respondente! – Sorri. – A espada faz jus à alcunha!

O bispo se mijou.

– Obrigado pela sinceridade. – Olhei para trás e vi, não só o cônego, mas pelo menos uma dezena de outros religiosos que formavam a plateia atônita. – Você acabou de confessar que é um bosta, senhor bispo. O que você merece como punição?

– Sim eu sou, do pior tipo. – Todos os músculos do seu corpo tremiam, mas não podiam se mover. – Eu mereço o inferno, apesar de não acreditar que ele existe. Deus e o Diabo foram invenções nossas para manter o poder.

Um velho diácono desmaiou, um noviço saiu correndo e os demais permaneceram boquiabertos.

– Não posso lhe dar o inferno, Cináed Ua Rónáin – falei o nome dele com asco –, mas posso lhe dar uma morte rápida. Você quer?

– Mais do que desejo os seios da sua irmã entre os meus lábios.

– Mudei de ideia. – Fiz um pequeno talho na sua garganta. O sangue esguichou, quente, no meu rosto enquanto ele caia no chão, sufocando. A sua agonia duraria um bom tempo. Graças aos deuses.

Ordenei que o cônego libertasse Meábh. Ele o fez imediatamente, pedindo desculpas. Era um covarde, como eu, mas não era mau ou pervertido como o moribundo.

Soldados da guarda pessoal do bispo vieram com armas em punho. Meu coração se acelerou e meu instinto foi fugir. Eu nunca estivera numa batalha, sequer sabia manejar uma espada, mas era como se Fragarach estivesse sedenta por sangue depois de tanto tempo adormecida. Era como se o seu poder percorresse cada pedaço do meu corpo. Então eu, mesmo sem saber ao certo o que estava fazendo, estoquei, cortei e matei. Os gibões de couro encerado e as cotas de malha pareciam manteiga sob uma faca quente. A pele, os tendões e os ossos eram dilacerados ao simples toque do aço sagrado.

E, depois de contar sete corpos no chão, entendi por que o outro nome da espada era Retaliadora.

E confesso: adorei a matança. Algo em mim mudara para sempre.

Deixamos a cripta, o bispo ainda com uma espuma rosada se formando na boca, uma poça vermelha no chão de pedras e os olhos desesperados, enquanto tentava, inutilmente, estancar o sangramento. Levamos minha irmã para a segurança da fazenda. E nem por um instante sequer soltei o punho da espada.

O monge copista morreu. Renasci na loucura do poder.

Ulick, o hábil com as letras, o sem ar, já não existia mais. Agora só havia Ulick, o portador da Retaliadora.

Quase dois anos se passaram sem que nenhuma punição viesse. Os irlandeses sempre foram supersticiosos, e mesmo a poderosa Igreja tremeu quando espalhei aos quatro cantos as cabeças dos lacaios que estavam junto do bispo quando o maldito levou a minha irmã.

Meus pais e meus irmãos tentaram impedir as minhas insanidades; expulsei-os da fazenda. Somente Seoirse e Meábh permaneceram.

A minha irmã se curou completamente, e nenhuma cicatriz maculou sua pele. Havia alcançado o ápice da sua beleza. Por muitos das fazendas ao redor e dos vilarejos próximos, foi louvada como uma poderosa feiticeira que podia rogar boa sorte, saúde ou pragas. Traziam-lhe prata, joias e belas roupas.

Tornamo-nos poderosos demais. Reneguei o deus dos cristãos, pois, pela primeira vez na vida, entendi que somente as forças ancestrais eram verdadeiras.

Meábh era amada. Eu era temido.

Ela era a luz e eu as trevas. Mas todo esse poder me inebriou, e me vi como um dos mitos de outrora. Como um rei. Contudo, Leinster já tinha um rei, e Domhnall Caomhánach veio exigir a minha lealdade.

– Ulick, o portador de Fragarach! – O enorme rei ruivo de Leinster surgiu às portas do meu salão e trouxe presentes: um touro, uma bela bainha de couro ornada com ouro e prata e uma das suas filhas para se tornar a minha esposa. – Que belo salão você tem!

E era verdade: meu amigo carpinteiro demolira o velho e construíra outro três vezes maior, com a ajuda de trinta homens. E, na cabeceira da grande mesa, uma cadeira de encosto alto, com relevos da minha espada entalhados. Era o meu trono.

Bebemos a noite toda, nossos homens riram e brigaram, minha irmã foi cobiçada por cavaleiros e guerreiros de renome, enquanto ignorava a todos.

– Agradeço pela visita, rei Domhnall. Se quiser, pode descansar no meu salão e partir amanhã. – Sorvi os últimos goles da cerveja.

– Ainda falta o seu juramento, nobre Ulick, matador de bispos. – Seus olhos estavam vermelhos e a fala embargada pelo excesso de álcool. – Assim brindaremos a união! E você já poderá se casar com a minha filha. E será também como um filho para mim.

– E quem disse que eu quero jurar lealdade a você? – Toquei o punho de Fragarach e senti o calor percorrer o meu braço, calor que me acalentou durante todo esse tempo, durante todas as mortes que causei. – Mas proponho o seguinte: jure lealdade a mim e a minha irmã, e eu permito que continue sendo o reizinho de Leinster.

Os olhos de Meábh se inflamaram enquanto o sorriso crescia no seu rosto. Seoirse abaixou a cabeça, pois era o único que ainda tinha um pouco de sanidade. Domhnall Caomhánach socou a mesa. Sem avisar, sacou o seu punhal e cravou-o na minha coxa.

– Seu bosta de raposa! – o rei berrou, e se levantou.

Gani de dor, mas mesmo assim estava alegre.

Saquei Fragarach, que bebeu sangue nobre. Um dos primos do rei foi o primeiro a perecer: a ponta trespassara a cota de malha, ferroando o coração, que primeiro disparou antes de parar.

Logo já estava na garganta do maldito Domhnall Caomhánach, que ficou paralisado, o punhal tremendo na mão, a boca balbuciando sons babados.

Então Meábh interveio. E todos se calaram no grande salão.

– Não precisa matá-lo, meu irmão. – Ela inspirou o medo dele e sorriu. – Sinto que a morte dele está próxima e...

Arregalou os olhos e se calou. Sem dizer nada se virou e andou, meio trôpega, para o seu aposento, seguida pelas suas criadas.

Permiti que o rei partisse com o seu séquito embriagado. Mas fiquei intrigado com o que aconteceu no meu salão. E por duas semanas não vi a minha irmã, pois ela se recusava a sair do seu aposento.

Mercenário, assassino, demônio, herói e até mesmo santo. Muitas alcunhas me deram nos últimos tempos. E eu fazia jus a todas. Matei por dinheiro, para fazer justiça, por ira e para salvar vidas.

Matei por orgulho.

Matei porque me divertia com a dor.

O monge copista morreu. Renasci na loucura do poder. Contudo, a loucura agora dominava toda a minha mente, e, tal como um deus insano, eu só me preocupava comigo.

– Se tem ouro me esperando em Naas, Seoirse, é para lá que eu vou. – Montei meu belo palafrém, presente de um abastado criador de cavalos, e cavalguei para o noroeste sem sequer olhar para trás.

Um emissário de um tal O'Foirtchern aparecera na fazenda na manhã anterior e dissera que haveria uma batalha, onde eu poderia ganhar muito dinheiro caso ajudasse o seu senhor a vencer. Como prova de boa vontade, deu-me um saquinho cheio de joias.

Eu já era rico, mas queria mais, eu queria tudo o que pudesse conquistar.

Minha saúde estava perfeita, nenhum cansaço ou tosse ou mesmo fraqueza surgiu desde que me apoderei da espada forjada pelos deuses. Conseguia até mesmo vestir uma cota de malha pesada, tomada de um dos nobres que assassinei.

O hábito que por muitos anos foi a minha segunda pele queimou-se na fogueira do meu novo salão.

Sempre fui um homem de letras. Mas agora era o sangue que me instigava. E, no futuro, os escribas contariam histórias sobre mim, os bardos cantariam a minha glória!

Depois de meio dia de cavalgada, cheguei a Naas. E os exércitos já se preparavam para batalhar.

– Achei que o senhor não vinha e...

– Mostre-me qual lado é o inimigo – interrompi o emissário e apeei. Senti uma fisgada na coxa, bem onde o maldito rei de Leinster cravara seu punhal.

– É aquele – apontou para o sul. – São as forças de Domhnall Caomhánach.

– Quem?

– Domhnall Caomhánach, o rei de Leinster.

– Os deuses devem mesmo me amar – sorri, e desci a encosta correndo. Ganharia ouro, saciaria a vontade da Retaliadora e ainda me vingaria dos insultos do bastardo.

– Onde está meu irmão, Seoirse? – Meábh reapareceu, o rosto suado e as mãos trêmulas, como se recém-desperta de um pesadelo.

– Ele foi para Naas, um emissário veio e...

– Pelo sangue da minha avó! – Levou a mão à boca.

Correu até os estábulos e montou na sua égua, sem sela mesmo, e disparou pela trilha poeirenta.

Meu destino era sucumbir.

Afinal, um homem nunca suportará o poder de um Deus.

Quanto mais a Retaliadora fazia o seu trabalho, mais a loucura se entranhava em mim. E, em dado momento, eu sequer podia me recordar das mortes, as imagens à minha frente passavam nubladas, como se eu estivesse num sonho.

Então uma dor nas costas me despertou. Virei-me e vi o rei de Leinster suado, um talho na bochecha escorrendo sangue.

A minha boa cota de malha aparou o impacto do golpe que me mataria: apenas a pele fora afetada.

– Hoje você morre – sorri, e comecei a ouvir gargalhadas e gemidos na minha mente. Ensurdecedores.

Avancei contra ele, contudo não foi Fragarach que ceifou a sua vida, mas sim o machado de um outro homem, que lhe rachou o elmo, o crânio e morreu no cérebro macio.

A batalha encontrara seu fim. E o último brilho da minha alma também.

Quando retomei a sanidade, vi ao meu redor muitos mortos, cujas vidas extirpara sem qualquer motivo. Eu estava coberto de sangue, coberto de pecados impronunciáveis.

Fiz viúvas e órfãos, e não havia admiração no olhar dos vivos, apenas medo e dor.

– Deus me perdoe... – Pela primeira vez desde que me apossara da Retaliadora, eu clamei ao meu antigo Senhor. Voltei mancando ao meu palafrém. O emissário, triunfante, me entregou o ouro prometido; atirei a pesada bolsa no chão e montei sem pronunciar uma palavra sequer.

Não havia o que ser dito. Já estava condenado ao inferno ou qualquer outro lugar que o valha.

Voltei por onde viera, e as gargalhadas e os gemidos estrondavam na minha cabeça. Sabia que era o regozijo dos anjos caídos que logo me receberiam, e os outros sons vinham das almas torturadas por eles.

– Calem a boca, malditos! – As minhas vistas se turvaram. E cada músculo do meu corpo doeu. Saquei a Retaliadora e a brandi no meu entorno, como se pudesse espantar os espíritos agourentos.

Então ouvi um berro. E, por capricho de poderes que subestimei, minhas vistas clarearam. Meábh estava meio inclinada no lombo da sua égua, o vermelho manchando seu vestido de linho.

– Eu vi-vim te avisar – ela falou com a voz baixinha e com os olhos úmidos –, que em Naas você encontraria o seu fim. – Tossiu. – Mas ainda bem que errei a minha previsão.

Ela tombou do cavalo e caiu no chão poeirento sem dar o último suspiro.

Por mais poder que tenhamos, por mais magia antiga que percorra o nosso corpo, nunca poderemos mudar a nossa essência.

E eu sempre fui um covarde doente.

E assim continuei até o fim.

Não suportei olhar para a minha irmã morta. Deixei-a lá, caída como uma qualquer, e fugi, chorando como uma criança que sabe que fez merda. Galopei para o leste, cruzando por pessoas, por vilarejos e lugares desertos.

Meábh não errara a sua previsão. Eu encontrei mesmo meu fim em Naas.

Eu estava de joelhos. À minha frente, apenas a imensidão de um mar bravio, o vento forte instigando as ondas a morrer nas rochas, em jorros altos e brancos. Havia sangue seco nas minhas mãos, havia feridas profundas na minha alma e, à frente dos olhos, apenas o medo e a dor de todos aqueles que eu matei.

Alguns mereceram e, por esses, não tenho quaisquer arrependimentos. Outros pereceram apenas por estar no caminho da lâmina da espada, que já fora brandida por heróis e, agora, pesava na minha mão.

Todos sofreram enquanto eu triunfava numa orgia deturpada, ignorando súplicas e choros sinceros.

Primeiro agi por vingança.

Depois foi o rancor que envolveu o meu espírito e a minha mente.

Então a cobiça e a loucura advinda do poder me dominaram.

Mas, mesmo nos momentos mais insanos, em que eu decidia pela vida e pela morte por simples capricho, eu sabia da minha ruína. Sabia que eu já estava condenado ao inferno ou qualquer outro lugar que o valha.

Meu destino era sucumbir.

Afinal, um homem nunca suportará o poder de um Deus.

Atirei Fragarach no mar revolto. Ela refletiu o sol e afundou. Quem sabe um dia retornaria à vida, faria outro herói, outro louco.

Aproximei-me da beira do penhasco. As gargalhadas e os gemidos cada vez mais vivos. Eu podia até sentir o hálito frio dos mortos.

O mar me convidou.

E eu aceitei de bom grado.

A queda demorou apenas um piscar de olhos, instante em que pude me lembrar do sorriso de Meábh.

# O Jogo dos Gêmeos

## Simone Saueressig

A PRIMEIRA MARRETADA de energia o atingiu no meio da passagem aberta do Canal de Drost. Faidke cambaleou, os olhos arregalados de surpresa. A trilha tinha estado segura, na ida! Tentou apressar o passo, já trôpego, sair da linha de tiro, mas um pouco adiante outro baque energético o atingiu em cheio. O jovem sentiu o corpo dormente e apertou os maxilares, esperando o que viria: cada poro de sua pele coçou e depois, inexoravelmente, a coceira se transformou em ardência e a ardência em pura dor, a níveis que a maioria dos homens não conseguiria sequer imaginar.

Ele soltou o pesado saco de rocha cristalina e cambaleou de novo, os olhos presos no pequeno outeiro que assinalava a curva depois da qual, ele sabia, estaria em segurança. Mas compreendeu em seguida que não chegaria lá. A dor, que paralisaria qualquer dos homens do exército da Senhora do Céu, o impedia de mover-se com a rapidez necessária. Ele caiu de joelhos, a fronte molhada de suor frio, os lábios balbuciando uma prece rápida: que os deuses lhe dessem a força necessária para fazer o que iria fazer.

Antes que o derradeiro disparo o acertasse, conseguiu elevar a voz no conjuro em que viera trabalhando nos últimos meses. O conjuro que quase dava certo à noite, quando sua força era maior, e quando a Senhora estava adormecida. O conjuro que por duas ou três vezes quase a tinha arrebatado para aquele mundo. Ele o bradou ao vento que soprava entre as ilhas, reverberando suas palavras de poder com uma força que nunca antes tivera. Tudo se imobilizou para ouvi-lo, porque, quando ele conjurava, dizia-se, o Universo se inclinava para obedecer.

Então o terceiro disparo o acertou, e o jovem rolou de costas, fitando o céu e estremecendo em espasmos incontroláveis de dor. Faidke já não conseguia pensar em palavras ou símbolos. Toda sua concentração estava voltada para continuar a respirar e manter o coração batendo. Os olhos azuis, arregalados e estáticos, visualizaram, entre os fiapos de cabelo escuro, o balão que desceu sobre ele com ganchos e redes pendurados nas laterais da cesta. Quis gritar, mas dos lábios entreabertos e bem feitos só saiu um gemido patético de negação; os homens no balão sequer tomaram conhecimento do seu lamento, enquanto o lanceador manejava os ganchos afiados para capturar o mago maior de Tersa.

Eu me dei conta de que minha mãe provavelmente tinha razão, quando o sonho não acabou. Ela vivia dizendo que eu jogava demais "As Ilhas da Tempestade" – e nos últimos meses estava inclinada a concordar com ela, tanto quanto uma garota de dezesseis anos pode concordar com sua mãe em qualquer coisa. É que eu tinha o hábito de jogar sempre que podia – e também quando não podia, quando devia estar estudando, pesquisando ou qualquer outro "ando", sobretudo se relacionado com a escola. Só porque eu sou viciada no jogo? Nããão... Claro que não. No início eu nem jogava tanto assim, só nos finais de semana. Mas depois...

O caso é que eu não sou viciada no jogo, eu sou viciada no Faidke.

O Faidke é o personagem que eu criei para ser o mago do game, através da interface velhinha, velhinha, que o jogo é do tempo da minha avó. Das primeiras vezes eu jogava com uma maga, Ésther, uma personagem que era o que eu nunca fui: alta, linda, cabelo comprido deeeeesse tamanho, loura. Uma gata. Mas me dei mal em algumas partidas, então inventei Faidke. Ele não é muito alto. Tem olhos azuis enormes, um sorriso lindo e cabelos pretos, lisos e mais ou menos curtos. Para ser sincera, não fui eu quem criou o personagem. Foi o computador que me apresentou o desenho num dia em que eu cliquei em "Interface Aleatória" só para ver no que ia dar. Deu nele. Eu até que não simpatizei muito com o personagem no início. Sou meio preconceituosa com tipos magricelas e o tal do "Faidke" não parecia capaz de dar nem para o início. Mas com ele eu consegui passar a primeira fase sem nenhum problema, e na segunda já estávamos tão entrosados quanto um avatar e seu criador podem estar, mesmo quando ele não fazia exatamente o que eu queria.

Por exemplo, eu nunca o escalava para ir buscar as rochas cristalinas que dão energia ao povoado para construir as armas com que se defendem e conquistam os territórios dos seus inimigos/vizinhos, mas de vez em quando, no meio da refrega, lá vinha ele acompanhando algum grupo de carregadores, dirigindo algum dos troles de vento ou um balão. Eu ficava furiosa, porque, se ele for capturado pelos inimigos, será sacrificado para os deuses deles – que afinal são os deuses dos personagens todos – e eu perco a maldita partida. Perco o território, o castelo que dei um duro danado para erguer, e tenho de começar tudo outra vez, incluindo um novo avatar para o mago, o que é um autêntico saco. Além do mais, eu já passei pelo início umas mil vezes por causa de Ésther, com quem eu me via apertada a cada três por quatro e tinha de interromper a partida antes de terminar e começar o mesmo jogo, até conseguir vencer. Então, como vocês vão imaginar, eu não queria fazer tudo de novo. Faidke me deixava doida com aquela mania de "viver perigosamente" e pôr meus planos em perigo a cada final de semana.

Agora, eu não vou lembrar exatamente em que dia do calendário eu comecei a jogar sempre que podia, mas posso lhe dizer exatamente o porquê: eu sonhei com as Ilhas da Tempestade.

Eu sonhei com Faidke.

Claro, foi um sonho doido como todo sonho, ele não se chamava Faidke, se chamava, sei lá, Luke, Robinson Crusoé, Sexta-Feira, quem sabe? Sonho é sonho. Mas foi o sonho mais claro que já tive, e me lembro dele como se fosse hoje. Faidke estava no limite de uma das pontes, observando distraído os construtores que estendiam uma ponte até a ilha flutuante onde surgira uma fonte de rocha cristalina, que é uma coisa que acontece o tempo todo no jogo. Ele tinha nas mãos um pergaminho e sussurrava palavras de maneira ininterrupta, como se dizê-las fizesse parte da respiração. Eu podia ouvir a voz dele. Era como um chamado. Era como uma carícia. Não havia como não atender. Então, de repente, estava olhando para Faidke. E ele estava olhando para mim. No início ele não se deu conta, mas então, de súbito, compreendeu que estávamos frente a frente, levantou-se de um pulo de onde estava sentado e abriu aquele sorriso, e disse o meu nome. Depois, meio que lembrou de alguma coisa e flexionou o joelho direito, o braço esquerdo dobrando ocultando o rosto, que baixou um pouco, como se fizesse uma reverência. "Senhora", ele disse.

Então eu caí da ponte recém-construída, mergulhei na água gelada que circunda as ilhas e acordei enrolada no cobertor, feito uma múmia. Mas era uma múmia com uma certeza: aquele curto sonho tinha sido a coisa mais incrível que tinha acontecido nos últimos dezesseis anos.

Lógico que passei o final de semana inteiro jogando "As Ilhas da Tempestade" e me lembrando daquele sorriso. Venci três partidas em dois dias (sim, o jogo é longo. É de estratégia, e eu juro para vocês que, se não fosse aquele sonho, o teria desinstalado porque eu tenho outras coisas para fazer, como jogar "Guerreiros e Malditos" ou "Dead Legends" por exemplo). Eu não sei bem o que eu tinha na cabeça, mas o sonho não se repetiu. Passaram-se duas longas semanas, até que, de repente, no meio de pesadelo sobre uma prova de matemática, o quadro-negro do sonho se esgarçou, e eu vi aquele horizonte de ondas e rochas e a silhueta delicada e majestosa de Tersa, a capital da minha ilha e do meu reino. E ouvi a voz de Faidke (eu sabia que era a voz dele, mas não me pergunte como), grave e doce, junto do meu ouvido: "Sua cidade, Senhora. É a sua cidade. Pode vir quando quiser."

Então acordei.

Estava com os olhos cheios, ainda, da luz e das cores exageradas, e estava chorando, porque tinha sido tão curto quanto uma respiração e, oh, Deus, tão *bom*. Não tinha sido sensacional, não tinha sido estranho, nem movimentado, nem coisa alguma que se possa dizer de um sonho. Mas tinha sido bom. E eu queria voltar para lá.

Mas como é que você volta para um sonho?

Comecei tentando me concentrar, antes de dormir: eu ficava imaginando como seria Tersa. E como seria se Faidke, o Faidke que eu vira no outro dia, me levasse para conhecer aquela que era a minha própria cidade. Tudo o que eu conseguia era ficar com os olhos arregalados na escuridão, até às três da manhã.

Depois, pensei que talvez o segredo fosse relaxar, como os

orientais vivem falando e a dona Clotilde vive dizendo para a gente fazer: "relaxe, respire, relaxe, respire, relaxe, relaxe, relaxe, e se você continuar a mexer no *smartphone*, Caio, vou ter de confiscá-lo até o final da aula." A dona Clotilde, coitada, era a professora que tentava nos ensinar alguma coisa de História. Quando eu lembrava disso, tinha uma crise de riso nervoso, e dormir, que é bom, neca. Mas quando conseguia a coisa do "relaxe, relaxe, relaxe", dormia feito um bebê e só acordava com o despertador, fula da vida. Também tentei lembrar do(s) sonho(s), e, se bem que isso me embalava de imediato, não me garantia em nada um encontro com Tersa, as Ilhas ou Faidke.

Então resolvi que o melhor era me saturar. Já que o cérebro não estava cooperando, o negócio era soterrá-lo com o jogo, até que ele fizesse algo legal por mim.

Tive amargos pesadelos. Dependendo do que acontecia na partida que jogava até pouco antes de quase cair sobre o teclado, meu cérebro reproduzia o jogo, as batalhas sangrentas, os inimigos atacando, incendiando muralhas, tomando postos de assalto, matando gente – matando a minha gente –, e eu só assistindo, assistindo, impotente, até acordar espavorida, jurando para mim mesma que nunca mais jogaria "As Ilhas da Tempestade", nunca mais, nunca mais. Então eu me lembrava de Faidke, de seu primeiro sorriso, da determinação com que burlava minhas ordens e partia em missões secretas para conseguir minério, conhecimento e poder, da sua inteligência, de sua piedade com os amigos e inimigos. Porque em todos os sonhos eu o entrevia, uma imagem distante e borrada, enquadrada por alguma lente torta que me impedia de me aproximar dele. Mesmo assim, se fosse um filme, eu o teria visto milhares de vezes. Se fosse um livro, o teria decorado. Se fosse um mangá, saberia descrever cada quadrinho. Mas era um sonho. Mudava constantemente. Eu não conseguia deixar de persegui-lo. Havia noites inteiras em que meus sonhos eram a escola, minhas colegas e professores, minha família, minha cidade. E havia noites preciosas onde pedaços daquele quebra-cabeças terrível e colorido do jogo me permitiam vislumbrar aquela realidade onde eu era uma comandante, a Comandante Ausente, como alguns deles diziam, a Marechal da Aurora. E de longe, sem poder ser vista, eu via, ouvia e sentia as batalhas que Tersa lutava. Vencíamos, mas eu raramente vislumbrava as festividades. Morria a cada morte e chorava todas as lágrimas.

E ainda assim, tudo o que eu queria na noite seguinte era sonhar com Tersa mais uma vez.

E com Faidke.

Então, certa temporada, tive três sonhos sucessivos com ele. No primeiro, o vi andando em uma das pontes, conversando com Ewlker. Ewlker era um dos poucos amigos que Faidke tinha. Era um dos comandantes mais sérios e firmes, e o único que não hesitou em obedecer quando eu aticei todos os postos de fogo para cima de uma única fábrica inimiga que parecia inocente, porque produzia apenas armamento de defesa. Depois ganhamos aquele nível porque o trono do reino inimigo não tinha como se defender, e suas cidades arderam esplendidamente sob o bombardeio de meus batedores ígneos. Mas Ewlker chorou, sozinho, em seus aposentos – eu o vi chorar –, e depois eu soube que mandara construir um templo onde as almas dos que ele matou naquela batalha eram reverenciadas como divinas.

Naquele sonho que tive com Ewlker e Faidke, o comandante em armas perguntou ao mago como estava a sua pesquisa.

"Perfeita! Tê-la entre nós é uma questão de tempo!", comemorou o jovem com aquele sorriso que me arrebatava. Aproximei-me o quanto pude deles, e então Faidke olhou diretamente para mim e sorriu de novo, animado, cheio de vida e luz.

"Ali! Ali está! E eu nem a conjurei!"

E então, é claro, acordei.

Na outra noite, ouvi a voz de Faidke entre sonhos confusos. Ele sussurrava, como da primeira vez que nos encontramos. Estendi a mão e entreabri uma cortina de tecido vulgar e barato, que fechava a entrada de um aposento. Eu não sabia bem onde estava. Era um salão pequeno, cheio de estantes com pergaminhos e livros. À direita, um catre simples, mas forrado de algodão e seda e coberto de peles e cobertores caros. No centro do aposento havia uma mesa enorme sobre a qual estavam vários livros abertos e alguns pergaminhos com anotações a carvão e lápis. Uma enorme cadeira confortável, junto dela, estava vazia, e a voz de Faidke tomava tudo como um zunido de insetos de verão. De fato, fazia calor. E era tão poderosa, a voz, quanto suave, e a segui, mesmo querendo ficar junto à mesa. Havia um sentimento de que estava invadindo, que aquilo não era certo de jeito nenhum, mas era impossível resistir ao apelo, então eu fui, afastei a cortina e me deparei com o meu mago imerso na água limpa, reclinado numa banheira de cobre, relaxando enquanto repetia o conjuro vezes sem conta. Eu fiquei parada, sem fôlego, olhando para aquele homem jovem e esbelto, o corpo bem definido que via através da água, bem definido, mas sem exageros, fruto de suas aventuras constantes. Ele tinha algumas cicatrizes no peito e uma, maior e mais recente, no ombro, marca de uma quase captura que tinha me deixado furiosa, apenas dois dias antes. Tinha a cabeça relaxada contra a banheira, os lábios bem desenhados repetindo as palavras num som e num movimento hipnótico. Seus dedos longos e hábeis tamborilavam lentamente na borda da banheira, no ritmo das palavras. Ele era lindo, e eu o desejei como nunca desejara nada nem ninguém em toda a minha vida.

Subitamente, ele abriu os enormes olhos azuis e me encarou sobressaltado. Eu senti meu rosto ficar vermelho e acordei para uma madrugada fria que subitamente ficou muito quente.

Não voltei a dormir naquela noite. E descobri bem cedo que, se quisesse dormir de novo, o melhor era não pensar naquela cena, nem na expressão de espanto e indignação com que ele tinha me fitado. Independentemente do que quer que acontecesse depois, eu ria ao me lembrar daquilo, deliciada, como se tivesse sido real.

Sobre o terceiro sonho... posso apenas dizer que me vi no mesmo aposento do sonho anterior. É comum a gente sonhar com o mesmo lugar, exatamente o mesmo lugar, duas vezes seguidas? Eu não sei. Sei que era noite e a lareira acesa era a única fonte de luz do aposento. Estava quente, ali dentro, mas pela pequena janela de pedra sem cobertura entrava o ar frio da noite. Faidke estava deitado no catre, adormecido, as peles que eu tinha visto na noite anterior cobrindo apenas uma parte do corpo dele. Eu me aproximei silenciosamente e me ajoelhei ao lado da cama. Estava lá quando ele despertou e me encarou. Sem surpresa, dessa vez.

"Eu sei que você não me chamou, mas vim assim mesmo", comentei baixinho. Ele estendeu a mão, acariciou meu cabelo curto e rebelde e sorriu.

"Obrigado", sussurrou antes de me beijar, os lábios firmes e macios, quentes contra os meus. E não vou entrar em detalhes sobre o que veio a seguir, mas fiquei aliviada que o outro dia fosse um feriado. Foi o sonho mais longo e real que já tive. O melhor de todos em toda a minha vida. Minha pele se arrepiava quando eu me lembrava do seu toque, das suas carícias; da sensação de sua pele sob meus dedos, do corpo firme e delgado colado ao meu, cada centímetro dele. Eu me entreguei sem medo, sem vergonha alguma. Afinal, era um sonho, não é mesmo? O tipo de sonho que a gente sonha em sonhar; a primeira vez que toda garota merece: uma noite simplesmente perfeita em tudo.

Isso foi há algumas semanas.

Então, agora, isso: eu abro os olhos de repente e o colchão desapareceu, o cobertor desapareceu, meu quarto desapareceu! Faz um frio horrível, um trovão acabou de explodir lá no alto. As cores são berrantes, eu estou só de camisola e tem um sujeito olhando para mim como se eu tivesse acabado de me materializar aqui. Eu tento me levantar quando a primeira rajada de chuva me atinge, gelada. Eu devia acordar.

Isto é um sonho! Preciso acordar, agora!

Olho para o homem à minha frente e vejo que ele dobrou um joelho, baixou a cabeça e a cobriu com o antebraço esquerdo, como vi Faidke fazer um dia.

E, a despeito de tremer com o frio do vento que uiva poderoso sobre mim, meu coração bate com uma força que só conheci uma vez, a vez que em que estive com Faidke. E por mais que meu consciente grite desesperado que tudo está errado, que minha mãe estava certa e eu devia jogar menos, uma voz lá no fundo de mim baila selvagem e enlouquecida sob a tempestade, cantando repetidamente: "Eu voltei! Eu voltei! Eu voltei!"

– Então, tem descansado?

A voz venceu a muralha de escuridão que envolvia o mago, e ele entreabriu os olhos, franzindo a testa com o esforço. Um gosto de sangue se espalhava por sua consciência, e por um momento Faidke cogitou que melhor seria não ter despertado. Mal conseguia sentir os braços, por causa da posição em que fora acorrentado, com as mãos acima dos ombros, na altura ideal para que a circulação fosse se retirando aos poucos e ele pudesse sentir isso, pudesse sentir como ia perdendo a coordenação de seus dedos e mãos. Sua respiração estava pesada, porque a posição também tinha como virtude dificultá-la, enfraquecendo seu corpo. "Virtude", ele pensou, irônico. Bem, no caso dele, estar naquela posição era uma virtude de seu torturador. E ele nem esperava menos de Caifke.

– Como você pode ver, eu proibi as manifestações públicas. As crianças não gostaram, mas eu espero que aprecie essa trégua – continuou o recém-chegado. Faidke continuou em silêncio, seguindo o seu algoz com os olhos.

Ele não sabia por que ainda estava vivo. Normalmente, quando uma ilha conseguia capturar o mago de sua inimiga, a execução era pública, rápida e honesta: dizia-se que esse era o mínimo que você podia fazer por aquele que estava dando a vida pela de seu povo. Ao longo dos anos, e após as batalhas, Faidke tinha se esmerado em respeitar essa máxima que todo mago aprendia: respeitar a morte do inimigo era respeitar a própria morte. Era a parte das batalhas que ele cumpria com maior rapidez e eficiência, sereno e concentrado, para que a última dor do seu inimigo não recaísse sobre ele um dia.

"Consumi vossos inimigos com rapidez e sem orgulho. Somos apenas homens", costumava lembrar seu mestre no início de cada lição, depois daquele fatídico dia em que os Reinos caíram e as casas da pequena ilha de Tersa arderam como toras de uma fogueira. Antes da chegada da Marechal da Alvorada.

Ele estivera lá, e Caifke também.

Naquele dia, ambos tinham ouvido os gritos dos derrotados e o canto dos vencedores. Ambos tinham amparado um ao outro.

E, agora, a ilha de Caifke tinha declarado guerra a Tersa. E o tinham aprisionado. E, em vez de ele ser sacrificado para aumentar o poder de Caifke, o mago o mantinha no centro do Monturo. Enquanto o momento da execução não chegava, o povo da ilha se sentia autorizado a divertir-se às custas do mago prisioneiro. Atiravam-lhe frutas podres, bexigas de animais cheias de urina e bolos de tecidos velhos cheios de insetos que escalavam suas roupas em frangalhos, buscando ocultar-se entre o que restara de seus trajes e sua pele, alimentando-se do sumo das frutas, que escorria por ele, aninhando-se nos seus cabelos, torturando-o continuamente com o seu ir e vir sobre as pernas, braços, costas, barriga, ombros, pescoço e rosto. Conseguira evitar que um besouro entrasse em seu ouvido, mas o cansaço e a fraqueza iam cobrando seu preço. No início, ele se mantivera de pé, apesar de tudo. E os braços estavam presos a uma altura que, então, não era tão desconfortável. Permanecera assim por dois dias, até que as câimbras em suas pernas, finalmente, o tinham obrigado a dobrar os joelhos para não mais levantar.

Ele sabia que era então que começava a tortura, naquela posição em que as mãos ficavam levemente mais elevadas do que os ombros. Quando o cansaço, a fome e a sede quase o impediam de pensar. Quando adormecia naquela posição mesmo, ajoelhado, a cabeça pendendo sobre o peito e os pesadelos abatendo-se sobre ele. "*Por que* Caifke não me mata de uma vez?", ele se perguntava de vez em quando, vigiando seus pensamentos para que aquilo não se transformasse em um mantra macabro que o prostrasse de vez. "*Por quê?*"

Fazia uma ideia, mas não tinha certeza. Achava que não podia ser. Em todo o caso, a situação era insustentável e ele ousou uma ordem:

– Mate-me.

Caifke interrompeu seu passeio pela plataforma do Monturo e o encarou surpreso.

– Você disse algo?

– Mate-me, Caifke. O que está esperando? – balbuciou Faidke. O outro sorriu. Uma horrível paródia de si mesmo, ele pensou. Eram idênticos, e, não fosse a condição de vencedor e derrotado de um e outro, dificilmente alguém poderia distingui-los.

– Adivinhe só!

Faidke não estava para jogos. Tinha estado trabalhando a noite inteira para aumentar a circulação de sangue e energia de suas mãos e dedos e sentia-se tentado a descobrir até onde tinha chegado. Começou a balançar o indicador e o anular da mão esquerda discretamente, tecendo a escuridão dentre as madeiras do Monturo. Caifke fitou o céu carregado de nuvens, distraído.

– Se eu me soltar daqui, vai ficar difícil para você explicar ao povo da ilha por que não fez o seu serviço corretamente. Pode ter certeza de que os farei pensar sobre isso – rosnou Faidke.

Caifke caiu na risada.

– Você não está em posição de me ameaçar, irmão!

Faidke viu o monstro de sombras que seus dedos haviam tecido nos últimos segundos, uma criatura disforme e maldosa, feita de garras, dentes e escuridão faminta, erguida das trevas que se formavam abaixo do Monturo.

– Sempre estou – ele murmurou com um sorriso.

Súbito, Caifke atirou o braço para o lado, numa chicotada de energia que cortou o monstro de sombras em dois. A criatura guinchou, partida, e Faidke ganiu como um cão ao sentir a ruptura da energia. Os dedos de sua mão esquerda escureceram, carbonizados pelo golpe de força.

– Você não passa de um idiota! – berrou Caifke de súbito. – E eu vou ter o prazer de vê-lo arder! Vou tomar o seu lugar e, quando a Senhora de Tersa pisar nessa ilha, irá encontrar a mim! Entendeu como vai ser?

Faidke encarou os olhos azuis – tão iguais ao seus, tão iguais! – e o que havia de sangue em seu rosto se esvaiu.

– Como é que é? – sussurrou. A informação foi fazendo sentido aos poucos, o coração disparando de terror e felicidade ao mesmo tempo. Estaria entendendo bem? O conjuro teria dado certo?

– Isso mesmo que você ouviu. Será como daquela vez, com Aoia, lembra? Só que eu estarei no seu lugar. Talvez eu seduza a sua marechal, o que me diz da ideia? Pura heresia, não é? Seduzir a Marechal da Aurora seria como seduzir uma divindade. E depois, no final de tudo, quando ela estiver satisfeita em meus braços, eu a matarei com minhas mãos.

Faidke arreganhou os dentes num misto de fúria e impotência.

– Se tocar nela, para o bem ou para o mal, juro pelo trovão que voltarei de onde estiver para acabar com você – rosnou. Caifke o encarou por um momento, sério. Depois, aos poucos, um sorriso odioso se delineou em seus lábios.

– Você já o fez! Você, Faidke?! O perfeito Faidke? Você quebrou todas as proibições e se deitou com ela? E lhe disse, também, que isso é absolutamente proibido, uma humana e um avatar se amarem? Ou ficou em silêncio, como quando seduziu Aoia?

Faidke se amaldiçoou em silêncio e desviou o olhar. O que tinha feito era proibido, qualquer mago de última categoria sabia disso. Mas ao vê-la ao seu lado, sem que a houvesse chamado, tão doce e inocente, tão entregue... Tinha sido irresistível. Não se negaria ao que sentia pela primeira vez na vida. Não se negaria, nem se isso lhe custasse a existência e a alma. Caifke sorriu de novo.

– Então está decidido – disse o mago inimigo. – Eu o manterei em mim. Eu terei o seu poder e guardarei um recanto em meu espírito para que você não morra de todo. Você verá através dos meus olhos e sentirá através da minha boca. Você estará em mim, quando eu a enganar e ela me beijar como se fosse você. Estará em mim, quando eu a matar. E continuará a viver, todos os dias da minha vida, lembrando como seu rosto se contorceu na última agonia, enquanto tentava conseguir um pouco de ar. Farei com que se lembre. Terei uma vingança perfeita. Obrigado, irmão.

O mago de Tersa tentou livrar-se das correntes que o prendiam, mas tudo o que conseguiu foi o riso do outro, quando os elos se chocaram.

– Você é louco, Caifke! Vai condenar sua ilha, vai matar milhares de pessoas por um capricho! Foi *sua* a ideia de trocarmos de lugar naquela noite, foi *você* quem matou Aoia porque ela não nos distinguiu!

– Você a seduziu. Podia ter dito que tínhamos trocado.

Faidke encarou o irmão com raiva e impotência.

– Aoia amava você. Não merecia o que fizemos com ela, esse jogo idiota de quando éramos crianças. Mas foi você quem a matou, não eu! Eu pedi perdão e ela o concedeu. Mas você... você a esganou, Caifke! Eu fui um idiota, mas você sempre será um assassino!

– Cale a boca! – berrou o outro. Algo saiu de sua mão e alojou-se na boca de Faidke. O prisioneiro não percebeu logo o que era, mas, quando tentou falar, sentiu uma dor dilacerante na boca. Seus lábios estavam costurados e o sangue se espalhou depressa por sua língua. Ele gritou outra vez, um berro gutural de raiva.

– Sim, pode gritar. Quero mesmo que eles escutem, além das muralhas. Quero que os seus espiões digam à Marechal da Aurora que eu estou torturando você, e que, se ela não vencer logo, eu o matarei. Porque é o que vai acontecer no último instante, você sabe.

Caifke se endireitou, tirou da testa uma mecha de cabelo levemente grisalho que teimava em cair sobre os olhos e caminhou lentamente na direção da única passagem que ligava o centro do Monturo à liberdade.

– Mas não precisa se preocupar, meu irmão. Eu farei com que esteja lá, através dos meus olhos. Você a verá ainda. Uma ou duas vezes, ou até mais, se eu me agradar dela. Sorverá sua boca através da minha.

Faidke sentiu o corpo inteiro tremendo enquanto assistia o passeio lento e orgulhoso do irmão gêmeo. Seu coração batia descompassado, e o rosto todo doía, enquanto movia de leve os lábios, sussurrando através da linha de costura que os prendia. O suor escorria pela fronte, caindo e ardendo nos olhos, misturando-se com as lágrimas e a saliva.

O indicador e o anular de sua mão direita se moviam no ar, conjurando as sombras.

– Tá louco!

Os generais me encararam com uma expressão de surpresa.

Eles eram perfeitos: belos, arrogantes, firmes. E idiotas. Eram perfeitamente idiotas. Um esquilo teria mais estratégia do que eles.

O mapa tridimensional sobre a mesa, sempre em mutação, alterando-se de acordo com as modificações que eram feitas para tentar resgatar Faidke e vencer a ilha inimiga, era uma antiga cortesia do mago. Exibia a mais patética tentativa de resgate que você possa imaginar. Eu estava boquiaberta com tamanha falta de imaginação.

Ainda bem que o inimigo não parecia muito interessado em invadir Tersa, senão, já era.

– Se a gente não impedir o tal de... como é mesmo o nome dele?

– Caifke, Senhora – respondeu prontamente um dos generais. Kjarht, acho que esse era o nome dele.

– Caifke, isso, obrigada. Se não a gente não impedir o tal de Caifke de chegar à rocha cristalina, nunca vamos conseguir nada!

Os quatro se entreolharam.

– Mas, Senhora, de qualquer maneira será impossível. Já explicamos que o caminho entre a ilha e as minas é de...

– Madeira-de-ferro. Sei. Eu ouvi da primeira vez. E sei o que é.

Quer dizer, não sei o que é, mas sei que não dá para quebrar como as pontes de madeira comuns. Por isso, nós vamos...

Hesitei. A palavra era "atacar". Mas, vai? Como é que Taís, dezesseis anos na cara e nota de História no vermelho, vai conseguir usar o verbo "atacar" de um jeito natural?

– Vamos acertar eles por aqui – eu disse, apontando para o único trecho onde o caminho de madeira-de-ferro, inquebrável para os padrões locais, tinha uma pequena extensão de madeira comum. – É longe o suficiente para que a capital demore para notar o que aconteceu. Vamos construir pontes aqui e aqui – eu ia mostrando no mapa –, e deixaremos a postos um... como é mesmo que vocês chamam aquelas coisas antes de virarem pontes fixas?

– Balsas, Senhora – murmurou Ewlker, debruçando-se sobre o mapa, atento.

– Isso! E, quando quebrarmos a ponte, atravessamos um caminho no meio e pronto. Eles não podem mais chegar lá. Enquanto isso, vamos concentrar o fogo em um ponto da muralha. Precisa ser o mais próximo possível daquele... daquele negócio...

– O Monturo – completou o engraçadinho da turma, Pirrim.

– Certo. Isso. Vamos fazer um buraco na muralha deles, entrar, resgatar Faidke e pronto. Fim da história.

Os quatro me olharam.

– Já tentamos fazer um buraco na muralha deles – disse Kjarht. – Quero lembrar que fomos rechaçados.

– Porque o abastecimento de energia de Caifke não foi identificado, e muito menos interrompido – comentou Ewlker. Ele não era o mais velho dos quatro, mas parecia ser o mais atilado. Ele olhou para Kjarht e o homem sustentou o seu olhar, empalidecendo um pouco. Acho que era atribuição dele identificar as origens de força do inimigo, e não parecia que tivesse feito o dever de casa.

– Vai ser um passeio – eu me meti, louca para que aquele blá-blá-blá terminasse de uma vez e fôssemos resgatar Faidke. Mas os quatro me encararam firmes, Kjarht um pouco aliviado por se livrar do olhar pesado de Ewlker.

– A guerra nunca é um passeio, Senhora. Ela sempre é cara, e sempre é demorada. Custa vidas. Custa tempo. Tudo que não podemos repor e não temos sobrando – comentou Ewlker com um suspiro.

Eu senti meu rosto enrubescer, mas não desviei o olhar.

– Quero dizer que chega de falatório, só isso.

– Não podemos simplesmente sair daqui dando ouvidos a uma menina – esbravejou, finalmente, Kjarht. – Olhem para ela! Não passa de uma... – ele ia dizer "fedelha", mas mordeu a língua – uma garota! Essa estratégia é completamente descabida!

– A ideia não me parece tão descabida assim – rebateu Pirrim. – Só é trabalhosa e vai requerer habilidade por parte do mestre balseiro.

– Vai nos custar muito caro! – vociferou o outro, erguendo as mãos num gesto de impaciência. – Vamos ter de trabalhar dia e noite para suprir de energia as catapultas de energia! Vamos ter de construir uma atrás da outra, à medida que eles as destruírem como da outra vez! Vai demorar uma eternidade, e não há nada que nos garanta que essa estratégia vá dar resultado. Nada nos garante que Caifke não está apenas esperando uma parte da muralha cair para sacrificar Faidke! Temos de nos concentrar na capital. É ela que precisamos destruir. Então teremos Caifke nas mãos e poderemos negociar com ele.

Ewlker titubeou, e eu vi que estava prestes a perder um importante aliado. Me irritei. Bati com as mãos na mesa e a maquete estremeceu. Algumas miniaturas caíram. Normalmente eu não sou dada a esse tipo de atitude teatral, mas aqueles sujeitos ali pareciam incapazes de entender outra coisa.

– Vamos fazer o que eu disse – declarei, levantando-me e encarando Kjarht do outro lado da mesa. – Nada nos garante que Caifke não vá... piorar a situação se formos bombardear a capital. Vamos interromper o fornecimento de energia e nos concentrar em um ponto da muralha. Apenas um. E depois enviaremos um grupo para tirar Faidke de lá. Um grupo pequeno. Depois, veremos.

Os quatro me olharam, e Najifh, que ainda não tinha aberto a boca, balançou a cabeça.

– Certo, Senhora. Como quiser. Tersa é sua. A guerra também.

Eu fiquei olhando-os enquanto se retiravam. O traje que haviam me obrigado a vestir era quente, duro e desconfortável. Eu queria coçar minhas costas e não conseguia. Além do mais, não sentira a menor firmeza na declaração deles. Estava começando a me sentir cansada daquela turma nariz em pé. Fiz um gesto para uma das criadas, parada feito um dois de paus junto à porta.

– Você sabe se tem um quarto onde eu possa descansar e comer alguma coisa?

A garota me olhou com curiosidade. Ela era jovem, um pouco maior do que meu irmão caçula, mas parecia uma diaba de esperta. Aproximou-se com uma expressão divertida no olhar, embora seu rosto permanecesse impassível.

– Sim, Senhora.

E ficou parada me olhando. Me deu vontade de sapecar as orelhas dela.

– E custa muito me levar até lá? Quero tirar essa coisa horrível e brilhante que vocês chamam de "armadura da alvorada"!

Ela sorriu.

– Custar, não custa... – comentou, e deixou as reticências no ar. "Ah, tá. Entendi", pensei.

– Mas, se eu lhe der um presentinho, você vai ficar mais prestativa, não vai?

Ela sorriu ainda mais.

– Na verdade, a Senhora não precisa me dar nada – comentou, enquanto se movia na direção da porta e a abria para mim. – Mas eu jamais recusaria um agrado da Marechal da Aurora.

– Eu suponho que poderia mandar chicoteá-la, se quisesse – comentei, seguindo-a pelo corredor. Estava entrando no clima do jogo. A garota empalideceu um pouco.

– Bem, sim, é claro, se for da sua vontade...

– Bom, se você me ajudar a tirar essa coisa pesada, posso pensar no assunto – comentei. O sorriso voltou ao rosto dela.

Eu queria me zangar, mas a verdade é que não consegui. A menina tinha a cara cheia de sardas e dois enormes coques, um sobre cada orelha. Eu supus que aquele penteado fosse uma espécie de uniforme entre as empregadas do palácio, porque todas que eu tinha visto até então o usavam. As outras mulheres, as que eu tinha visto no caminho entre o aguaceiro da minha chegada e Tersa propriamente dita, usavam diferentes penteados. Era uma gente simples, e todos pareciam dispostos a continuar me olhando como se eu fosse uma criatura do outro mundo.

Pensando bem, pelo que eu tinha entendido, era isso mesmo que eu era. Uma criatura de outro mundo. A pessoa que tinha o poder de resgatar Faidke. E pelo que tinha entendido, também, ele era o único capaz de me explicar como eu tinha chegado ali. E de me fazer despertar, porque eu estava convencida, até então, de que continuava a dormir o sono dos justos na minha cama. Que eu não despertasse, que tudo fizesse tanto sentido, que o lugar fosse o mesmo dos meus sonhos, tudo isso era secundário. Eu estava convencida de que dormia e sonhava, porque, se não fosse isso, qual seria a opção? Ter sido trazida por poderes mágicos para um lugar que só deveria existir dentro do meu computador? Ah, conta outra!

Se eu não estava sonhando, tudo aquilo era real. A guerra era real. A noite que eu passara nos braços de Faidke era real. E o que eu sentia quando olhava seus olhos azuis e ele sorria para mim era real. O que era maravilhoso, mas não deixava de ser meio bizarro, como as cores exageradas daquele lugar.

A garota, Denaj, se chamava, me levou até os meus – uhu! – "aposentos". Eram três enormes salões combinados, onde o apartamento em que mora a minha família poderia caber umas duas vezes. Denaj enxotou um bando de mulheres que pareciam muito mais interessadas em me dar de comer do que em ouvir o que eu estava dizendo e me ajudou a tirar aquela coisa horrorosa que era a armadura. Depois me levou até uma banheira enorme e perfumada e eu tive o prazer de tomar o meu primeiro banho de banheira da vida. Denaj foi muito discreta e saiu quando eu pedi, mas prometeu voltar assim que eu a chamasse. E assim foi. Quando eu estava enrolada na toalha e já meio trêmula de frio, sem saber para onde ir ou o que fazer, ela apareceu com um sonho de pano que chamou de "traje". Me ajudou a pôr o vestido, e ainda bem, porque sem ela eu jamais teria conseguido me entender com todas aquelas tiras e broches que fazia dele um desafio para qualquer adolescente que só usa jeans e camiseta – como eu.

Enquanto eu me vestia, podia ver a cidade aos pés do palácio através de uma enorme varanda. E muito além, no horizonte, um resplendor constante, como uma tempestade.

– O que é aquilo lá? – eu indaguei.

Denaj olhou para onde eu olhava e deu de ombros.

– É a guerra, Senhora.

Ela ia prendendo os broches enquanto eu pensava.

– É lá que está Faidke?

A garota parou o que estava fazendo e me olhou.

– O mais próximo que se pode chegar no momento, eu acho – concordou.

Eu fiquei em silêncio, olhando os clarões. Denaj indagou, baixinho:

– A senhora gostaria de ir até lá?

– Mas... não é longe?

– Tenho um irmão que comanda um trole de vento – ela disse. – Será uma viagem de duas horas, talvez.

– E eu posso ir?

Denaj sorriu, intrigada.

– A Senhora acabou de ordenar a quatro marechais em guerra que façam exatamente o contrário daquilo que sempre fizeram, e vem me perguntar se pode ir a algum lugar?

Ela se inclinou para mim e sorriu, cúmplice.

– Em Tersa, a Senhora pode ir aonde quiser.

Aquilo me lembrou Faidke dizendo, amoroso: "Sua cidade, Senhora. É a sua cidade. Pode vir quando quiser." Eu sorri de volta para Denaj e perguntei:

– E esse seu irmão, demora muito para chamar ele?

E isso foi quando eu ainda era inocente.

Era um pesadelo.

Eu pude ouvir o som das catapultas de energia muito antes de visualizá-las. Cada disparo, ensurdecedor, era acompanhado de um alarido de ordens e berros, além do próprio estrondo. Cada vez que o tiro de energia acertava as muralhas do outro lado do canal, a explosão ensurdecia e cegava. Chovia fogo. Antes de me dar conta do que estava acontecendo, eu suava em profusão, um calor insano e compacto que parecia querer impedir a gente de respirar.

O cheiro era o que vinha em seguida. Madeira queimada, panos incendiados, ferro quente. Cabelo torrado. Carne sendo consumida pelas chamas. Carne humana. Às vezes, colunas de fumaça negra se erguiam das fortificações. E mais gritos. E mais ordens. E mais coisas sendo destruídas ao lado de outras, que estavam sendo erguidas às pressas. Mais catapultas. Mais tiros. Mais explosões. Havia uma das catapultas, mais à frente, ardendo em altas labaredas, e assim mesmo disparando. Eu via os homens que a operavam, seus rostos sem esperança, os uniformes em tiras. Vi quando ela foi explodida por um arremesso do inimigo, vi os homens sendo jogados para o ar. Alguns caíram na água, outros em terra. Alguns conseguiam se salvar. A maioria estava em pedaços.

Virei-me e me acocorei na segurança mentirosa da balaustrada de pano do trole de vento, ao lado dos pés do irmão de Denaj, apertando os olhos e fechando os ouvidos com as mãos. Ele sequer olhou para mim, ocupado que estava em dirigir o veleiro de terra. Parecia não ser afetado por nada daquilo. Devia ter visto aquela cena centenas de vezes. Eu não sei bem o que esperava. Uma guerra virtual, sem cheiro nem som, um desmonte de pixels, quem sabe? O ar ao meu redor reverberava e estremecia, como se tivesse vida própria. Era aquilo que acontecia no computador, enquanto eu ficava sentada na minha poltrona, ouvindo rock e decidindo onde colocar mais uma bateria de tiros. Nunca gastava com muralhas protetoras. Para quê? Eles não passavam de bonecos coloridos, animados por logaritmos, não é?

– Podemos voltar para Tersa? – indagou Denaj. Parecia entediada. Como alguém podia ficar entediado ali? Aquilo era o inferno. Fiquei feliz por não ter começado a batalha, como em outras partidas. Pelo menos daquela vez, não era culpa minha.

Outra catapulta voou pelos ares ao lado de uma que começou a disparar de imediato. Mais gente morreu. Eu pirei.

– Vou descer – decidi, saltando a amurada. A queda foi um pouco mais alta do que eu tinha imaginado, e pude ouvir Denaj gritando por mim, enquanto me afastava em direção a uma das baterias. Eu não sei bem o que tinha em mente naquele instante, talvez apenas a certeza de que aquilo precisava acabar, já nem tanto pelo homem que estava atrás das muralhas, mas por cada vida que estava sendo consumida. Vencer era justificar, nem que fosse um pouco, a carnificina que estava assistindo. Mergulhei na guerra e me esqueci de mim.

Horas. Dias. Meses, talvez. Uma eternidade. O que mede o quanto se estende uma guerra? Não são os calendários. São os ponteiros dos segundos.

Estive em plataformas que avançavam sobre o mar, segurei em

meus braços homens que davam suas vidas só para lançar um único disparo contra as muralhas inimigas. Gritei, chorei, matei e quase morri mil vezes. Quando o ruído ensurdecedor da primeira brecha na muralha se espalhou, fui a primeira a transformá-lo num grito de júbilo.

Mas a balsa que nos levaria ao interior do território inimigo ainda não fora estendida. Eu dormia e acordava na batalha. Reencontrei meus generais. Executei Kjarht quando sua traição se revelou. Os homens que me cercavam me encaravam com deslumbre e temor. A esperança começou a dar frutos quando percebemos que o fogo inimigo não era renovado, e que as baterias que conseguíamos calar não eram substituídas por outros pontos de tiro. Meu plano tinha dado certo. Nossa primeira balsa foi instalada muito depois do que eu imaginara e em um ponto que eu considerava distante demais, mas era o único possível. Eu liderei o grupo que entrou por ela, disparando a pequena besta de energia que alguém tinha me dado na noite anterior, derrubando guerreiros à direita e à esquerda. Pirrim entrou comigo. Najifh guardava nossa retaguarda. Ewlker morreu no primeiro disparo em terra firme.

Avançamos pela ilha em ruínas e, por um momento, eu não sabia onde estava. A destruição era idêntica à que eu deixara em Tersa. Corpos mutilados. Casas em chamas. Armas destroçadas. Às vezes gritos. Fumaça. O som dos disparos continuava. E, por trás de tudo, um silêncio maligno, de espera. Que diferenças há entre os territórios em guerra? Talvez nenhuma.

Vimos o Monturo de longe, uma coisa enorme, grotesca e assustadora. Era uma pilha de madeira-chã, altamente inflamável e dada a descargas elétricas, fincada no solo com cinco pilares. Vi Faidke preso no alto dela. Vi Faidke junto a um dos pilares, iniciando a cerimônia do sacrifício.

Parei em seco, confusa. Najifh se voltou para mim, olhando-me com intensidade. O soldado que nos seguia, obedecendo cegamente ao meu comando, parou também. Pirrim se voltou, a fronte manchada de fuligem e sangue seco.

– Pelos deuses! Não temos tempo! – gritou.

Eu o fitei em pânico, fitei Najifh. O homem ao pé do Monturo continuava os passes. Faidke, no alto da pira, nos fitava, tentando libertar-se das correntes que o prendiam, gritando sem abrir a boca. Eu não entendia por quê.

Faidke, ao pé do Monturo, me fitou por um instante e sorriu. Havia algo diferente na mecha de cabelo em sua testa, parecia entremeada de fios grisalhos. Najifh agarrou meu braço e o sacudiu com violência.

– Eles são gêmeos idênticos! Ninguém lhe disse isso?

Eu me sacudi, trêmula, assustada, ouvindo os gritos guturais do homem sobre a pira, olhando para o homem que seguia para o terceiro pilar, seguro de que eu ficaria confusa demais para agir.

Mas ele estava errado.

– Vamos! – decidi, correndo para ele. Meus generais me seguiram.

– Não ataque o mago. Vamos romper as duas pilastras do Monturo que restam. Se ele desabar, Faidke terá uma chance de se libertar – comandou Najifh. Não hesitamos. A primeira pilastra ainda estava estremecendo sob nossos golpes quando o soldado, com um rugido, conseguiu derrubar aquela que tinha atacado sozinho. A pira estremeceu. O mago ao pé da madeira fez um gesto e algo emergiu da fumaça que se espalhava sob a madeira-chã, saltando entre nós e atacando sem piedade. Najifh foi acertado em cheio. O monstro, uma espécie de cão gigante, coberto de espinhos, desceu suas mandíbulas poderosas sobre mim, e eu me encolhi com um grito apavorado.

Mas o golpe não veio. Quando eu consegui erguer os olhos, vi que Pirrim havia corrido entre a coisa e eu e agora estava em sua boca, gritando e golpeando cada vez mais fraco, até se debater nos últimos estertores, enquanto a criatura o mastigava. O braço dele pendeu por uma tira de pele, seu sangue jorrou sobre mim. Agarrei um pedaço de madeira-chã e ataquei o monstro com tudo que tinha, enquanto meu soldado tentava abater o último pilar. Mas minha força era pouca, e a couraça de espinhos destroçou meu galho na segunda tentativa. O bicho cuspiu o que restara do último dos meus generais e olhou para mim com um grunhido. Eu recuei um passo. E outro mais. E senti uma barreira às minhas costas. Destroços. Não havia mais para onde correr.

Então veio aquele outro ruído, de madeira rolando, picando sobre si mesma. O soldado havia conseguido abater o último pilar e o Monturo se desfez, soterrando-o. Pensei, num distanciamento triste: "Agora acabou. Faidke morreu". Logo seria a minha vez.

Foi quando uma frente de energia me atingiu com força, prensando-me contra a parede. Uma criatura de trevas, duas vezes maior do que o monstro que me ameaçava e duas vezes mais assustadora, abateu-se sobre ele com voracidade. O sangue da criatura que tentara me devorar me banhou, enquanto ele guinchava e tentava inutilmente morder as trevas que o consumiam, num nauseante nó de tentáculos que se contorciam, sombras vivas e famintas.

E, além delas, pairando numa bola de clara magia, Faidke. Sua boca estava rasgada e sangrava muito. Seus punhos estavam fechados e envoltos em chamas azuladas e tremulantes. Ele estava vivo, e estava muito, muito zangado. Sua vida, seu reino e a mulher que ele tinha dito um dia amar tinham sido ameaçados, e eu não sabia qual era a ordem de sua raiva, se é que havia alguma. Seu gêmeo o encarou com firmeza e se preparou para lutar.

Acordei.

Nunca mais sonhei com Faidke, nem com Tersa, senão uma única vez. Era um entardecer, e havia paz. Do alto do palácio eu via toda a ilha e as demais, as que faziam parte do meu arquipélago. O mago estava parado à sombra de um pilar, olhando o horizonte. Então ele se voltou para mim e sorriu.

Em seus lábios perfeitos, não havia sequer a sombra de uma cicatriz. A mecha de cabelos sobre a testa exibia discretos fios prateados.

Agora, tenho o cursor sobre o ícone de "desinstalar" no *setup* do jogo, o dedo indicador pairando sobre o "ENTER".

E me pergunto, pela última vez, se perder o amor da minha vida vale a dissolução de um Universo inteiro.

# Um mar de fogo

Erick Santos Cardoso

Abrir os olhos dói, uma imagem turva que mal se forma, acompanhada de um som abafado. Esteve imerso por tanto tempo em um mar de fogo, e mesmo assim o que o incomoda é o brilho da luz do mundo real.

As mãos tateiam para fora do líquido que o cobre, espalhando o caldo âmbar que foi seu lar. Ao agarrar as bordas do leito, o choque de estar acordado reativa os seus músculos inutilizados e, finalmente, a pele do rosto encontra o desconforto do ar parado. Vomita e se desespera, porém a morte por sufocamento não vem, isso são apenas os pulmões reaprendendo a respirar.

Sai do tanque e desaba no chão, o frio assusta, deseja estar mais uma vez imerso no calor constante da memória das salamandras. Faz uma prece e é atendido. Elas o aquecem enquanto tosse tudo o que seu corpo não precisa. Ainda não enxerga além de um mundo embaçado, sua voz sai rouca, áspera. Seu choro é perturbador, grita por qualquer socorro, tem raiva de ter voltado do domínio elemental do fogo.

Pouco tempo depois, chega a ajuda pela qual clamou.

Alexander Galliardi agradece à Deusa por mais uma vez iluminar a Terra Pátria, por seu calor reconfortante e pela inspiração para guiar os seus jovens alunos. Ele se ergue em frente ao altar rodeado de velas e caminha até as portas duplas que dão para o templo. Acompanha uma revoada que voa em formação no céu até ser ofuscado pela luz de Sarali.

– Mestre Alexander, um ótimo dia sob a Mãe – grita uma garota que ele conhece bem, vem segurando um caixote.

– Um ótimo dia a você também, Gena.

– Espero que tenha gostado das vestes que bordei para o senhor. Ah, hoje eu não posso ir à aula, está bem? Preciso ajudar a montar as barracas para a festa de Nean Distante.

– Me perdoe, mas essa é uma desculpa ruim. Pode fazer suas tarefas sem negligenciar os estudos. A sacerdotisa Firione não aprovaria se eu a deixasse faltar. E eu adorei as roupas de comemoração. Obrigado.

– Tá bom – Gena diz, rolando os olhos. – Mas talvez chegue um pouco atrasada.

– Nem pensar.

– Ai, o mestre não dá uma folga mesmo – a garota fala alto, para ter certeza que está sendo ouvida.

Alexander continua a encará-la sem sorrir. Quando Gena se une a outros jovens e está longe o bastante, ele relaxa a expressão dura do mestre que quer apenas o melhor para os seus pupilos.

Aproveita para absorver a tranquilidade que o murmúrio da manhã traz, as pessoas em suas tarefas ordinárias, carregando mercadorias e fardos para a comemoração que se aproxima. A arrecadação importante que as barracas de quitutes e jogos vão gerar permitirá uma reforma no Templo do Fogo, suas paredes precisam ser libertadas das infiltrações e o telhado já mal protege das chuvas, que sempre trazem uma cachoeira de goteiras. Felizmente, nesta região chove pouco.

E, perdido no horizonte onde terminam os muros do monastério, Alexander nota a rara comitiva de cavaleiros que passam pelos portões sem resistência. Montados em cavalos escuros e vestindo mantos roxos e compridos, trazem o estandarte do circunfixo, confirmando a sensação ruim que se formava em seu peito. Pensa na mulher enclausurada no quartinho no fundo do templo. Então respira fundo e se prepara para recebê-los.

Está deitado e coberto com trapos que fazem seu nariz coçar. Rosto pálido coberto por poucos pelos ruivos, os olhos púrpura piscando devagar.

As paredes úmidas escavadas na rocha e o vento que corre pelas galerias eriçam a pele.

Se em seus sonhos estava em um mar de fogo, a vigília é um lugar frio e que nunca o deixa aquecido.

Ela está de volta, a velha estranha, vestida em trapos como ele, o rosto oculto pelas sombras, carregando um castiçal cheio de velas acesas. A dança das chamas o conforta, pois já brincou muito com elas. Estica o braço por instinto e a mulher afasta o fogo dele.

– Quero. Me dá – o homem diz.

– Vai se queimar. Cuidado.

Mas isso não o dissuade, ele puxa a mulher pela roupa e acaba por fazê-la derrubar e apagar as velas no chão.

– Queroooo – ele grita.

– Agora apagou. Calma que já vou acender.

– Eu quero agora! – O homem estica o braço na direção do castiçal como se sua vida dependesse disso. O seu sangue corre pelas extremidades, ardendo em calor.

A mulher dá um grito e se afasta, então começa a sorrir.

Todas as velas estão em chamas, sua cera derretida, seu calor confortando a pele do homem que acaricia o fogo como se fosse um animal de estimação. Seus olhos são os de uma criança que recuperou o seu brinquedo perdido.

– Louvada seja a alma da Mãe-Regente Xala, ó Deusa que habita o céu! Que benção termos você conosco, menino. Qual seu nome? Diga-me seu nome – a mulher fala aspirando, excitada, como se em sua frente estivesse uma divindade.

O homem gargalha sem reservas, um riso da inocência, vê o fogo percorrendo o seu braço sem feri-lo, com uma alegria genuína.

– Me diga seu nome. Eu esperei por tanto tempo que você despertasse. Desde que eu era menina, poucos neanos. Sempre cuidando de seu leito, vendo você dormir. Como chamo você, senhor Filho de Mammon?

Esse título parece tirá-lo do transe, e, olhando feio para a mulher que deixou de ser criança há muito tempo, ele fala devagar.

– Pyro. Eu sou Pyro. Sou um escolhido. Sou Filho de Mammon.

Alexander está em frente ao Templo de Fogo, o prédio mais importante do monastério, com menos paredes descascadas e rachaduras, o mais vistoso de todos nessa cidade feita das ruínas daquela que foi a maior concebida pelos homens, a capital do reino mágico de Arcádia.

Os visitantes descem de seus cavalos escuros com as mãos próximas das espadas que carregam, e aguardam que o líder aborde o pequeno grupo. Apenas um deles, uma figura magra e curvada, permanece montada, escorada em um homem forte.

Em volta forma-se um círculo de curiosos que não ignora a tensão no ar. A recepção é formada por Alexander e alguns acólitos, seus alunos.

– Sou o inquisidor Roni Bocatorti. Em nome do Santo Trabalho, exijo ser levado ao responsável por esse culto herético – diz um homem de barba desenhada e cabelos escorridos para trás, piscando devagar os olhos duros sob a testa franzida.

– Nossa sacerdotisa está muito doente – Alexander responde rápido, tentando não mostrar hesitação –, acamada. Podem falar comigo, sou Alexander Galliardi, e tenho ajudado no que posso pelo bem estar de nosso povo.

– É muita ousadia usarem o título de "sacerdote" para a pessoa que lidera essa blasfêmia que vejo construída à minha frente.

– Por favor, Inquisidor Roni Bocatorti, diga-me o seu propósito aqui, e prometo tentar atendê-lo. Somos um povo pobre e inofensivo, não há motivo para trazer homens armados ou usar esse tom de voz. Todos aqui adoram a Mãe da Luz.

– Não me compare a vocês. Essa crença absurda de que a Mãe que brilha no dia é feita de fogo é inadmissível. Ignora toda a sabedoria que nos foi presenteada pelos Alvos.

Alexander sente o sangue ferver sob a pele.

– Os primogênitos deste mundo também lhes deram o direito de desrespeitar a fé alheia?

– Para alguém pacífico, você soa mesmo muito desafiador, senhor Alexander Galliardi. Se sabe que represento o verdadeiro e único Templo que nos levará à ascensão, entende o seu lugar e não desafiará a vontade da Mãe Santíssima que habita a Terra Pátria, a Hierofante.

Alexander respira fundo e então pergunta:
– E qual é essa vontade?
– Seu povo está assentado em solo sagrado. Vocês sabem disso.
– Meu povo está nesta região desde o Dia do Julgamento, quando a Espada de Metatron dividiu o mundo. Nós nos restabelecemos nos escombros que cobriam toda essa planície e, se agora temos muros e tetos para todos, é pelo trabalho de gerações. Para o seu Templo é pecado sobreviver?

Ignorando a pergunta, o inquisidor fecha os olhos por um instante e fala:
– Vamos direto ao assunto. É por entendermos que são inofensivos que não nos incomodaremos com a sua fé. Mas, para a manutenção da verdade, nós precisamos de recursos, e será esperado que seu culto contribua com uma arrecadação para a Cidade Vidente. Um oficial deverá trazer por escrito a formalização dessa condição para o recolhimento a cada cheia.
– Pretendem mesmo extorquir um povo pobre e afastado? – Alexander começa a tremer e fecha as mãos, mas se detém quando o inquisidor ergue a mão diante dele.
– Eu não terminei ainda. A contribuição virá mais para a frente. Dessa forma vocês podem se preparar. Tamanha é a benevolência e a misericórdia da Santíssima. Agora, sobre o nosso assunto hoje. Diga-nos sem demora tudo o que sabem sobre o artefato mágico que escondem nesta cidade.

Sem pensar, Alexander vira um pouco a cabeça na direção do Templo, olhos ainda voltados para os do inquisidor. E imediatamente sabe que foi notado.
– Nós não fazemos... *magia* aqui. Somos humildes, mas não estúpidos. Como descendentes dos que viram a queda de Arcádia, entendemos bem demais os perigos do conhecimento proibido. As ruínas sobre as quais fizemos nossas casas nos lembram disso todos os dias.
– Mas nem todos esses neanos te ensinaram a mentir. Isso é bom, sinal de caráter. É aqui mesmo, Bianca? – diz Roni para a figura pálida que não desceu da montaria.
– Sim, Magister, é aqui que há o sinal místico – diz a mulher com esforço.

– Então vasculhem essa casa de infiéis!

– Por favor! Não! – Alexander corre atrás dos homens, mas a visão das espadas sacadas faz com que pare.

– Fique onde está, senhor Galliardi. – Os templários apontam suas armas para os acólitos e moradores do monastério. – Ou falhará em proteger o seu povo.

Das portas abertas daquele lugar sagrado, Alexander vê os agentes do Santo Trabalho chutar os castiçais de metal velho e revirar os pesados bancos. A estátua de bronze da Sarali flamejante, sua aura de fogo representada por aros e chamas esculpidas, é derrubada sobre as velas, apagando e espalhando todas elas. Lá do fundo vem um grito de mulher que faz com que Alexander feche os olhos e reze para que tudo acabe rápido. E enfim os emissários da fé que subjuga todas as outras deixam o velho prédio, os templários bufando por não terem encontrado o que procuravam.

– Não há nada aqui, pela Deusa, por que estão fazendo isso? – Alexander gesticula mesmo sob a ameaça das espadas.

– Zelote Bianca. Diga onde está. Agora! – grita o inquisidor, impaciente.

– Magister… – ela diz, mal conseguindo erguer a cabeça das costas do homem em que está apoiada. – Eu não sei mais dizer... Não há como saber. A minha mente gira. É esse calor de Sarali. Posso ter me equivocado.

– Há algumas cavernas aqui perto, Magister – diz um dos templários. – Pode ser um lugar para procurarmos.

O inquisidor afasta com um safanão o subalterno e sobe em seu cavalo. Olhando para Alexander, diz, cuspindo:

– Agradeça à única e verdadeira Mãe, seu cão, pois esconderam bem demais o artefato. Mas saiba que, por se negarem a entregá-lo, sua maldita pocilga que chamam de casa pagará caro.

– Do que está falando, Inquisidor? Está enchendo esses jovens de medo, nós não temos nada a esconder, por que devemos nos preocupar?

– Eu sou do Santo Trabalho e vivo em penitência para impedir que a humanidade seja punida pelo céu mais uma vez. Mas eles virão até vocês e usarão de meios terríveis e proibidos para tomar o que guardam. E desta vez, mesmo que gritem para a Mãe, não terão ajuda, pois não estaremos aqui. Adeusa, e que a Mãe da Luz tenha piedade de vós.

E o som dos cascos dos cavalos escuros se afasta junto com a ameaça dos que se dizem os verdadeiros seguidores de Sarali.

– Nós vamos ajudar limpar, mestre Alexander – diz Gena. – Tudo vai ficar bem.

Mas ele enxerga apenas a sujeira deixada no Templo que varre todos os dias.

Pyro pensa no conforto quente de onde não queria ter saído.

A manhã nublada, Sarali não pode ser vista e nem sentir seu verdadeiro calor na pele. O vale onde tem passado os últimos oito neanos só lhe dá a companhia dos raros visitantes que atravessam o deserto de pedra e poeira.

Mas hoje está mais uma vez sozinho com a sua cuidadora Medra. Ouve o som de suas sandálias arrastando pelo chão do abrigo cravado na montanha.

– Tome o seu chá quente, anima o espírito – diz ela, seu rosto cada vez mais cansado desde que a conheceu, quando despertou.

Pyro segura a caneca ignorando a asa, seu calor queimaria os dedos de qualquer pessoa normal.

– Não faça isso. Deve sim saber que é uma pessoa especial, mas não demonstre seus poderes para os outros, mestre do fogo.

– Eu nunca encontro ninguém. Pra que me preocupar?

– Você vai encontrar. Estou cuidando de você para isso. Sim, eu sei que estou. É para o momento certo. Tudo tem o seu momento.

– A senhora não para de falar nisso há oito neanos! A minha vida é uma maldição. Só tenho que estudar e ler e treinar minhas capacidades. Mas tudo para um dia que nunca chegará. – Pyro joga a caneca no chão, despedaçando-a, e o chá espirra na mão de Medra.

– Ai! Minha mão! Ah, menino impaciente! Eu me queimo, você sabia? Isso dói!

Sem se incomodar com a queixa dela, Pyro se levanta.

– Eu tenho paciência demais. Eu sou um poço de paciência. Por que não posso sair desse vale com aqueles outros que nos visitam?

Sem encarar os olhos púrpura de Pyro, Medra gesticula e fala como se estivesse sozinha.

– Eles estão procurando seus irmãos. Nós temos feito isso há muito tempo. Depois que o Mestre Branco nos encontrou, está reunindo todos de novo. Nós temos que ajudar. Você já tinha sido encontrado e eu vigiava o seu leito. E então despertou e eu pude ficar do seu lado. Outros viajam. Sim, eles procuram aqueles como você. Especiais. Os Filhos de Mammon.

– Eu não quero saber! Meu corpo me pede todos os dias que exploda, que entre em erupção, para finalmente exaurir toda essa energia intensa. Elas gritam dentro de mim, você não entende. Já li todos os seus malditos livros embolorados – Pyro aponta para a estante úmida e cheia de tomos velhos. – Eu agora falo sua língua melhor que você e que muitos nobres desse mundo, se é que ainda existem, entendo tudo o que vocês, velhos, me dizem, já decorei as histórias todas, mas não posso ficar preso para sempre neste lugar.

– O mundo é perigoso, meu mestre do fogo. Há aqueles que farão de tudo para impedir a ascensão.

– Você parece os meus pais-mestres. Essa ascensão me foi prometida antes, mas no fim só me fizeram dormir. Eu quero ver Aquanis. Quero ver Kaward. Por que ninguém me conta onde é que meus irmãos estão?

– Os Filhos estão pelo mundo, o mestre sabe disso. Foram espalhados pelo traidor Melquior antes que a terra fosse dividida, mas nós estamos procurando. Vamos encontrá-los todos. Tenha calma, mestre.

– Já estou no limite! Vou sair daqui nem que precise ir sozinho.

– Não faça isso. Não impeça que eu execute o meu trabalho, menino mestre.

Mas Pyro e a cuidadora Medra se sobressaltam quando uma porta bate e surgem dois visitantes, seus rostos iguais, olhos e sorrisos negros rasgados sobre o branco, vestes longas e escuras ocultando as suas silhuetas.

– Estão discutindo de novo? – diz o mais baixo deles, tirando a máscara e revelando um homem de olhos cansados e testa franzida.

– Não é nada – diz Medra. – Eu estou cuidando bem do mestre Pyro. Estou sim.

– O menino está bem? – ele pergunta, ignorando que Pyro já é um homem feito.

– Eu estou bem, sim. Mas não preciso mais que me tratem como uma criança.

– Perdoe-me, mestre Pyro. Mas renasceu há pouco tempo, estamos te ensinando tudo o que podemos e o mais rápido possível.

– Oito neanos é bastante tempo. É mais do que eu já tinha vivido antes do longo sono. Já li todos esses livros.

– Muito bem – sorri o homem de olhos cansados. – O mestre branco vai ficar satisfeito.

– Eu cuido direito – diz a cuidadora.

– Já entendi, Medra. Escutem, viemos para avisar que é hora de partir.

O rosto de Pyro se ilumina.

– Partir? Deixar este lugar?

– Sim, mestre do fogo. O seu treinamento vai bem?

– Claro! Estou mais que pronto. – Pyro estala os dedos, e um dos livros da estante de Medra explode em uma chama dançante. Ela corre para apagar.

– Excelente, controle total das salamandras – diz o homem.

Pyro sorri orgulhoso e repara nas mãos do homem que pousam em seus ombros.

– Mestre Pyro, é chegada a hora de tomar o que é seu. Tenho grande confiança que finalmente encontramos.

– Está falando sério? É a minha herança? – Pyro mal pisca.

– Sim. Vamos recuperar a sua pedra-alma, a Pedra de Salamandra.

Em um quarto pequeno e envolto por paredes caiadas, um forte cheiro de urina arde no nariz de Alexander. Vê a mestra Firione na mesma posição subjugada de sempre. A visão triste dessa mulher que lhe ensinou tanto dói. Senta-se ao lado dela em um banco simples.

– Vou deixá-los a sós – diz Tietra, a única filha de Firione a sobreviver à última tragédia que assolou Estrela de Fogo. Ela se levanta e sai, fechando a porta que range.

– Olá, Alexander. Sarali está bonita no céu?

– O dia está nublado, mestra Firione. Mas mesmo assim ela vence a cobertura de nuvens para nos iluminar e trazer um pouco de calor.

A velha Firione abre um sorriso e olha para a parede onde sua cama está encostada.

– Sempre sincero. Mas também sempre otimista.

– Apenas sigo os seus ensinamentos. Eu estou...

– Preocupado? – Firione segura a mão de Alexander. – Não é a primeira vez que esse "Templo" vem aqui. Nós temos que aceitar que cada vez que o encarregado dessas organizações muda, eles vêm aqui e em todos os lugares onde não conseguiram encontrar respostas para as suas dúvidas. Querem mostrar serviço para os superiores, claro.

– Mestra, eu era jovem quando tudo aconteceu. Preciso saber se há mesmo algo aqui que faz essas pessoas retornarem.

– Não há nada – Firione diz e fecha os olhos para ver a escuridão. – Diga-me, jovem, você acha que Tietra alguma vez vai sorrir de novo?

– Ela está sempre com um sorriso no rosto.

– Ora, ambos sabemos que não é real. Desde que escolhi permanecer nesse mundo para poder cuidar dela, ela nunca me perdoou.

– Você não tinha escolha, não iria deixar sua filha sozinha.

– Eu tive escolha, mas ela não concordou com a minha decisão. Talvez ela preferisse estar com a irmã... Ah, minha Deusa. Perdoe-me, querido, mas acho que... Chame Tietra, sim?

O mau cheiro invade as narinas de Alexander.

– Não precisamos dela. Eu posso fazer isso.

– Eu não posso exigir isso de você. Ainda mais com tudo o que já passamos. Os momentos que dividimos – ela aperta a mão de Alexander.

– Por favor não fale sobre isso, mestra.

– Você vai me chamar de mestra sempre que quiser evitar olhar para a mulher que está aqui. – Firione vira para a parede, a testa franzida.

Alexander levanta as cobertas e pega os panos para limpar esta que é a pessoa mais importante de sua vida.

No silêncio de Firione está a vergonha de ter que ser cuidada pelo seu aluno e sucessor. Ter seu corpo remexido por um homem que poderia estar criando uma família, e não carregando o destino de pessoas que perderam a fé e seus antigos propósitos. Esse homem que poderia ser seu filho já deitou com ela nesta mesma cama para trocas proibidas, impensáveis para os seus seguidores, uma relação mais sagrada para eles dois que a sua própria religião, ainda que não o digam em voz alta. Mas o maior constrangimento da velha sacerdotisa é quando é virada de lado e o quadril vitrificado pela crisálida é exposto, e o cuidado com o que seu pupilo retira a sujeira das pontas de cristal que protuberam de sua carne tomada pela doença dos magos.

Alexander sai e volta com panos limpos e esteiras novas para uma próxima necessidade.

– Os meninos estão cuidando do Templo, mestra. As comemorações vão acontecer sem problemas.

– Claro, meu querido. Eu sei que vão. – Firione sorve a água que recebe para não engasgar. – Alexander. Você deve estar preparado para defender os seus meninos.

– Sei disso.

– Não. Você sabe do que estou falando. Me ver nessa cama destruída não pode ser impeditivo para que use o que sabe, aquilo que é o nosso direito.

O sucessor olha para o teto e suspira.

– Mestra, acho que... – Alexander se lembra de Estrela de Fogo em chamas, como submersa em um mar flamejante, os gritos dos fugitivos e dos soterrados pela destruição, as ruínas da velha Arcádia resistindo enquanto os novos prédios eram esmigalhados pela terra que tremia, faminta e indiferente ao caos que causava. – Eu não tenho mais praticado.

– Isso me deixa desapontada, você sabe disso.

– Entendo.

Firione respira fundo ruidosamente.

– Não ache que a magia é a culpada pelas nossas tristezas, Alexander.

– Como não? – Alexander aperta os próprios joelhos. – A senhora que me ensinou que essas ruínas onde construímos nosso monastério foram parte do maior reino humano, onde ousaram abrir o céu com magia para alcançar a ascensão. Se o mundo foi cortado pelo Mensageiro e os seus pedaços espalhados pelo mar é porque a nossa ambição foi grande demais.

– A história de Arcádia apenas nos diz que a magia é sedutora, e os próprios Alvos não nos ajudaram a evitar a punição. Mas o povo antigo respeita a vontade da Deusa acima de tudo, mesmo vendo nossos erros como um processo natural de crescimento de nossos espíritos. Você é a prova disso. Ajuda esses jovens todos a viver na borda do mundo, aqui onde jazem os restos do sonho do conhecimento. Se só houvesse ganância em nossas almas, eu não teria a chance de conhecer um homem tão bom como você, meu querido.

– As suas palavras são bonitas, mas eu não sei se estou pronto para ser você. Não me exija isso agora.

– Eu só quero que você seja o que é. Sua liderança é importante para o nosso povo.

Alexander acende um incenso que exala um odor agradável.

– Que o nosso povo possa escolher como viver. É disso que eu gostaria.

Nesta noite, sob a luz rubra de Anmas, tocam música e executam danças há muito ensaiadas como que para provar que não se abalariam, mas todas são duras e sem entusiasmo, cheias de tensão pelo que pode acontecer.

Alexander, que estava com Firione até pouco tempo atrás, é convidado para a praça principal onde acenderá a fogueira. Com uma tocha em chamas na mão, ouve a reclamação dos alunos.

– Desse jeito não, mestre Alexander! Por favor! Pela tradição.

Mas ele respira fundo e apenas joga o fogo sobre o óleo combustível que encharca a madeira. A fogueira é recebida com aplausos polidos e decepcionados.

As canções chamam as salamandras para dançarem ao lado dos mortais e agradecem à Deusa por iluminar todos os dias. Para Alexander, a vontade de se enclausurar com Firione é tentadora, mas sua responsabilidade com os jovens que se esforçaram tanto fala mais forte. Cozinharam quitutes e enfeitaram as ruas e ruínas com bandeiras vermelhas e amarelas, as cores do fogo que tudo purifica.

Reúnem-se todos em um grande círculo em volta da fogueira e, de mãos dadas, cantam e giram agradecendo por mais um Neano Distante.

*Obrigado, Nean*
*Agora distante*
*Agora mais distante que todos os dias*

*Que regresse logo de sua viagem*
*E traga para nós*
*O Dia Dourado*
*Obrigado, Nean*
*Por suas Filhas de Fogo*
*Que suas chamas fortes*
*Nos iluminem o dia*
*Que suas chamas fracas*
*Nos iluminem a noite*
*Enquanto você não vem*
*Enquanto você não vem*

– Que cesse essa blasfêmia! – grita uma voz que Alexander reconhece. E, quando se levanta para ver de onde veio, revelam-se os invasores liderados pelo inquisidor Roni Bocatorti, um grupo de templários que chega apontando mosquetes e bestas para o povo reunido na comemoração.

– Em nome da Deusa, o que está fazendo? É uma festa de nosso povo, por que estão aqui? – Alexander grita, inconformado.

– A sua Deusa eu não reconheço, herege. E eu disse que voltaríamos, e o Santo Trabalho realizará o seu intento.

– Está apontando armas para crianças e jovens, é essa a incumbência que lhe deu a Deusa em que acredita?

– Cale-se, desgraçado. A Deusa é maior que a minha tola fé. Contenha-se ou todos pagarão com suas vidas. – E, voltando-se para seus subordinados. – Zelotes! Preparem-se para encontrar o objeto, não sairemos daqui sem a pedra, dessa vez.

Então a mesma mulher pálida de antes é descida do cavalo e toma a frente, erguendo os braços e o seu cajado, seguida por um quinteto que, como ela, usa roupas longas e tem os olhos vidrados de quem dedicou suas vidas em reclusão e servitude.

Alexander sabe bem que o que estão fazendo é a criação de um fluxo de mana para a invocação de magia. Mas qualquer ruptura no controle dessas energias pode ser fatal, a visão da Mestra Firione aleijada pela crisálida é lembrança suficiente para temer pelos seus alunos.

– Parem! Vão cristalizar todos nós!

– Idiota! – Roni grita como se estivesse catequizando fiéis. – Os zelotes são praticantes que vivem no caminho sombrio para servirem ao Santo Trabalho. Corrompem as suas almas em nome de um propósito maior, por isso usam os sortilégios dos ímpios. A Deusa está do nosso lado, nós não falharemos.

E a líder zelote clama em direção ao céu.

– Eu sinto. Está aqui, é uma grande concentração de energia selvagem e quente, é como um ninho de salamandras!

A concentração de mana dos magos templários deixa o ar pesado, difícil de respirar, quase palpável. Alexander sente que se esticar o braço pode colhê-lo e controlá-lo, caso deseje. Ele vê as expressões assustadas do povo, Gena está chorando, abraçada a outro de seus acólitos.

"Minha Deusa que arde no céu e traz o dia, liberte-nos antes que nos façam mal. Traga sua luz para que eu saiba o que fazer."

E como se as preces fossem atendidas no mesmo instante, uma rajada de fogo estoura no grupo de zelotes e dispersa no ar, impedida por um escudo invisível.

– Malditos! – O inquisidor procura de onde veio. – O Santo Trabalho está sob ataque. Punam esses loucos com a morte!

Inocentes correm e gritam sem saber aonde ir, contrastando com a determinação dos dois grupos que se formam para a luta, escolhendo adversários.

Alexander aproveita a distração dos templários e, sem querer saber quem está atacando, arrasta todos que o ouvem para o abrigo do velho Templo do Fogo.

– Gena, feche essa porta, ponha tudo o que puderem para que não consigam abri-la.

– Mas você precisa vir com a gente – ela mal consegue falar, chorando. – Venha conosco. Por favor! Por favor! Não podemos perder você, não você! – os olhos agoniados e espremidos.

– Eu vou afastá-los. Agora me obedeça! – e Alexander se vira para encarar paralisado as rajadas de seu elemento sagrado sendo dissipadas pelos zelotes, até que a própria Bianca é atingida em cheio, retirando-a de sua concentração no círculo de fluxo.

– Não percam o foco! – a líder zelote grita, as vestes em chamas. – Não deixem quebrar... – e, antes que possa completar a frase, seu braço se cristaliza em uma estrela de vidro, derrubando o cajado que segurava. Bianca berra de horror do fundo da garganta. – Minha Deusa! Minha Deusa! Salve-me, Mãe! – Ela rola no chão para apagar o fogo, quebrando um pedaço de seu membro em crisálida.

Alexander inspira fundo, o coração acelerado, os calafrios subindo-lhe pelas costas, a pele ardendo pelo mana descontrolado e que se dissipa, pois caem um a um os magos templários que mantinham o fluxo.

E é nesse momento que finalmente conhece os novos invasores. Em frente à fogueira, como um espírito do fogo que se materializa, sua armadura esmaltada brilhando como brasas, os estalos e a dança das chamas confundindo-se com sua capa. As suas mãos em garra segurando fogo vivo, seu rosto impassível aos gritos e à fuligem que lhe voa aos olhos. À volta do guerreiro flamejante, vultos cobertos em panos compridos como sombras, todos com os mesmos rostos, máscaras brancas inumanas sem remorso sobre os seus propósitos.

– Onde está? – grita o Inquisidor para a líder zelote caída, que ainda não se conforma com seu braço vitrificado.

– Perdoa-me, Mãe, eu me sujei demais nas sombras.

– Responda! Onde está a pedra-alma?

– Excelência, eu senti... Está mesmo dentro daquele Templo. Eu tenho certeza.

Roni franze a testa, seus olhos semicerrados e um leve sorriso de quem sabe que estava certo.

– Mas serei salva? Eu estou condenada, Magister.

Olhando-a de cima, sem esconder a repugnância, ele diz:

– Não deixe esses novos hereges chegarem até mim, Bianca. Proteja o Santo Trabalho e tenho certeza de que a Mãe irá perdoá-la.

– Sim, a Mãe é misericordiosa. Que assim seja!

– Apenas cumpra o seu propósito! Somos apenas a ponte para a vontade do céu.

Largando-a para impedir o avanço dos adversários, o Inquisidor corre para a entrada do prédio, onde se depara com Alexander.

– Saia da minha frente, herege! – Roni diz e saca a sua rapieira prateada, mas sem se dar o trabalho de apontá-la para o oponente.

Alexander está desarmado e sabe que é o único que pode proteger os jovens lá dentro. Mas, antes que possa pensar, o Inquisidor avança muito rápido e estoca-lhe a barriga. Incrédulo pela dor lancinante, cai de joelhos no chão e é chutado de lado para sangrar até a morte. Vê o Inquisidor forçando a porta com o corpo, mas ela está bem trancada.

Roni pragueja, mas, em um reflexo incrível, escapa em um salto para o lado quando uma bola de fogo explode na porta. É o guerreiro de fogo que se aproxima, tendo deixado para trás os zelotes consumidos pelas chamas e seus comparsas derrotados. Sem tempo para contra-atacar, o Inquisidor é atingido por um chicote flamejante surgido do ar e que derruba a sua espada.

– Quem é você, que ataca um servidor do Santo Trabalho?

O guerreiro do fogo responde, sua voz excitada, como se estivesse feliz com o que se passa em volta:

– Eu não conheço o seu trabalho, vim apenas reclamar o que é meu. Sou Pyro, guarde o nome daquele que vai mandá-los para o mundo dos espíritos.

Pyro ataca com fogo, mas imediatamente Roni se cobre com a capa, que se inflama.

O inquisidor rola pelo chão tentando apagar as chamas, gritando.

Mas Alexander ignora isso. Enxerga Anmas no céu, uma imagem pacificadora, que lhe traz conforto enquanto deixa o sono e o medo cobrirem a dor que grita em sua barriga. Pensa como em um momento fatal o único sentimento é de conforto, de consolo para aceitar o que está acontecendo. Quando o terremoto aconteceu também foi assim. Os prédios sendo engolidos pela fenda formada e a mesma vontade de esquecer a morte iminente e morrer em paz. Mas agora, respirando esse ar pesado do mana revolvido pelos invasores, sabe que pode encontrar uma nova chance, basta apenas manipular o combustível que lhe permitirá o favor das salamandras. Ignora as mãos negras pelo seu sangue e a roupa de festa bordada por Gena, agora encharcada, e então respira fundo, primeiro para se concentrar e sentir o quão destruído está por dentro. Não é um cirurgião, não conhece tão bem anatomia, e ainda assim se guia pelos sinais da sua carne, navegando pela dor até a fonte dela. Não quer saber da luta ou da porta do Templo arrombada pelo guerreiro do fogo. Não quer acreditar que a força que sempre entendeu como sagrada será a perdição de seu povo. E então a vê como uma amiga querida, uma verdadeira mãe cuidadosa que entende seus filhos e pode confortá-los. E nesse impulso cauteriza-se para evitar perder mais sangue, morde os lábios com a dor horrível que lhe causa espasmos e quase desfalece. Mas não pode adormecer, vê o dia do terremoto, o momento em que aquele prédio cedeu e silenciou o desespero de uma família quase inteira, tendo dela apenas sobrado a pequena Gena, e todo o seu esforço mágico em levitar toda a madeira e argamassa foram em vão. Quando encontrou a mãe dela ainda viva sob os escombros e se atrapalhou inteiro tentando estancar as hemorragias magicamente e, enfim, a mulher cuspiu o último suspiro na frente da filha, em choque. Mas, se a sua provação foi dura, ainda mais tinha sido a da mestra. Firione, sozinha, segurava com a força mágica as pilastras do antigo Templo do Fogo para que as pessoas fugissem. Tietra gritava ao lado dela, pedindo que não deixasse a sua irmã Tiita lá dentro. Firione não podia mais suportar e anunciou, em prantos, que teria que soltar. Então Tietra decidiu por conta própria entrar no prédio, ignorando os gritos da mãe. Firione tirou energia não se sabe de onde, esperneando de medo, e apanhou sua filha, arremessando-a para fora, para a segurança. Porém a quantidade de mana canalizada foi tão grande que não pôde suportá-la e seus ossos e músculos das costas estouraram em crisálida, acabando com a sustentação do corpo. Caiu para nunca mais levantar, mas como uma heroína. Após uma escolha que uma mãe nunca deveria ter que fazer.

Essa lembrança de culpa fez Alexander evitar a magia por muito tempo, mas agora ela retorna clara para mostrar-lhe que nenhuma punição autoimposta lhe trará redenção. Se a culpa o aleijou por longos neanos, vencê-la agora é o impulso que o liberta. Convenceu-se de que não deveria usar a magia, um dom conquistado e estudado por tanto tempo em sua fé, como se uma falha o tornasse indigno de ser apenas ele mesmo, um homem imperfeito e que vive sob a mesma Sarali que ilumina a todos.

Mas agora ele sabe que pode.

Pyro está diante do altar que tem a deusa em seu centro. As velas estão acesas, e isso o tranquiliza. Os bancos de madeira em chamas, a fumaça se acumulando e tornando o local impossível para se respirar.

– Está aqui, mestre do fogo – diz um mascarado. – É para isso que nos aprimoramos diariamente e cuidamos de vocês, que viveram em Mammon.

– Parem com essa loucura! – grita uma velha se arrastando pelo chão. Jovens choram abraçados a ela. Alguma coisa mantém a fumaça longe desse pequeno grupo, como se houvesse uma bolsa invisível de ar.

– Não, Mãe Firione, a senhora já está se esforçando muito. Deixe-os ir embora!

– Me deixem. Você, mestre do fogo, não repita o erro dos nossos antepassados.

– Diga-me, velha – Pyro fala sem deixar de olhar para a estátua –, por que quer me dissuadir de obter o que é meu por direito? Eu fui preservado em um sono caloroso e brilhante por muitos neanos apenas para poder cumprir o meu papel na ascensão.

– Sim, mestre do fogo, não ouça esses infiéis. Você é um grande mago.

A velha Firione tosse quando um pouco de fumaça entra na área que isolou. As suas costas doem mais que pode suportar.

– Você deve ser com certeza um dos sobreviventes – ela diz. – Um verdadeiro Filho de Mammon.

Pyro se vira para a velha.

– Eu sou Firione – ela continua. – Tenho cuidado desta gente há muito tempo nesta terra deserta e pobre. Aguentamos terremotos terríveis que, graças à Deusa, diminuíram com o tempo, mas tudo isso apenas para ficarmos longe dos perseguidores. Agora esse Templo bateu à nossa porta usando a magia que sempre disseram proibida. Mas você é diferente. Pode acabar com esse sofrimento todo. Você que só está vivo pela misericórdia de Melquior.

– Não ouça essa mulher – o mascarado vai até Firione e chuta-lhe o rosto.

Pyro deixa o fogo que se agita dentro de si vir à tona e o faz jorrar de suas mãos sobre a estátua que essas pessoas estranhas adoram.

Ela lhe lembra Aquanis, seu rosto impassível, seus olhos tristes. Como será que cresceu a sua amada irmã gêmea?

A velha estendida no chão grita, os mascarados apenas assistem maravilhados à imagem que arde com um calor tão forte que faz com que todos se afastem. Mas Pyro observa impassível o metal cedendo e escorrendo como se fosse uma vela. A ideia do fim de sua busca acelera o coração no seu peito em antecipação.

– Enfim ela é nossa! A Pedra de Salamandra é nossa! – grita um mascarado empolgado, apenas para sentir o coração acelerar ao ver que o que se revela sob a estátua oca é um objeto comprido e incandescente pelo calor. Mas não é uma gema, um rubi do tamanho de um coração, como o esperado. Liberto do invólucro de bronze e sem sustentação, o objeto cai com um som metálico e as vozes se calam, o único ruído é o estalar do fogo que consome os bancos de madeira.

Pyro se surpreende.

– Eu já vi isso antes. É uma espada. Lembro de Melquior com ela. Mas e a pedra-alma? Onde está a pedra?

– Não existe pedra nenhuma, mestre do fogo – diz a velha Firione, tossindo. – Meu papel e o dos meus antepassados era proteger essa espada, essa é a missão que nos foi dada.

– Vocês me disseram que estava aqui! – Pyro grita até tossir, segurando a espada em brasa, apontando-a para seus comparsas.

– Mestre, nós não entendemos. A energia dessa espada é como a da Pedra, é o que sinto até mesmo agora, ela vibra com as salamandras. Nós procuramos muito. Nós vivemos para isso.

– Eu exijo o meu legado! – Pyro balança a lâmina e derruba um mascarado que perde seu disfarce, revelando Medra, a sua cuidadora. Ela jaz com a cabeça aberta pela espada, imersa na barreira de fumaça e fogo. – Me digam onde ela está, seus mentirosos desgraçados. Eu não irei ser posto para dormir à força de novo!

E, ignorando a raiva cega de Pyro contra os seus companheiros, Alexander rasteja abrindo o caminho com uma reserva de ar, até finalmente encontrar Firione e seus acólitos caídos no meio do inferno. Ele respira pouco para não consumir muito da fonte de vida, a dor na barriga ferida latejando. Então toca a mão da sua mestra quase desfalecida.

– Alexander? Não. Fuja daqui, aqui não tem ar – Firione diz tossindo, olhos entreabertos.

– Não fugirei. Nunca mais. – Com um movimento delicado, a fumaça se dissipa mais e forma-se um túnel de ar limpo por onde se arrasta com os jovens e ela para fora.

No meio do mar de fogo, o invasor furioso derruba tudo em volta com sua espada em brasa, sua luz visível mesmo entre a fumaceira, em cortes sem direção, sem notar ou se importar com os fugitivos que se esgueiram para fora.

O ar fresco da noite de Nean Distante enche os pulmões agoniados. Alexander e Firione estão com os jovens em uma pequena colina, após cambalearem para o mais longe que conseguiram.

A fogueira da festa arde pequena e solitária perto do Templo de Fogo que sucumbe, flamejante, vomitando fumaça para o céu vermelho.

O mestre do fogo anda pela cidade vazia com sua armadura e espada incandescentes. Ele grita e arremessa fogo, mas não há mais ninguém para pagar pela sua frustração. Dos outros invasores do Templo e dos mascarados, restam apenas cadáveres. Os moradores estão todos escondidos.

Ele por fim desiste e sai pela rua que dá na entrada do monastério.

Alexander respira fundo. Logo o sangue esfria e o entorpecimento toma conta de sua carne.

– Acho que todos se foram – diz Alexander, com a testa franzida. Mas Firione está quieta.

– Fale comigo, mestra.

– Eu... Eu não fui tão sincera com você, meu querido.

– Mestra...

– Chame-me de Firione. Por favor, se é meu fim, que nossos sentimentos sejam claros pela última vez.

Alexander olha para o corpo quebrado da sua velha amiga, os vidros que protuberam de sua carne manchados de sangue pelo esforço. A crisálida visivelmente maior que antes, comendo as suas costas inteiras.

– Está bem. Diga o que tem a dizer, Firione.

– Você usou magia para nos trazer mais ar – ela diz devagar. – Seu controle é ótimo, veja como eu não posso mais usar nada, tudo alimenta a crisálida.

– Eu sei.

Ao longe surgem moradores de dentro das casas do monastério. Os acólitos falam baixo, como se não quisessem acordar os invasores mortos.

– Nós precisamos de você – ele diz à sua velha mestra e amiga, que tanto amou esta cidade escondida do mundo. – Eu preciso de você.

Alexander sente o toque dos dedos de Firione em seus lábios.

– Escute, Alexander. Agora que isso aconteceu, não há mais como evitar – Firione para de falar pois a dor a impede. Respira fundo e continua. – Você precisa avisar os nossos aliados.

– Aliados? Mas nós vivemos sozinhos, não fazemos contato com os grandes reinos. Veja o que o mundo externo nos fez!

– Você tem que me escutar. Se não for até eles e avisá-los do que essas pessoas são capazes, de que há um Filho de Mammon do lado deles, chegará um momento em que mais nenhum lugar do mundo será seguro o suficiente.

– Não me importa, se ao menos eu pudesse cuidar de vocês.

– Escute com atenção. Você deverá procurar pelo reino de Majestosa. Eles são amigos dos Alvos denorianos. Eles vão te guiar. – Firione aperta a mão de Alexander com força. – Repita o que eu disse.

– Reino de Majestosa. Alvos denorianos. São nossos aliados. Mas por que você tem que agir como se fosse a última vez que nos falamos?

Firione sorri. Em silêncio, ouve os soluços dos jovens em volta.

– Porque, se eu não fechar seus ferimentos direito, é você quem vai morrer.

Alexandre fecha os olhos e engole o suspiro que fica preso no peito, sem lhe trazer alívio. E a dor que não lhe deu trégua inunda a sua cabeça, sobrepujando os seus pensamentos. Quando vê o rosto sereno de Firione, sabe que respeitar a sua decisão é a única coisa digna a fazer.

– Gena, Tietra, meninos... Deixem-nos a sós. Confirmem se os invasores se foram e não deixem que o fogo vá além do templo.

E pela primeira vez, Alexander é atendido sem ressalvas ou questionamentos.

Sentindo a brisa nas bochechas cheias de fuligem, com a mão no rosto de Firione, deixa que ela toque a sua barriga e peça aos elementos que fechem os seus ferimentos. Ela conhece o suficiente sobre a arte de curar para ajudar as energias religarem cada tecido destruído, absorvendo o sangue que inundou os lugares errados, acelerando todos os processos naturais até que só reste uma cicatriz de cirurgia mágica, para que Alexander nunca se esqueça do preço alto que a natureza lhe cobrou.

O som da crisálida estourando o corpo da mulher que ama o faz liberar o choro contido.

Os olhos tranquilos de Firione apenas tremem de leve no final, para então congelarem em sua derradeira e eterna expressão sem vida.

Para Alexander, a paz que domina sua carne o faz ter ódio do próprio alívio. A dor que já não existe o fere mais do que há instantes.

– Sacerdote... – diz uma voz conhecida, mas Alexander não pode encarar seu rosto. – Ela enfim descansou. – O fogo que consome o Templo estala de longe. – Mas não se sinta mal. Você cuidou de todos quando ela não podia mais, e no fim até mesmo o seu dom você usou. Olhe para mim, mestre.

Alexander vê um sorriso verdadeiro, envolto em lágrimas.

– Quando você se libertou, ela enfim pôde nos deixar para trás. Obrigado.

E Tietra se abaixa e abraça a sua mãe que jaz no colo do líder de Estrela do Fogo.

Alexander sabe que as duas estão bem.

Roni Bocatorti está deitado com a pele ardendo pela penitência. Queimou-se com um banho da Sarali do meio-dia, horas sob ela, seu suor misturado ao sal, para que nas próximas novenas não se esqueça da sua falha. A perda dos zelotes, a perda do artefato, a sua impotência diante do poderoso guerreiro flamejante.

Pensa na Suprema Aorya, em como seus olhos gentis não demonstrarão a decepção que sentirá, como esse contratempo a afastará dos favores da Hierofante, a Mãe Santíssima.

Se pudesse ter a misericórdia da Mãe e ter a sua vida arrebatada, estaria livre desse sentimento. Mas precisa conviver com isso. Com a vergonha de ter fugido de medo ao ver aquele homem destruir todos os seus comparsas com a espada em brasa, com a consciência de que abandonou o seu dever para poder preservar a sua integridade física.

Tenta se convencer de que é porque precisará de mais preparo para poder cumprir seu papel. Mas lá dentro está a presença da desonra e a dor que ela lhe inflige.

E esse sentimento deverá movê-lo adiante.

Pyro olha para o chão. Está em uma sala escura, rodeada de linhas azuladas como veias que levam a energia que alimenta cada parte dessa estação.

Seu peito arde pelo frio, pela derrota, pelo legado que lhe foi negado, poucos dias atrás.

– Por que não olha para mim?

Ele não quer encarar o seu senhor, o responsável que irá conduzi-lo até a verdadeira ascensão.

– Você não falhou. É um guerreiro formidável. Olhe para mim – o toque dele em seu queixo é gelado, como Pyro nunca soube que seria, pois não foi tocado por um L'dren antes. E ele ergue seu rosto para que possa vê-lo.

A figura sombria diante de Pyro tem a pele pálida e azulada pelas luzes da sala. Seus olhos negros, sua expressão não é gentil.

– Você é o Senhor Branco? – ele enfim fala.

– Não me importam esses nomes que os insanos me dão. Eu sou Zorak N'ldir, sou um L'dren, e vou ajudá-lo a alcançar o seu papel nesse mundo.

– Eu me enganei antes. Agora vocês me encontraram. Me disseram que eu te encontraria um dia. Mas se é para viver sem propósito, então eu aceito voltar para o meu sono.

– Não haverá mais sono para aqueles que despertaram. Eu tenho os meios e o conhecimento para abrir o céu. Você me seguirá para recuperar a sua pedra, a Pedra de Salamandra, e com ela abriremos a Última Fortaleza.

Pyro vê naqueles olhos de abismo uma determinação contagiante.

– Se você diz a verdade, então eu vou. Eu irei até o verdadeiro fim do mundo.

# Coração de Ouro

Karen Alvares

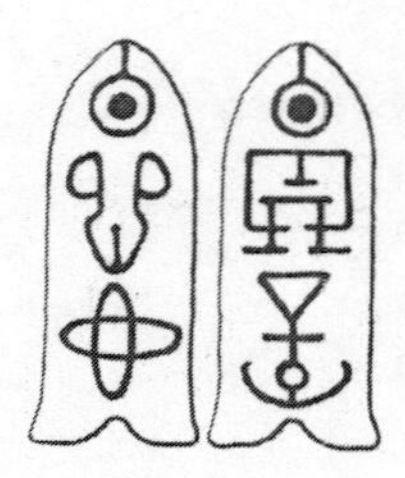

"VOCÊ AMA A PÁTRIA?", perguntam os cartazes espalhados pelas fétidas ruas cor de barro.

A frase é repetida uma, duas, milhares de vezes. A voz da Mãe Pátria está em todos os lugares, em todos os becos escuros, nos gritos assustados das crianças e nos berros ferozes dos guardas armados até os dentes.

A voz *dela* está dentro até mesmo de sua cabeça.

Repetindo...

Sem parar.

Nem precisa procurar. Você sabe muito bem. Você ouve. Você sente.

Porque é assim que as coisas são e sempre serão aqui em Brax. Aqui as coisas jamais mudarão. Era o que diziam os governantes quando ainda éramos um país. É o que diz a Mãe Pátria agora que somos um só coração, separado do resto do mundo.

Estamos no ano 27 do século I de Brax. A bem da verdade, isso não significa grande coisa, mas se alguém perguntar, eu nunca disse isso. Depois que o país se separou do resto do mundo, assumimos um calendário próprio, porque aparentemente éramos maiores que qualquer contagem pagã do restante do planeta. O ano 1 marca a posse definitiva do Primeiro Regente, o Pai Pátria, quando também foi declarada a "Nova Independência de Brax".

Foi na mesma época que os Magos foram considerados Ilegais, uma ameaça mortal aos Ordinários e, portanto, começaram a ser caçados pelo governo.

*Quem são os Magos?*, você me pergunta. Não, essa não é uma versão bizarra de *O Senhor dos Anéis*, muito menos de *Harry Potter* (livros proibidos, assim como qualquer outra coisa por aqui, mas li mesmo assim, são clássicos).

Já vou explicar. Afinal, eu também sou uma Maga.

Tudo começou antes da Nova Independência. O planeta não estava indo muito bem, aliás, nunca esteve. Em Brax – que tinha outro nome na época – as coisas estavam ainda piores. Faltava tudo, praticamente. Energia, petróleo, comida... mas, especialmente, água. Os governantes colocaram panos quentes no descontentamento da população, ou melhor, mentiram descaradamente, como já era de costume. Havia comerciais pró-governo na tevê e na rádio, *pró-qualquer-governo*, na verdade. Afinal, o que você faz quando tem problemas? Propaganda.

Naquela época, o povo até que tentou se revoltar, mas todo mundo estava dividido e, portanto, desunido, o que por fim causou sua escravidão até os dias de hoje. Separados por ideais, defendendo governantes que não davam a mínima para eles, a população perdeu a queda de braço; os governantes se uniram, afinal, pelo *seu próprio* bem maior.

Controlar o povo.

Mas o que eles não imaginavam era que a falta de recursos, além de dizimar parte da população com doenças devastadoras, também criaria uma nova classe de pessoas que, devido a mutações genéticas, desenvolveram poderes especiais.

Não, essa também não é uma versão alternativa de *X-Men* (outro filme proibido).

As pessoas não entendiam o que eram aqueles poderes. Talvez inspirados nos também censurados livros de fantasia, as pessoas acabaram dando o nome de *magia* àquelas estranhas habilidades. Como soltar raios de luz pelos dedos, por exemplo.

É de pirar, não?

O que essa luz fazia variava de pessoa para pessoa. Ela podia simplesmente aquecer um copo de leite. Mas podia também paralisar o coração de *algo vivo*.

Havia as pessoas que controlavam os elementos. Fogo, terra, água e ar. A princípio era um milagre, mas logo as coisas saíram do controle, obviamente. Sem nenhum tipo de orientação, as pessoas com poderes, ao invés de gerarem recursos, acabavam extinguindo-os ainda mais: os que detinham o poder da água, por exemplo, secaram os poucos mananciais ao invés de alimentá-los com seu poder.

Pelo menos foi o que o governo disse na época.

Houve incêndios, quedas de aviões e terremotos (coisa improvável, quase impossível no país que existia antes de Brax). A falta de água se tornou insuportável. As pessoas queriam culpar alguém. O governo também.

Por isso, é claro que essas pessoas começaram a ser perseguidas. No começo pelo próprio povo, assustado e cheio de preconceitos, e depois pelo governo, que finalmente encontrara seu bode expiatório perfeito. Foram criadas denominações: os Ordinários eram as pessoas comuns, *normais*, sem poderes e, por isso, "gente de bem" (detesto essa expressão); os Magos, com poderes, eram perigosos e marginalizados. Quando o Pai Pátria declarou a Nova Independência, os Magos se tornaram Ilegais e foram capturados e jogados em prisões para definhar até a morte.

A população aprovou, *ou pelo menos parte dela*. Sabe, se existe mesmo um Deus, ele deve ser um cara do tipo gozador, que adora uma brincadeira – só para citar aquele cantor antigo, Chico Buarque. Quando ele era vivo, nós nem éramos Brax ainda. Minha mãe tem um aparelhinho de som antigo com músicas dele, clandestino, é claro, e eu sempre gostei de ouvi-las.

Afinal, o que se descobriu logo depois foi surpreendente, apavorante e irônico: todos estavam "contaminados" e, portanto, qualquer Ordinário poderia gerar um filho Mago.

Questão de sorte, pura loteria genética. Simples assim.

O que se seguiu foi um controle imposto pelo governo. Mas se você pensa que eles finalmente tentaram entender os Magos e, sei lá, *fazer algo útil a respeito*, está redondamente enganado. Em Brax não há e nunca houve qualquer interesse em resolver um problema de verdade, sabe, do início; o pensamento geral sempre foi remediá-lo lá no fim. Como grudar um *band-aid* numa ferida exposta e sanguinolenta.

Patético.

E qual era esse *band-aid*? Especialistas (e quem define os "especialistas", afinal?) descobriram que os poderes dos Magos se tornavam "maduros" aos dezesseis anos de idade. Antes disso não havia como estabelecer se uma pessoa era Ordinária ou Maga. Eles desenvolveram um método infalível de detectar a magia (*isso* era interessante descobrir). Aparentemente ela se escondia no cérebro, uma minúscula anomalia no lobo frontal que só se tornava visível nessa idade, como um tumor cancerígeno, mas que ao invés de matar dava poderes às pessoas. Portanto, aos dezesseis anos, todos os adolescentes são obrigados a realizar um exame que definiria seu destino: ser um Ordinário, vivendo sua vidinha comum (miserável e escrava) ou ser um Mago e...

Bem, ninguém sabe o que realmente acontece com um Mago. Eles apenas somem. Desaparecem no ar. Como magia.

Irônico, não?

Mas comigo foi diferente. Sempre soube que era uma Maga, desde criança. Isso porque algo terrível aconteceu quando eu tinha sete anos. Desde então, minha mãe me esconde, procurando uma maneira de fugir de Brax. Ninguém sabe o que acontece além das fronteiras, então pode ser bem capaz dos Magos serem aceitos em outros países. Quem pode saber como vivem, o que fazem? Como são seus governos? Ou se existem ou não em outro lugar além daqui (a opção mais assustadora, eu acho).

É uma esperança, no mínimo. Mas talvez seja uma esperança tola.

Acontece que até agora foi impossível fugir. A Mãe Pátria governa com mãos de ferro; ela consegue ser ainda pior que o Pai Pátria (ninguém sabe o que aconteceu com ele, tudo o que sabemos é que devemos seguir e obedecer à Mãe Pátria, Grande Mulher, Segunda Regente, *Tirana Mentirosa*). Desde a Nova Independência, Brax se tornou um lugar isolado, fortemente bloqueado contra invasões externas para proteger os cidadãos, mas a gente sabe muito bem que é o contrário.

Brax é uma prisão.

O tempo está correndo contra nós. E eu estou morrendo a cada dia que envelheço.

Tenho quinze anos agora. Meu último aniversário, alguns meses atrás, não foi motivo de comemoração, mas sim de medo. Não que um dia tenha sido comemorado; ninguém tem dinheiro para nada por aqui. Mas agora é pior, está muito mais perto o dia em que terei que me apresentar ao Departamento de Proteção à Pátria, o temido DPP, e realizar um exame do qual já conheço há muito tempo o resultado.

Somos só eu e minha mãe depois que meu pai morreu, e a última coisa que quero nessa vida é deixá-la. Às vezes me pego pensando que nem me importo em morrer, mas não quero que minha mãe fique sozinha nesse mundo horrível, nesse país miserável que vivemos. *Que país é esse?* É, tem uma música com esse refrão no aparelhinho de mamãe.

Todas as noites, fico imaginando o que existe além das fronteiras desse lugar, sonhando com uma vida de verdade. Nessas horas, linhas douradas muito finas saem das pontas dos meus dedos, e eu logo trato de escondê-las debaixo do travesseiro, apavorada, rezando para que parem, apenas *parem* de aparecer.

Magia é maldição. Magia é medo. Magia é morte.

Numa das muitas noites em que tentava calar a magia dentro de mim, rezando para que ela simplesmente morresse, minha mãe apareceu no meu quarto, sorrateira. A casa era pequena, minúscula na verdade, e só havia um quarto de dormir, mas minha mãe nunca dormia comigo. Ela dizia que era porque precisava vigiar a porta da frente, mas eu sabia muito bem o motivo. O verdadeiro.

Ela me amava, mas no fundo, bem no fundo, também tinha medo de mim.

– Zarina... – ela sussurrou no meu ouvido, quando eu fingia dormir. Abri os olhos devagar, observando o rosto encovado e envelhecido da minha mãe. Ela tinha pouco mais de quarenta anos, mas aparentava muito mais. O sofrimento pesava nas marcas fundas sob sua pele cor da noite, e seus olhos já não eram mais estrelas. – Você precisa levantar, filha.

– O quê? Por quê? – perguntei assustada, apesar do tom gentil dela. Escondi as mãos ossudas entre as coxas. Será que era o governo? Eles teriam me descoberto? Mas foram só alguns fiapos, nada mais, e eu escondi todos eles debaixo do colchão. Sabia como me livrar daquela porcaria e faria isso logo pela manhã. Como poderiam ter me descoberto? – Fala logo, mãe!

– Calma, filha – ela disse num tom apaziguador, fazendo menção de me tocar, mas recuando no último instante. Ela sabia que era imprudente fazê-lo quando eu estava assustada. Minha mãe tinha cuidado, *muito cuidado*, e eu não a condenava por isso, apesar de não conseguir deixar de me ressentir e desejar aquele toque carinhoso todos os dias, todas as noites, todos os minutos. – Não pergunte nada agora. Você só precisa vir comigo.

– Pra onde, mãe?

Ela colocou uma pequena sacola em minhas mãos. Pelo volume não parecia conter muita coisa, e mais tarde eu descobriria que havia apenas uma muda de roupa, algumas calcinhas e uma escova de dente.

– Nós vamos ver o mundo, Zarina.

O mundo, aparentemente, fora reduzido à traseira escura e imunda de um caminhão que não parava de balançar. O lugar fedia a suor e medo, e eu me sentia enjoada a cada solavanco. Ninguém ousava soltar um pio. Aparentemente, não éramos só nós duas que queríamos fugir da grande Pátria Brilhante.

Minha mãe sussurrou meia dúzia de palavras para mim enquanto deixávamos a nossa pequena casa, o lugar onde vivi quase toda minha vida. Quase, porque nós nos mudamos para lá quando eu tinha sete anos. Foi a primeira vez que fugimos. E agora estávamos fugindo de novo, deixando para trás a grande cidade rumo ao mar.

Nós já tínhamos ouvido boatos de que, se existia alguma fuga de Brax, era pelo mar. A cem quilômetros da grande cidade onde vivíamos existia uma menor, onde se localizava o maior porto da nação. Os mais antigos diziam que era o maior porto do continente, mas aquilo era sussurrado em conversas clandestinas já que, para o governo, Brax era o próprio mundo, sozinho e isolado.

Então, era para lá que estávamos indo. Era arriscado e bem provável que a gente morresse no processo, mas eu também sabia que minha mãe só arriscaria tudo quando não houvesse mais nada a perder. E, de fato, não havia: eu completaria dezesseis anos em breve, dali a poucas semanas. Seria o fim da nossa família. O meu fim.

A viagem parecia interminável. O caminhão girava para um lado e para o outro, como se fosse controlado por uma criança perversa, brincando de carrinho. Quando achei que não ia mais aguentar, um som estrangulado pulou da minha boca e senti algo quente subindo pela garganta. A pouca comida que restava em meu estômago se espalhou pela traseira do caminhão.

Houve exclamações de nojo e até alguns xingamentos. Ouvi a voz da minha mãe praguejando "Ora, calem a boca!", mas o que eu queria mesmo era que ela me abraçasse. Só que ela não podia. Não quando eu estava instável. Na verdade, não lembrava direito quando fora a última vez que minha mãe me tocara.

– Ei, toma – alguém disse a meu lado, enfiando algo na minha mão e, quando estreitei os olhos no escuro, percebi que era um garoto mais ou menos da minha idade. Um Examinável, como eu. Não precisava ser gênio para descobrir o porquê de ele também estar apertado naquele container imundo. – Pra você se limpar. Desculpe, não tenho água.

Examinei o que ele tinha enfiado na minha mão. Era um lenço, provavelmente sujo, não dava para enxergar, mas acabei usando-o para secar minha boca e limpar um pouco meu rosto. Mas o que não saía da minha cabeça era: aquele garoto teria me tocado? Eu não sabia dizer. Tinha sido muito rápido. Talvez o lenço tivesse impedido o contato da nossa pele. Mesmo assim, meus dedos que seguravam o objeto não paravam de formigar.

– Balança porque estamos descendo uma serra – ele disse abruptamente, explicando meu vexame anterior. Mas nada em sua voz demonstrava que estava exasperado como os outros. Pelo contrário, seu tom era gentil. – É normal ficar enjoado.

– O seu... lenço – murmurei, estendendo-o, para logo depois me sentir uma babaca. Eu não tinha nada mais inteligente para dizer? – Obrigada.

– Pode ficar com ele – o garoto disse depressa. – Posso conjurar outro quando quiser – completou num murmúrio que com certeza só eu fora capaz de ouvir e, depois de ser dito, nem parecia real. Bem, mas se eu não estivesse começando a ouvir coisas, o que o garoto dissera esclarecia ainda mais o porquê de estar ali. Ele só podia ser um Mago e, como eu, também descobrira isso antes dos dezesseis.

Fiquei com vontade de perguntar isso a ele, mas, além de invasivo, nós não estávamos sozinhos. Havia um monte de gente ali e eu não sabia se eram ou não hostis. Na dúvida fique quieta, minha mãe sempre dizia. Então fiquei. Engoli as perguntas junto com o enjoo que não me abandonou até o final da viagem.

Fomos empurrados para fora do caminhão. Vários homens mal--encarados abriram a porta, subiram e começaram a nos acotovelar, gritando palavras de ordem e xingamentos. Escondi as mãos, tentando enfiá-las dentro das roupas, apavorada que algo saísse do controle. Senti mãos nas minhas costas e no meu braço, mas felizmente, elas não tocaram minha pele, eu usava um moletom de mangas compridas. Mas algo poderia acontecer a qualquer momento. *Qualquer momento.*

Quando desci do caminhão, mesmo a luz da lua me cegou após tanta escuridão. Estávamos em um lugar estranho, cheio de construções de aspecto sujo e com a tinta descascada. O cheiro de maresia invadia minhas narinas, agressivo. Era mais salgado que a porcaria da ração cheia de sódio que comíamos. Mas aquilo pouco importava agora. *Onde estava minha mãe?* Olhei para os lados, desesperada, mas não a enxerguei em lugar algum.

– Mãe! MÃE!

– Cala a boca e vai andando, garota – um dos homens, truculento, me empurrou. Todo meu corpo tremeu de medo, e eu não sabia se era pelo seu toque atrevido na minha bunda, ou se pelo fato de saber o que aconteceria se *eu* chegasse a tocá-lo.

– Mãe... – murmurei para mim mesma enquanto dava passos trêmulos e apavorados, tentando encontrá-la com os olhos, mas havia mais gente ali do que eu imaginava dentro do caminhão. Olhei ao redor e notei que estava enganada, não era apenas um caminhão, mas vários, com gente tão amedrontada quanto eu e, em sua maioria, jovens.

Examináveis.

Senti a energia vazando dos meus dedos, lutando para se libertar. Não, não, não, eu *precisava* controlá-la. Enfiei as mãos nos bolsos do moletom, fechando tanto os punhos que sentia minhas unhas machucando a pele, mas logo soube que não estava adiantando nada ao ver pequenas tramas do tecido assumindo aquele tom de dourado que eu tanto conhecia e temia.

Caminhamos por apenas alguns minutos, mas pareceram horas. Eu ficava o tempo todo espichando o pescoço e procurando minha mãe, mas ela parecia ter evaporado no ar – o que não era tão impossível assim esses dias, se eu não soubesse que ela era uma Ordinária.

Nem o pavor que estava sentindo puderam anular a surpresa e o encantamento que senti ao vê-lo pela primeira vez. O mar. Não era tão imenso quanto eu pensava, na verdade era só um braço de mar, afinal estávamos em um porto e não na praia ou no mar aberto, mas era lindo do mesmo jeito. Eu nunca tinha visto algo assim. Era calmo, e a luz da lua refletia nas ondas, tremulando de leve.

E havia, claro, o navio. Era um troço enorme, que eu só tinha visto em gravuras em livros na escola. É claro, Brax ainda usava navios para transportar produtos pela costa, mas eles pareciam uma lenda para quem estava acostumado a viver longe do litoral como nós. Digamos que por aqui os cidadãos não costumam tirar férias e dar um pulinho na praia, mesmo a apenas cem quilômetros de distância.

Mas em algum momento tive que parar de admirar essas coisas porque a confusão começou.

Não sei como foi que aconteceu. Em um momento estávamos lá, esperando, observando o navio. No outro, tiros pipocavam como fogos de artifício, e eu logo me abaixei, gritando pela minha mãe, ou talvez apenas gritando, como todo mundo fazia.

– Zarina! Zarina!

Olhei para o lado e a vi, a apenas alguns metros, meio abaixada, meio tentando se aproximar de mim. Senti um alívio instantâneo, mas em seguida minha garganta se fechou de medo; tentei gritar para ela, para que simplesmente parasse de se aproximar, e vi o momento exato em que o tiro de um dos guardas a acertou em cheio pelas costas.

O mundo parou.

Eu vi, lentamente, toda a cena se desenrolando e ainda a vejo quando fecho os olhos.

O corpo da minha mãe desabando no concreto. Seus lábios formando um círculo perfeito de surpresa e espanto ao perceber que estava morrendo. O instante angustiante em que seus olhos se apagaram para sempre, *olhando para mim.*

Foi impossível me controlar. A luz que eu tanto temia, que tanto escondia, o poder que minha mãe morreu para esconder e proteger, se liberou. Raios deixaram os meus dedos, minhas mãos, todo o meu corpo, e atingiram tudo, não importava se eram coisas, se eram pessoas.

De repente, tudo ficou dourado.

*Tudo que reluz é ouro.*

Aconteceu numa tarde normal, de um dia normal. Não é assim que todas as coisas horríveis acontecem? Numa terça-feira à tarde, tão estúpida quanto todas as terças-feiras?

Eu estava muito nervosa porque Patrícia tinha dito que meu cabelo parecia uma esponja de aço. Tinha uma vaga noção do que aquele xingamento significava na época, me lembrava de ver minha mãe usar esse tipo de coisa pra esfregar panelas, e parecia nojento de verdade. E como Patrícia era uma das meninas mais insuportáveis da primeira série, com seus cabelos superlisos e incríveis, e ainda havia o fato de que ela praticamente me odiava... Bem, ser chamada daquilo só podia significar algo muito, muito ruim.

Então eu estava muito chateada.

Minha mãe depois disse que a gente teve sorte porque eu não explodi na sala de aula. Se isso tivesse acontecido, provavelmente não estaria viva para contar essa história.

Mas não foi sorte.

Foi tudo menos sorte.

Se eu tivesse surtado na sala de aula e dado àquela menininha arrogante o que ela merecia, meu pai estaria vivo agora.

Ele foi me buscar na escola aquele dia. Ficou perguntando o que é que eu tinha, o que tinha acontecido, por que raios eu estava arrastando aquela tromba enorme. Enquanto perguntava, também enrolava meu cabelo com os dedos, coisa que eu sempre adorei, mas naquele dia apenas detestei. Meu ridículo cabelo esponja de aço. Eu só pensava naquilo, o tempo todo, e quanto mais meu pai enrolava os dedos carinhosos nos meus cachos, mais irritada eu ficava.

Até que aconteceu.

Senti algo quente borbulhando dentro de mim. Parecia leite quente na jarra, no fogo. Fervente. Sabe quando ele forma aquela coisa branca e esquisita, e depois escorre em cima do fogão? Minha mãe era meio distraída na época, às vezes deixava isso acontecer. Ela saía correndo pra desligar, mas não há como consertar uma coisa dessas, *o leite simplesmente fora derramado.*

Foi a mesma coisa com o meu pai. Só que diferente.

Aconteceu bem ali, no meio de uma rua qualquer, numa tarde qualquer. Era uma rua calma, de casas velhas e meio tortas, todas precisando de uma boa pintura. Desbotadas.

Foi ali que matei meu pai.

Houve aquela explosão dourada e mil fagulhas deixaram meu corpo. Elas vazaram. Como o leite da panela. Eu não pude – nem sabia – me conter.

De repente meu pai tinha virado uma estátua de ouro maciço no meio da rua.

*Pai Pátria?*

Não, não era uma estátua do Pai Pátria. Era o meu pai.

Simplesmente saí correndo, corri, corri e corri, o mais rápido que minhas pernas conseguiram, corri sem saber para onde ia. Acho que elas sabiam o caminho, porque, em algum momento, eu me vi em casa, escondida debaixo dos lençóis bolorentos da cama que dividia com meus pais. Eu dormia no meio deles. Depois daquela tarde, passei a dormir sozinha. Todas as noites.

Minha mãe sequer voltou à rua para ver a estátua. Eu nunca tinha visto minha mãe assim. Minha doce mãe, minha mãe desastrada e engraçada, que deixava o leite queimar. Ela nunca mais fez uma piada sequer. Nunca mais coçou minha barriga até eu ficar sem fôlego de tanto rir.

Foi a primeira vez que a gente fugiu.

E agora, na segunda vez, é a minha mãe que está morta.

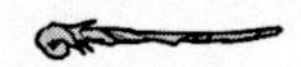

Estou deitada em uma cama macia, com lençóis branquinhos, que não estão encardidos. Há um travesseiro macio sob minha cabeça. Eu deveria estar confortável, mas não estou. O quarto é todo branco, branco demais. Parece irreal.

Há uma corrente em volta do meu tornozelo direito, que se prende à cama de metal com um cadeado medonho. Minhas mãos estão amarradas.

É assim que durmo agora.

Noite após noite. Dia após dia. Eles parecem todos iguais.

Depois daquela noite, no cais, na nossa fuga desesperada e mal sucedida, fui capturada pelo governo. Não precisei passar por nenhum teste, obviamente. Depois do desastre ficou muito claro que eu era uma Maga.

E não qualquer uma.

Eles me disseram, todos protegidos por roupas que cobriam até seus olhos, que tinha transformado 67 pessoas em estátuas de ouro, entre elas guardas, capatazes (era como eles chamavam o pessoal que levava a gente como gado para os navios), adolescentes e até outros Magos. 67 pessoas. Matei 67 pessoas.

Penso nesse número todos os dias. Conto-os um por um antes de adormecer, tentando imaginar os rostos de todos eles. Todos os mortos. Então acrescento mais um número e o total cresce. São 68 agora. Não posso esquecer meu pai. Ele também entra na conta.

Espera, estou esquecendo alguém.

Minha mãe.

69. O número é 69, então.

69 mortos. 69 pessoas na minha conta. Será o número que o tal Deus – se é que ele existe – vai dizer bem na minha cara? *Você matou 69 pessoas, sua aberração. Inclusive seu pai e sua mãe.* Será que ele vai rir depois disso? Ele tem um senso de humor estranho. Adora uma brincadeira.

Viro a cabeça e enterro a cabeça no travesseiro branco, tentando esconder as lágrimas como fazia antes com minha magia. Ela é uma maldição. Quem me dera que não tivesse nascido comigo. É pior que um câncer, e olha que todo mundo tem medo disso, porque as pessoas morrem como formigas por causa dele. Quem me dera que tivesse transformado só a idiota da Patrícia em ouro, lá na primeira série. Pelo menos teria morrido ali e só teria o número um na minha contagem. Quem me dera nunca ter nascido nesse lugar, quem me dera nunca ter existido.

Por que não me matam de uma vez? Ou será que esse governo é tão incompetente que nem matar os Magos eles sabem?

Será que esse é meu castigo? Ficar aqui, remoendo essas 69 pessoas, para sempre?

Mas um dia, não sei quando, a porta se abre.

E quem está ali é a Grande Mãe. A Mãe Pátria.

Ela parece uma caricatura. Um rascunho mal feito. O desenho de uma criança.

Seu rosto é duro e surreal.

Ela parece um pesadelo do qual jamais vou acordar.

É pior quando ela sorri. E ela faz isso com frequência.

– Minha criança – ela diz, com uma voz que pretende ser afável, mas me assusta. – Minha pobre, pobre criança.

É ela, diz uma voz na minha cabeça, e pela primeira vez é a *minha* voz, não a voz da Grande Mãe Pátria que vive falando dentro da gente. Dentro de mim e de você. É ela, está vendo? Há números na cara dela. Há mais. Há vários. Outros números. Números infinitos.

A conta dela é enorme. Como consegue sorrir com uma conta tão grande pesando em suas costas?

As palavras flutuam na minha cabeça. Ela diz que sou importante para a Pátria. Que posso prestar um serviço ao grande coração de Brax. Que não sou como as outras aberrações, que minha magia pode ser lucrativa para a nação, que podemos ser ainda mais autossuficientes, que todo o ouro que eu gerar pode nos transformar no lugar mais próspero que já se viu na história.

De repente percebo o que represento para ela.

Dinheiro. Cifras. Lucro.

Só isso.

Ela não enxerga quem eu sou. Ela não compreende que eu tinha uma vida, sonhos, uma família, uma mãe e um pai. Que antes de ser o pote de ouro no final do arco-íris, antes de ser uma Maga, eu era uma pessoa. Ao menos um dia eu fui. E que dentro de mim ainda bate um coração. Não dourado, mas vermelho.

Sinto algo borbulhar dentro de mim. É muito quente. Está quase transbordando. O 69, afinal, não está apenas na minha conta. Está na dela também. Se aquela Pátria Brilhante não fosse uma merda de lugar, se eles ao menos tentassem nos ajudar, controlar nossa magia, quem sabe quantas coisas boas não poderiam ter surgido dali? Quem sabe todas aquelas 69 pessoas estariam vivas agora.

Meu pai e minha mãe.

Antes da minha mãe virar ouro, ela levou um tiro. De um guarda. Um guarda do governo da Mãe Pátria.

Ela sorri, tentando parecer bondosa, mas consigo ler o que se esconde atrás dos seus olhos de caricatura.

Não importa se as minhas mãos estão presas, elas ainda têm poder.

Todo o meu corpo tem poder.

E ele transborda. Como o leite que minha mãe esquecia no fogão. Escorre pela cama, pelo chão, pelas paredes. Por tudo, especialmente o que é *vivo*.

O número é setenta agora na minha conta.

Magia é maldição, é medo, é morte.

Mas também é poder.

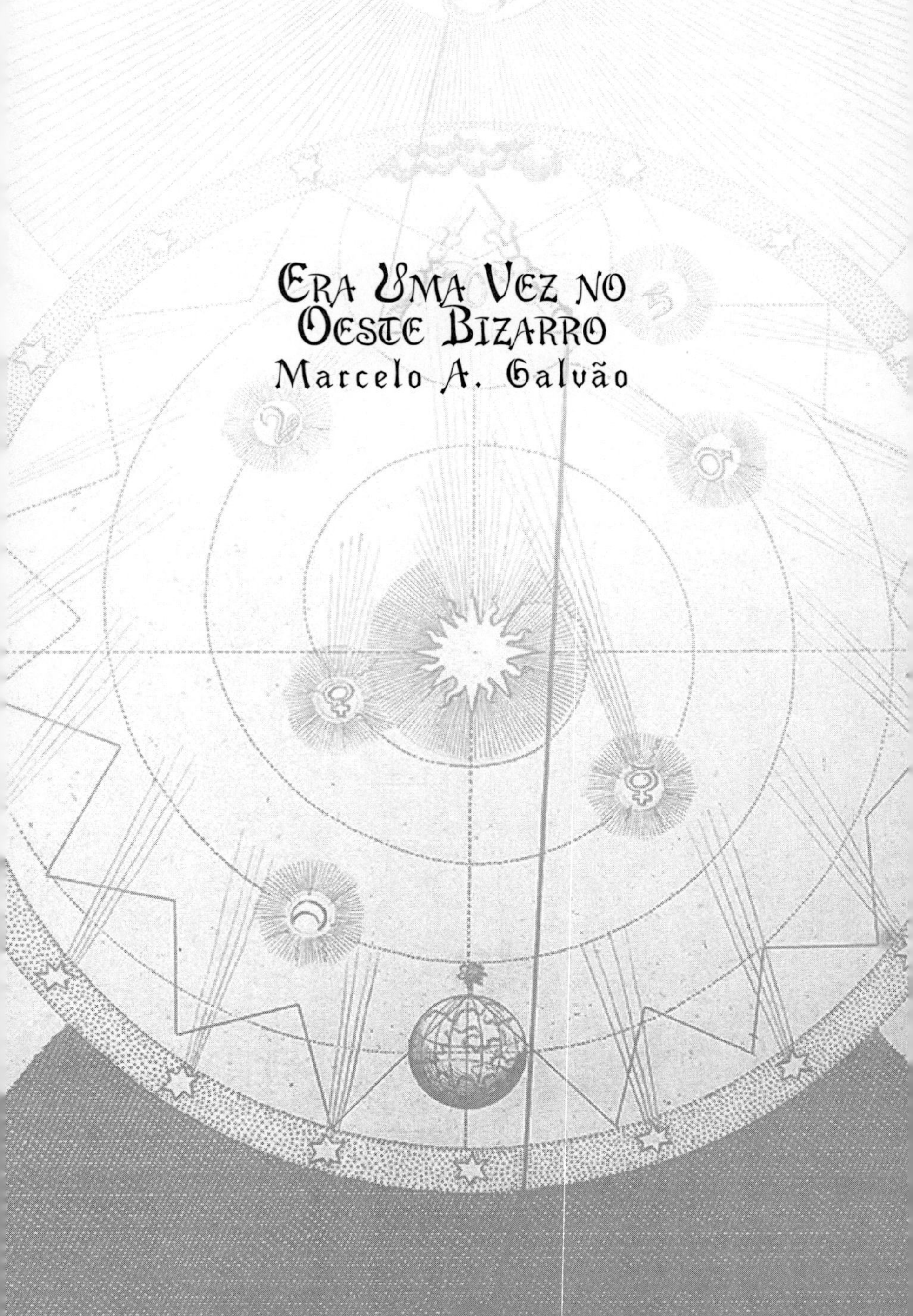

# Era Uma Vez no Oeste Bizarro

Marcelo A. Galvão

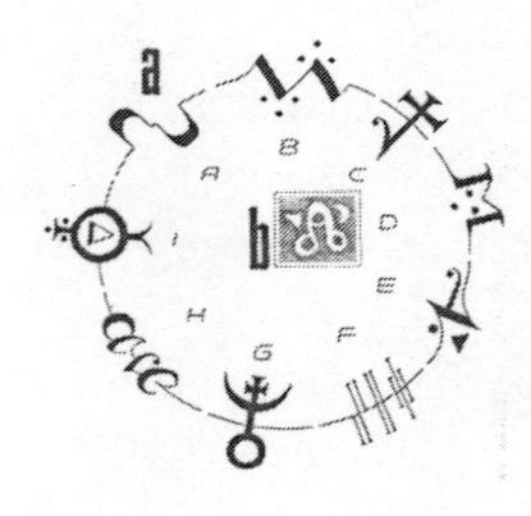

1

O vento uiva como um bicho cheio de dor. Do alto do cavalo, Zane Moore não acredita no que vê adiante.

– Bem-vindos à Terra de Ninguém! – anuncia o homem com chapéu de pele de guaxinim ao ver a perplexidade de Moore, tão aparente no rosto do jornalista quanto a marca a ferro quente numa rês. Seu olhar se arrasta pela paisagem, uma relva ressecada que cobre a planície por quilômetros de extensão, sem qualquer sinal de gente ou de bicho.

E sem sinal de ter fim.

*Terra do Nada* talvez seja um nome mais apropriado para o lugar.

– Vamos chegar ao nosso destino no final da tarde. – A mulher que cavalga ao lado de Moore ajusta o chapéu de vaqueiro para se proteger do sol do meio-dia. – Então veremos se a sua fonte está certa, senhor repórter.

Ele nada diz, sacando do bolso do paletó um pequeno frasco metálico. À frente, o homem com chapéu de guaxinim sorri. Seus quatro olhos se cravam em Moore.

O jornalista entorna na boca o uísque do frasco. Para o seu próprio bem, a fonte tem que estar certa.

*Na tarde do dia anterior*
*Kastensmidt, Texas – 1884*

Zane Moore achava que a sorte o abandonara depois de tudo que aconteceu de ruim nos últimos meses. Mas ela parecia ter voltado ainda pela manhã, quando o jovem repórter chegou naquela cidade poeirenta ao norte do estado.

E agora Moore sorria feliz ao se deparar com a mulher de pele escura que deixava a delegacia.

Caminhando pela rua de terra principal, ela atraía olhares curiosos. Vestia-se com roupas de vaqueiro, desde as botas negras de cano alto até o chapéu da mesma cor, passando pelo lenço escarlate no pescoço. A camisa de botões, de um cinzento desbotado pelo suor e pelo sol inclemente da região, era enfiada sob o cós da calça de lã azul escuro. Um par de Colt Peacemaker na cintura, um Winchester nas costas e uma faca Bowie completavam o figurino.

Moore não tinha dúvida: aquela jovem, dona de um apelido peculiar, era Cornelia Legris, uma das mais conhecidas caçadoras de recompensa ao oeste do Mississipi.

E que acabara de recolher seu prêmio ao trazer quatro dos irmãos O'Flannery ao xerife – na realidade, suas cabeças, separadas dos corpos pela lâmina comprida e afiada da Bowie, depois de um tiroteio no rancho onde se escondiam. Mas os criminosos não formavam apenas um bando: eram uma verdadeira família de nove irmãos, chefiada pelo temido Connor O'Flannery e procurada por roubo de gado, bancos e diligências na região. O líder conseguira escapar de Legris junto com os outros integrantes do clã – vivo ou morto, o quinteto de malfeitores valia um bom dinheiro.

E Zane Moore conhecia o paradeiro dos bandidos.

– Quando ficou sabendo disso? – perguntou Legris. O jornalista e a caçadora se sentavam à mesa de um dos *saloons* da cidade. O local ainda estava vazio; era só uma questão de horas até lotar com os peões de vários ranchos da área.

– Pela manhã, através de uma fonte confiável.

– Quem é ela?

– Alguém que prefere se manter no anonimato. Mas isso não é importante. – Moore tomou um gole do copo de cerveja e limpou o bigode ralo com a mão. – O que importa é a oportunidade de você finalmente pegar Connor O'Flannery.

Os olhos de Legris se apertaram. Ela perseguia o bando havia semanas; em uma ocasião, quase capturou o líder durante uma emboscada em um cânion. A caçadora se curvou sobre a mesa, encarando o homem do outro lado.

– E, em troca dessa informação, quanto você quer do meu prêmio? – Sem o chapéu, era possível ver com detalhes o penteado de Legris: os fios negros se esticavam em várias tranças, rentes ao crânio e deixando à mostra partes do couro cabeludo, até chegarem aos ombros.

Moore sorriu antes de falar.

– Nem um centavo. Eu procuro por uma reportagem que mostre ao público de Nova York como é a vida nesse Oeste Selvagem, mas sob um ângulo diferente. As pessoas já conhecem Billy the Kid, Barnaby Kapper, Wyatt Earp e outros nomes famosos através dos jornais e romances de dez centavos. O que os leitores do *New Yorker Bugle* ainda não conhecem é gente como você. – Ele apontou o dedo para a mulher. – E, pelo que andei pesquisando, você pode ter uma história interessante para me contar.

Legris voltou a se encostar ao espaldar da cadeira. Dessa vez, ela sorria.

– É uma proposta atraente.

– Meu faro de jornalista nunca me deixou na mão. Todo mundo sai ganhando no final: você fica com a recompensa, o povo se livra de um bando perigoso e eu ganho uma ótima história.

– Pode ser. – Legris levou a mão direita até o pescoço; os dedos acariciavam um colar que escorregava por baixo do lenço de um vermelho-escuro cor de sangue. – Mas, me diga, o que essa sua pesquisa revelou sobre a minha pessoa, senhor repórter?

– Bom, eu ouvi algumas coisas por aí. – Os olhos de Moore se fixaram no pescoço da mulher antes de continuar. – Como a história de que você é filha de um escravo alforriado da Louisiana e de uma branca de Massachusetts que veio para o sul.

– Só isso?

O colar parecia ser constituído por uma tira de couro na qual diversos objetos tinham sido pendurados: pequenas conchas, as penas negras do corvo, o guizo da cascavel, os caninos de vários predadores, o crânio minúsculo de um roedor.

– Não. Dizem que seu pai era um, hã... – ele pigarreou –, um adorador do culto vodu de Nova Orleans. Já a sua mãe seria descendente de uma mulher enforcada por bruxaria em Salem há quase duzentos anos e...

Moore parou de falar, o olhar preso no excêntrico enfeite.

– O que mais?

– E que você usa feitiçaria para capturar bandidos.

Cornelia Legris encarou o jornalista com frieza.

Para então gargalhar, jogando a cabeça para trás. As tranças acompanharam o movimento e, por um segundo, elas pareceram se agitar como se tivessem vida própria.

Como se fossem serpentes negras.

*Medusa Negra.* De repente, Moore entendeu o motivo do estranho apelido da caçadora.

– Vejo que fez a sua lição de casa. Mas, para descobrir se é verdade ou mentira – ela se levantou e estendeu a mão para cumprimentar, gesto repetido pelo jornalista –, só mesmo viajando comigo.

## 2

Lei e ordem são conceitos estranhos na Terra de Ninguém: a região, encravada entre Kansas, Colorado, Texas, Oklahoma e Novo México, não é considerada um pedaço dos Estados Unidos.

Tudo começou em 1845. A então República do Texas foi anexada pelo governo federal, porém, parte do novo estado se estendia vários quilômetros acima do paralelo 36º 30', a linha que dividia o país em estados escravistas aos sul e estados livres ao norte. Nesse caso, o Texas escravocrata precisaria ceder aquela área, o que foi feito sem pestanejar: a região inóspita, com invernos rigorosos e verões abrasadores, não interessava a ninguém – e nem mesmo ao governo, que a abandonaria nos anos seguintes.

O que não a impediu de atrair colonos após 1862, quando uma lei federal garantiu a qualquer cidadão um pedaço de terra pública, desde que estivesse disposto a se estabelecer nela por um determinado período. De repente, ranchos e cidadezinhas brotaram pelo território.

O qual, pela ausência de um governo, também atrairia criminosos interessados em se esconder dentro dos seus nove mil quilômetros quadrados.

Zane Moore vê a silhueta de um povoado surgir no horizonte: são *saloons* com jogatina, bordéis, loja de suprimentos, estrebarias. Tudo o que existe em outras localidades no oeste, com a diferença crucial de que não tem uma delegacia.

*Pandora.* É o nome do lugar, escrito em uma tabuleta fincada à margem da estrada. Connor O'Flannery se esconde por lá, conforme a fonte do jornalista.

– Chegamos na hora da janta – diz o homem com chapéu de guaxinim ao se voltar para Moore, que, mais uma vez, desvia o olhar. Após quilômetros de pradarias mortas, a paisagem ao fundo exibe diversas *mesas*, nome dado a pequenos planaltos rodeados por escarpas; é por trás delas que o sol desce, tingindo o céu com um vermelho vivo. Os cantos da boca do jornalista se erguem em um sorriso, que só dura até ele perceber uma nuvem de poeira se levantar ao longe.

Uma nuvem que se aproxima rapidamente.

Cornelia Legris e o outro homem puxam as rédeas das montarias, ao mesmo tempo que sacam as armas.

*Na noite do dia anterior*
*Em algum lugar ao norte do Texas*

Cornelia Legris se levantou com o Peacemaker em punho, alerta aos ruídos no acampamento. Moore fez menção de se erguer também, mas a caçadora estendeu a outra mão com a palma aberta. O gesto tinha um significado claro:

*Não se mova e nem abra a boca.*

Ele obedeceu sem reclamar.

O que não o impedia de ficar com os ouvidos atentos, já que a visão estava prejudicada por ali: apenas a fogueira iluminava os arredores da planície fria. Franzindo os olhos, Moore viu Legris se distanciar dos cavalos, caminhar ao lado de um córrego e sumir por trás das silhuetas dos arbustos mirrados.

Era a primeira vez que Zane Moore estava sozinho desde o encontro com a caçadora. Deixaram Kastensmidt naquela mesma tarde; quando o sol começou a se pôr, Legris decidiu que passariam a noite no lugar onde, após o jantar que se resumia a feijão em lata e pão de milho, descansariam envoltos em mantas e com os alforjes servindo de travesseiros.

Isso se a caçadora não se levantasse de repente, sacando seu revólver e sumindo na escuridão.

Os ouvidos do jornalista captavam apenas o piar insistente de uma coruja. O que Legris teria escutado de diferente?

Com a ansiedade contorcendo as entranhas, Moore tirou do bolso do paletó um frasco metálico e deu um longo gole no uísque. Um hábito que ele reconhecia ser cada vez mais comum desde que deixara Nova York meses antes.

– Boa noite, moço.

A voz grossa veio do outro lado da fogueira. As chamas iluminavam o contorno de um homem alto e magro.

O frasco tremia nas mãos de Moore. Ataques de bandoleiros não eram novidade, ainda mais próximo da Terra de Ninguém – e, sem Legris por perto, o jornalista se tornava um alvo fácil.

O estalo de uma arma sendo engatilhada soou atrás do recém-chegado.

– Coloque as mãos para cima. – Legris apontava o Peacemaker para as costas do estranho.

– Calma, minha colega. Sou eu.

A caçadora soltou um suspiro de enfado.

– Era para você chegar antes do pôr do sol – disse, baixando a arma. O homem do outro lado da fogueira vestia botas gastas, calça cinza remendada e um casaco escuro que chegava até os joelhos. As mãos compridas seguravam uma escopeta de cano duplo.

Mas havia algo de errado no formato da cabeça dele. Em um primeiro momento, Moore pensou que a impressão se devia ao chapéu de pele de guaxinim que o sujeito usava, como se fosse um explorador à la Davy Crockett. Não, na verdade, o problema era outro:

o lado direito do rosto parecia maior do que o outro, como algum tipo de inchaço.

O estranho disse:

– É, mas a gente só acampou aqui uma vez e eu não lembrava do local exat...

– Esperem aí! – Moore se ergueu, jogando a manta no solo. – Vocês se conhecem?

Antes que Legris abrisse a boca, o homem se adiantou:

– Pelo visto, minha colega não teve tempo de avisar.

Ele se aproximou e levantou o chapéu para se apresentar. Moore viu cabelos de um amarelo da cor do trigo sobre o rosto que o encarava.

Ou melhor, *rostos*.

Pois o que pensara ser um inchaço era uma outra face, com boca, nariz e dois olhos azuis se projetando daquele lado do crânio.

O rosto à esquerda prosseguiu:

– Tempos atrás, eu era conhecido pelo mundo do espetáculo circense como Janus, o Impressionante Homem de Duas Caras, mas agora – ele fez uma mesura – pode me chamar de Janus, o Impressionante Caçador de Recompensas de Duas Caras.

## 3

Um cavalo amarelo se sobressai no meio da nuvem de poeira, galopando na direção de Moore, Legris e Janus. Com um relinchar de dor, o animal desaba a quinze metros deles, derrubando também o homem na sela.

Os ossos se desenham sob o couro do pangaré agonizante, tomado por bernes e úlceras de vários tamanhos. O cavaleiro, por sua vez, está morto há pouco tempo. Lábios, nariz e olhos inchados deformam a cara, toda banhada por sangue que escorreu das lacerações pelo crânio até empapar a camisa puída. Mãos amarradas com corda, os dez dedos tortos de tão quebrados que foram.

O que se destaca no cadáver é o pedaço de madeira, pendurado no pescoço flácido como o de um peru, e a frase escrita na superfície:

– Parece que o povo leva jogatina a sério por essas bandas – diz Janus. Legris se ajoelha diante do cavalo que agoniza e o acaricia, o negro da pele dela contrastando com o amarelo do couro maltratado. Faca na mão, ela murmura algo lembrando uma oração, mistura de latim e francês, antes da lâmina encontrar o pescoço do animal.

Ao longe, as luzes se acendem nas construções de Pandora, enquanto o sangue do cavalo alimenta o solo árido.

*Na manhã do mesmo dia*
*Em algum lugar ao norte do Texas*

– Cansei da vida de circo – dizia Janus, subindo na sela do seu cavalo. No horizonte, o sol nascente desbotava as estrelas. – Da exploração, do salário baixo. Aí decidi que a vida seria mais interessante se eu caçasse pessoas.

Já montado, Moore tentava não encarar o outro homem. Na noite anterior, a antiga aberração de circo revelou ser uma espécie de "sócio oculto" de Legris, auxiliando-a quando era necessário mais de um caçador para lidar com bandos, caso dos O'Flannery. Porém, para evitar chamar atenção, somente Legris recolhia as recompensas.

E não sem motivo. O gêmeo de Janus mantinha as pálpebras semicerradas a maior parte do tempo, seu nariz se reduzia a duas fendas e a boca vermelha parecia ter sido aberta por uma navalhada. Às vezes, os músculos sob o rosto se contorciam em caretas, como se ele sentisse dor ou tentasse acordar de algum pesadelo; momentos depois, abria os pequenos olhos azuis, espreitava os arredores e voltava a fechá-los.

Para os ignorantes, um homem como Janus deveria ser relegado aos shows de horrores – ou ser devidamente linchado.

Com os cavalos caminhando pela margem do córrego, Janus observava a planície verde sendo banhada de dourado pelo sol. Uma brisa acariciava a relva.

– Quando criança, eu ajudava meus pais a caçar animais por essa região. Fomos obrigados a nos mudar frequentemente, já que o povo não era muito compreensivo com a minha aparência. Chegou um momento em que praticamente vivíamos no meio do mato. Aí mamãe morreu de cólera e papai decidiu que o melhor seria me vender a um circo. Foi assim que Jon Nielsen deu lugar a Janus.

– O deus romano de duas caras, uma olhando para o passado e a outra para o futuro.

– Exato! O Sr. Barnum, o dono do show, dizia que era um nome artístico perfeito, ainda mais se levasse em conta o dom do meu irmão.

– Dom?

– Vez ou outra, ele abre a boca e fala umas coisas que nem sempre têm sentido. Mas o Sr. Barnum anunciava aquilo como uma "visão divina" e que podíamos ver acontecimentos do futuro e segredos do passado. – Janus riu, para então prosseguir – Só sei que o dom do meu irmão ajudou a gente mais de uma vez na captura de bandidos.

Pássaros despertavam, cantando pela pradaria ainda gelada. Cornelia Legris se encontrava descalça à beira da água, botas e chapéu ao lado do cavalo. De cabeça baixa, ela fitava seu reflexo na superfície do córrego. Tinha a aparência cansada de quem não dormiu bem.

– O que ela está fazendo? – Moore sussurrou. A mulher segurava em uma mão o que parecia ser um punhado de cabelos. Os dedos da outra alisavam o excêntrico colar.

– Um ritual.

No solo ao redor da Medusa Negra, desenhos intrincados se destacavam, uma mistura de linhas, curvas, cruzes, círculos e outras figuras geométricas, feitos com algum tipo de pó negro; sem dúvida, tudo aquilo fora resultado de um trabalho de muitas horas.

Legris se ajoelhou, as mãos cruzadas sobre a camisa cinza e os olhos fixos na água. O silêncio ali era completo: o piar dos pássaros e o farfalhar da relva haviam morrido de repente. Era como se Moore tivesse entrado em um templo, deixando o ruído da vida mundana para trás.

A impressão não durou muito. A água no córrego borbulhou como se fervesse e os olhos da Medusa Negra cresceram. Não por surpresa, Moore notou, mas sim pela expectativa.

A estranha agitação cessou tão abruptamente quanto surgiu. Meio minuto depois, Legris se afastou da água, sobrancelhas franzidas e lábios apertados. O jornalista estava certo: ela carregava mesmo um feixe curto de cabelos de um ruivo encardido, tudo preso por um barbante.

Janus se curvou sobre a sela.

– Descobriu algo?

– As águas nada me mostraram. E ele, teve alguma visão?

Ela apontou com o queixo para o lado direito da cabeça de Janus.

– Meu irmão anda quieto desde ontem.

– Existe alguma coisa estranha no ar. – A mulher levantou a cabeça como se farejasse algo, para então observar o feixe na mão e guardá-lo no bolso da calça. – Eu deveria jogar fora esses cabelos, mas talvez ainda sejam úteis.

A caçadora calçou as botas, pegou o chapéu e montou no cavalo, liderando o trio. Janus a seguia, com Moore ao seu lado. Quando já estavam longe do córrego, o jornalista teve a sensação de ser vigiado.

Ele se voltou para a esquerda. Os olhos do gêmeo de Janus, de um azul tão intenso quanto o do céu acima, se cravavam no jornalista. A boca se abriu feito uma ferida e a língua negra, comprida e gorda – que lembrava uma sanguessuga bem alimentada – brilhou no meio dela.

– *Esperanza*... – A voz de criança que saiu entre os dentes pequenos e tortos era pouco mais que um murmúrio. – *Você será um homem rico*...

O cavalo de Moore relinchou.

– Tudo bem? – Janus se voltou na sela ao notar que o jornalista ficara para trás, virando na boca o frasco de uísque.

O outro homem apenas concordou com a cabeça, pálido como se tivesse visto um fantasma.

## 4

O barulho dentro do maior *saloon* em Pandora atravessa as paredes. Música de piano, roleta girando, insultos proferidos no jogo de dados e no carteado, gargalhadas de bêbados: tudo isso chega aos ouvidos do trio que desmonta dos cavalos na frente do estabelecimento.

Cornelia Legris se volta para o jornalista.

– A sua fonte disse onde os O'Flannerys se escondem na cidade, senhor repórter?

– Ela não foi tão específica.

A caçadora faz um muxoxo, empurra a porta vaivém e entra.

O *saloon* está lotado. Os cheiros de tabaco, cerveja e urina tomam conta do ar. Apenas quando os três se sentam numa mesa ao canto é que olhares curiosos se voltam para o homem de bigode ralo, a mulher negra que se veste como vaqueiro e o sujeito de duas caras.

– O que vamos fazer agora? – sussurra Moore.

– Pedir uma cerveja e esperar.

A espera não é longa: mal terminam as bebidas e três homens com Winchesters entram no *saloon*, homens sardentos, com cabelos de um ruivo sujo.

Música, gargalhadas e conversas morrem no mesmo instante. O único som que se escuta é o das pessoas arrastando suas cadeiras para o mais longe possível daquela mesa.

– Fergus, Devin e Ian – Legris os cumprimenta com um aceno da cabeça. É o de barba cerrada que fala.

– A gente comprava suprimentos quando contaram que vocês estavam aqui. Não acreditei na hora, pensando que era conversa de bêbado.

– Brian e Connor não quiseram me rever?

– Largamos Brian na estrada depois do tiroteio, de tão ferido que estava, ou a gente se atrasava fugindo de vocês – diz Fergus entre os dentes. – Mas Connor vai ficar feliz de conversar com você em Esperanza Mesa, sua bruxa.

*Vinte e um anos antes*
*Esperanza Mesa, Terra de Ninguém*

O sangue escorria pela ferida na testa do rapaz, mas ele pouco se importava: o que mais desejava era uma sombra para se proteger do sol escaldante. Difícil encontrar uma ao meio-dia, ele percebeu ao cambalear em direção de Esperanza Mesa; ali, apenas arbustos e cactos rasteiros cresciam no solo vermelho. No entanto, ao sentir a textura do couro da sacola que carregava, deixou o pensamento de lado.

O que importava mesmo era achar o esconderijo. O xerife de Kastensmidt o procurava depois do ataque a uma diligência nos arredores da cidadezinha, horas antes, e do tiroteio que matara os ocupantes da carruagem. Incluindo um militar sulista que – conforme o boato ouvido pelo bandido – desertara da Confederação em plena guerra civil contra os Estados da União, um conflito que já durava mais de três anos. Mas seu crime não se resumia em fugir das fileiras do exército: ele também roubara milhares de dólares do próprio governo confederado do presidente Jefferson Davis.

Um tesouro que estava dentro daquela sacola.

O criminoso apertou os olhos, procurando a entrada da caverna no sopé da mesa vermelha, o lugar onde se refugiava toda vez que precisava sair de circulação por algum tempo. De repente, a bolsa pareceu mais pesada do que quando arrancada do dono, mesmo que agora só levasse a mais joias e carteiras roubadas dos outros passageiros. A cabeça latejava de dor e o sangue ensopava as roupas: o rapaz não saíra ileso do tiroteio, assim como seu cavalo, abandonado pouco depois de cruzarem a divisa com a Terra de Ninguém. Tudo bem, ele podia aguentar aquilo por uns dias.

Pois, quando a poeira baixasse, Angus O'Flannery retornaria ao Texas como um homem rico.

## 5

– Sua bruxa – diz Connor O'Flannery, para em seguida cuspir no rosto de Cornelia Legris.

A fogueira no sopé da Esperanza Mesa ilumina a pele sardenta, os cabelos vermelhos e os traços grosseiros do líder do bando. São características comuns entre os irmãos; o que os diferencia é a quantidade de pelos faciais: Fergus e a barba cerrada, Devin com um cavanhaque comprido, Ian exibindo costeletas. No caso de Connor, o bigode cheio e desgrenhado, lembrando um gato que abocanhou um pássaro vermelho e deixou as asas de fora.

Com o punho da camisa, Legris se limpa em silêncio. Connor prossegue:

– Soube que você degolou meus irmãos como se fossem galinhas, na certa para preparar alguma feitiçaria.

– Nada disso. Os cavalos deles se assustaram com o tiroteio e fugiram para longe. – A caçadora encolhe os ombros. – Mais fácil levar as cabeças ao xerife do que meu cavalo arrastar os corpos até ele.

O bandido rilha os dentes.

– Você não me engana, não depois que arrancou um pedaço do meu cabelo naquela emboscada no cânion. Foi por isso – ele mete a mão por baixo da gola da camisa amarela e puxa algo no pescoço – que decidi me prevenir.

É um colar simples, com uma pequena pedra verde e oval que brilha com intensidade.

– Comprei de um índio velho em Pandora. É um amuleto que me faz invisível se alguém usa magia para me encontrar. – Connor cerra os punhos. – Sei que, de algum jeito, aproveitou meu cabelo para fazer bruxaria e achar nosso esconderijo no rancho. Ennis, Gilroy, Hamish e Jared foram decapitados, mas ao menos Brian escapou de ficar sem a cabeça, que Deus tenha piedade da alma dele.

Connor faz o sinal da cruz, gesto repetido pelos irmãos. É quando se dá conta da presença de Zane Moore.

– É caçador de recompensas que nem a bruxa e a aberração de circo?

– N-não, senhor. Eu sou apenas um jornalista do *New Yorker Bugle*.

– Bom, se está com os dois, vai morrer também. – Connor pega o Peacemaker de Legris, largado no chão junto com as outras armas dos caçadores. – Se ficar vivo, pode contar o que vim fazer aqui.

O bandido se volta para a mesa, a silhueta dela recortada contra o céu estrelado. Moore acompanha o olhar do homem até se deter na entrada de uma caverna, iluminada por lampiões.

– Não me diga que ainda é a lenda do tesouro perdido? – Legris estala os lábios com desdém. – Aquele que supostamente foi roubado pelo seu irmão durante a guerra.

– É esse mesmo. Depois de passar mais de vinte anos atrás de pistas falsas e boatos sobre o paradeiro de Angus, achamos o lugar onde ele escondeu o tesouro que vai deixar a gente rico. Só que vocês não vão ver esse momento – diz, mirando a testa de Legris e engatilhando o revólver.

Mas não antes da caçadora tirar algo do bolso: é o feixe com os cabelos de Connor O'Flannery.

O qual a Medusa Negra joga na fogueira.

As chamas aumentam, crepitando com o som ensurdecedor de trovões e exalando um fedor de ovo podre que se alastra pelo acampamento. Ao mesmo tempo, a pele do bandido se avermelha, o suor brotando do corpo e encharcando as roupas.

Connor berra de dor, como se ardesse em um fogo invisível.

Uma coluna de fumaça negra sobe do meio das chamas, serpenteando em direção do céu – e então salta com força sobre o acampamento feito a cascavel ao dar o bote, derrubando de uma só vez os irmãos O'Flannery. É a chance de Legris e Janus resgatarem suas armas no chão.

E de Zane Moore correr para a caverna.

*Na manhã do dia anterior*
*Nos arredores de Kastensmidt, Texas*

Zane Moore sentiu vontade de rir quando uma das rodas da diligência quebrou – era isso ou chorar por mais aquele golpe cruel do destino, algo comum nos últimos meses. Despedido do *New Yorker Bugle*, ficar sem dinheiro, ser despejado de casa.

E perder Katherine.

O condutor informou aos passageiros as três opções disponíveis: esperá-lo consertar a roda, pegar carona com alguma carroça que viajasse para Kastensmidt ou prosseguir a pé. Moore deu de ombros, pois, de um jeito ou do outro, iria perder o compromisso com o dono de um jornal da região. Assim como a chance de emprego para recomeçar uma nova vida no oeste.

Uma vida sem a mulher que amava.

Ele desfez o nó úmido na garganta com uma dose generosa do líquido no frasco metálico e se afastou da diligência – depois de tanto bebericar o uísque durante a longa viagem, sua bexiga implorava por alívio. À beira da estrada de terra havia um punhado de arbustos onde poderia ter certa privacidade para não escandalizar as passageiras da diligência.

Ao invés de privacidade, deparou-se com um moribundo.

– Socorro… – murmurou o homem de fartas suíças ruivas e roupas sujas de sangue. Moore o reconheceu no mesmo instante: era um dos O'Flannery, cujos rostos estampavam os cartazes de *Procurado vivo ou morto* espalhados pelo Texas.

O bandido delirava de febre; entre golfadas de sangue, confessou que o resto do bando – o que sobrara após um ataque no rancho – buscava por um tesouro escondido perto de Pandora, Terra de Ninguém.

– Em Esperanza Mesa… – O sangue espumava pela boca; o pulmão devia estar com mais furos do que uma peneira de mineração. – Me leve até lá e você será um homem rico…

Moore arregalou os olhos: aquilo seria a solução dos os seus problemas, inclusive com Katherine.

Mas apenas se o bandido falasse a verdade. Por outro lado, o prêmio pela captura de um O'Flannery era real; porém, teria que dividir a recompensa entre os passageiros e o condutor.

O ideal seria ficar com todo o dinheiro.

Ou todo o tesouro – para isso, precisaria de alguém para eliminar o perigoso bando.

Um problema de cada vez, ele pensou, enquanto suas mãos se enterravam com força no pescoço do moribundo.

## 6

A fumaceira dos disparos das armas encobre o acampamento, e o fedor da pólvora substitui o de ovo podre. Moore agarra um dos lampiões na entrada da caverna, nada mais que um buraco estreito na mesa. Antes de entrar, o jornalista olha por cima do ombro.

Um clarão estoura à direita do acampamento: a origem é a escopeta de Janus dividindo Fergus em dois, seu intestino explodindo e se retorcendo feito os tentáculos escarlates de um polvo. Perto dali, os Peacemakers de Legris berram contra Devin e Ian, que por sua vez revidam atrás de uma rocha onde se protegem.

Connor está no chão, braços e pernas agitados como no ritmo de uma polca que apenas ele escuta. A impressão acaba assim que se vê a erupção das bolhas de queimaduras por sua pele, acompanhada pelo cheiro de carne queimada.

Uma gargalhada aguda de criança ressoa pelo acampamento, arrepiando os pelos da nuca do jornalista: é o gêmeo de Janus, se divertindo como se fosse Quatro de Julho.

Moore pula para dentro da caverna. Um corredor se estende adiante; o jornalista avança e não demora a sentir o cheiro forte de terra, misturado ao de podridão. Ele logo vê o motivo.

– É um prazer finalmente conhecer você, Angus – diz para o que restou do primogênito dos O'Flannery. A lanterna ilumina o esqueleto de ossos amarelados e com marcas das presas de roedores. Uma sacola de couro se aninha entre os braços.

Os olhos de Moore se arregalam de alegria. Um puxão e ele arranca a sacola, trazendo junto os dedos do esqueleto; o movimento brusco rasga o fundo da bolsa, já deteriorado por mais de duas décadas, fazendo com que seu conteúdo desabe.

Duas dezenas de maços se espalham pelo chão: são notas grandes de cinquenta. A mente de Moore faz um cálculo rápido e conclui que tem trinta mil dólares.

– Estou rico! – berra, balançando os maços diante do rosto. – Eu estou rico, Katherine!

Os gritos são seguidos por risos, enquanto ele estufa os bolsos da calça, paletó e colete. Um objeto brilha ao lado de Angus: é o revólver do morto, exatamente o que precisa para lidar mais tarde com Legris e Janus. Moore o esconde sob o cós da calça.

– Então a lenda é verdadeira. – A voz da Medusa Negra ecoa na caverna.

Moore se volta. A caçadora lhe observa com curiosidade, segurando um Peacemaker.

– Sabia que havia algo errado na história que contou em Kastensmidt. Você me usou para chegar ao tesouro, senhor repórter.

– Não é o que está pensando... – Moore bem que tenta, mas não consegue falar, os lábios de repente ávidos por uísque. O revólver na cintura parece pesar toneladas.

– Sorte sua que não me interesso por dinheiro sujo com sangue de inocentes. Quero apenas isso. – Ela guarda a arma e se abaixa para pegar um anel prateado que caiu da bolsa, junto com o dinheiro e outras joias. – Minha mãe foi morta durante o assalto da diligência. Cresci ouvindo histórias de que o bandido era Angus O'Flannery, mas nunca encontrei o canalha. Agora sei o motivo.

O olhar da caçadora, gelado como o vento da Terra de Ninguém, se fixa no esqueleto antes de prosseguir.

– Mamãe prometeu que um dia me daria esse anel. Depois de tanto tempo, a vontade dela foi feita.

O anel agora reluz no anular esquerdo de Legris. Ela olha para o último maço de cédulas, ainda no solo, para em seguida encarar Moore.

O homem prende a respiração, preparando-se para o pior.

– Faça bom proveito do seu... – um canto da boca se levanta em um meio sorriso cheio de desprezo – tesouro, senhor repórter.

Só quando Cornelia Legris some na escuridão é que Moore volta a respirar. Soltando um suspiro de alívio, ele pega o maço no chão e beija o centro da primeira cédula.

Mas há algo errado naquela nota de cinquenta, pois o que se vê ali é a figura carrancuda de Jefferson Davis, presidente da Confederação.

Moore traz a lanterna para perto, retira os maços dos bolsos e confere as cédulas. O desenho se repete em todas.

As entranhas se contorcem quando ele conclui que tem em mãos trinta mil dólares emitidos pelos Estados Confederados no auge da Guerra Civil.

E que, com o fim do conflito, perderam por completo o valor, já que a Confederação agora existe apenas nos livros de História.

Aquele dinheiro não serve para nada. Talvez só para se limpar após usar a latrina.

Zane Moore abaixa a cabeça e chora.

*Dois meses antes*
*Cidade de Nova York*

– Não vá, Katherine, por favor! Eu só preciso de uma chance para...

– Eu dei todas as chances possíveis. Como depois que você me bateu da primeira vez e disse que iria parar de beber. E na segunda, na terceira, na quarta...

– Juro que não vou colocar mais uma gota de uísque na boca, eu juro.

– Foi exatamente o que falou no começo do ano. Adeus.

– Espere, você está brava porque me despediram do *Bugle*, certo? Mas logo consigo uma vaga em outro jornal e vou ter dinheiro de novo e a gente pode morar...

– Você não entende, Zane? Não é pelo dinheiro que estou indo embora.

– Não, no fundo, eu sei que o motivo é porque estou desempreg...

– Adeus.

– Eu te amo, Katherine! Prometo ser um homem bom daqui para frente! Volte, por favor… Por favor...

Zane Moore abaixou a cabeça e chorou.

## 7

O vento uiva com força no acampamento, levando para longe a fumaça e o fedor da pólvora, mas não os cheiros pungentes do sangue de Fergus, Devin, Ian e da carne queimada de Connor.

Janus atira o último cadáver sobre a sela de um dos cavalos dos O'Flannery, prontos para a viagem de volta a Kastensmidt. O gêmeo, por sua vez, se concentra em lamber o próprio rosto. A língua comprida se delicia sem pressa pelos respingos das vísceras de Fergus.

– Vamos embora – diz Cornelia Legris, saindo da caverna.

– Onde está Moore?

A caçadora não precisa responder ao colega: o jornalista aparece no sopé da Esperanza Mesa, roupas sujas de terra, ombros caídos, olhos vermelhos.

De repente, o gêmeo para de se lamber e mira o outro homem. A voz aguda é um sussurro:

– *Bangue!*

*No dia seguinte*
*Kastensmidt, Texas*

– Eu tentei, Katherine – dirá Zane Moore com a voz embargada, sentado na cama do hotel mais vagabundo da cidade, o frasco metálico vazio em uma mão e o revólver de Angus O'Flannery na outra. – Tentei ser um homem bom, mas não consegui.

Ele abrirá os lábios, o cano da arma deslizando boca adentro, e então apertará o gatilho.

*Bangue.*

A Elfa Maga
Vivianne Fair

Eu não queria acreditar no quanto havia me enganado. Agora estava à mercê da criatura e totalmente ensanguentada e ferida, sem ter como salvar aquele que confiou em mim. Eu deveria ter seguido meu coração desta vez.

A razão só fez estragar as coisas.

Alguns dias antes...

Já colhi a lenha. Já varri a casa, já limpei o jardim, plantei as ervas, tirei as daninhas, esquentei a água. Eu não deveria fazer isso. Sou a aprendiz, não a empregada da casa. Mas quem sou eu pra reclamar?

Na verdade, acho que posso reclamar sim. E muito. Antes eu era a elfa Ferry. Agora sou a doméstica Ferry. Não que eu tenha algum problema com isso, certo, mas não foi pra isso que eu vim.

Sempre admirei os magos. Sempre admirei aqueles homens que passavam pela minha aldeia oferecendo curas e fazendo encantamentos, por que não? Eu também queria ser útil. O que tem demais em eu ser uma elfa? Ou o que teria demais em ser uma *mulher* elfa?

Para minha aldeia, tinha. Certo, eu não era a mais útil das pessoas, especialmente por não saber lá cozinhar muito bem, mas ao menos eu não quebrava coisas *todos* os dias. E nem sempre eram tão importantes assim. Eu sempre dizia que seria uma grande elfa maga. Os aldeões me respondiam dizendo que eu já era uma elfa muito magra.

Idiotas.

Quando aquele mago em especial passou pela aldeia, eu me sentia preparada. Ele fez alguns encantamentos simples, curou algumas pessoas, mas não impressionou os outros elfos. Não fazia muito alarde e suas curas não tinham nada de espetacular como as outras, não havia explosões ou cores. Talvez ele fosse diferente. Talvez não fosse me escorraçar ou destratar, como os outros.

Quando pedi, na frente de toda a aldeia, para ser sua aprendiz, todos ficaram de ouvidos atentos para a próxima humilhação pública. Eu já virara piada nos bares. Todos os magos até então tiraram sarro de mim ou me trataram feito cachorro, me enxotando como se eu não fosse nada demais.

Entretanto, após alguns minutos em silêncio, pude ouvir as palavras que há tanto tempo esperava:

– Ah, tá. Ok. Tanto faz.

Certo, não eram exatamente as palavras que eu esperava, mas ele também não parecia grande coisa. Corri para minha cabana, juntei minhas coisas, me despedi de todos rapidamente antes que pudessem me impedir. Na verdade, parecia que estavam felizes ao me ver partir. Ou então não acreditavam muito que eu iria conseguir, dadas as risadinhas espaçadas.

Mas eu conseguiria. Voltaria como uma grande maga ou não voltaria.

Bem, provavelmente voltaria, não tinha lá muitos outros lugares para uma elfa morar.

O mago era humano. Ele não se incomodou por eu ser de outra raça ou pelo menos não pareceu ligar muito. Mas ele não era tão misterioso como eu pensei que fosse. Na verdade falava como se o mundo fosse acabar amanhã.

– Então teve aquela outra vila...Qual era o nome dela mesmo? Ah, não importa, o fato é que fiquei com eles dois meses e aí o filho do chefe ficou doente. Claro que me chamaram, e rapidamente o curei. Não pude contar a eles que o filho do chefe havia comido uma das minhas ervas antes de ficar doente. Ninguém precisa saber como opero minhas curas.

Revirei os olhos. E se, ao invés de mago, ele fosse só um curandeiro? Eu ia saber voltar para casa?

Sorri quando ele me fez uma pergunta. Normalmente eu não precisava responder; ele mesmo fazia isso.

O nome dele era Maron. Era um senhor de idade meio encurvado, que se apoiava em um cajado e usava roupas azuladas, moídas. Faltava carregar uma placa escrita: "MAGO AQUI".

A casa de Maron era distante apenas alguns quilômetros da minha aldeia. Estranho nunca ter ouvido falar dele. Estranho ninguém nunca o ter visto antes.

Rapidamente fui apresentada à casa e às minhas tarefas. Lavar, passar, cozinhar (ele que me aguarde), varrer, cuidar das ervas e o que mais ele pudesse lembrar. Disse que um bom aprendiz tem que saber servir antes de aprender.

Hum, sei. Vamos ver por quanto tempo vou *servir*.

Já é um avanço, entretanto. Todos achavam que eu não servia para nada.

Ia fazer um mês que estava com ele, e pouco ou quase nada havia aprendido. Sabia misturar algumas ervas para impedir ou dar dor de barriga. Aprendi a curar um resfriado esfregando uma planta no nariz. Descobri que colocar vinagre na roupa durante a lavagem era bom para tirar odores desagradáveis (é sério).

Quando fui buscar alguns mantimentos na vila humana mais próxima, tentei me cobrir como podia. Coloquei um capuz em volta da cabeça para que minhas orelhas não ficassem muito expostas e evitava falar com as pessoas. Elas provavelmente sabiam que eu era uma forasteira, mas não se preocupavam muito. Só diziam: "Deve ser a nova assistente do tal mago. É a quarta?"

Provavelmente todos os outros desistiram. Não conseguiram lidar com a magia.

Ou se deram conta de que era um embuste e cansaram de ser empregados. Pode ser também.

Depois de comprar todos os mantimentos, percebi que poderia tentar ser útil de alguma forma. Poderia entrar na taverna, comprar alguma bebida básica e tentar me aproximar dos aldeões para conseguir informações.

Confesso que estava bem entediada e gostaria de saber mais para poder ruminar fofocas aleatórias. Ou saber um pouco mais sobre Maron.

Sentei-me perto da bancada do bar. Havia poucas pessoas, considerando aquela hora da manhã. Três homens na mesa ao lado da janela já pareciam bem embriagados. Um estranho encapuzado encostado na parede oposta bebericando alguma coisa; provavelmente tentando escutar a conversa que vinha da mesa do centro do bar, onde quatro homens parrudos não poupavam esforços para chamar a atenção, fazendo de conta que estavam sussurrando.

No entanto, não eram muito úteis: "Ouvi falar que a nova assistente daquele mago maluco é uma elfa". "Ela está bem ali, fingindo que está bebendo alguma coisa" "Acha que devíamos falar com ela que o homem é um pirado?" "Não, talvez ela seja louca também".

Tudo o que eu já sabia. Até agora nada de novo.

O estranho encapuzado aproximou-se de mim. Segurei meu copo com força, como se ele pudesse ser uma arma. Até agora havia sido apenas uma arma contra meu estômago, já que eu já estava sentindo os efeitos.

Tudo bem, eu sei de algumas ervas para controlar isso.

– Você é a tal elfa louca então.

Tive que dar um sorriso. O estranho tinha uma voz melodiosa e um sotaque estranhamente familiar.

– Quer ser uma maga?

Aquilo me supreendeu. Virei-me rapidamente para fitar os olhos dele. Eram profundos, amarelados, e ele era de uma beleza ímpar. Pude notar as orelhas pontudas escapando pelo capuz. Ou provavelmente ele deixou que aparecessem para que eu pudesse perceber.

– Você não é da minha aldeia – constatei.

– Não, sou de uma outra bem além. Do outro lado do mar.

– Jura? – fiquei impressionada – E o que faz deste lado?

O rosto dele ficou sombrio por um leve instante.

– Faço pesquisas. E uma delas me trouxe até aqui.

– Mesmo? O que procura?

– O motivo de uma doença.

Olhei para ele sem entender.

– Que tipo?

– Uma doença que vem acometendo o reino. Uma espécie de escuridão amarga que se infiltra nas pessoas e as deixa desacordadas.

Seus olhos ficam negros e sua pele envelhecida. Como se... como se algo sugasse sua energia.

Estremeci.

– Eu nunca vi isso acontecer.

– Mas vai ver. Porque ela dominou minha vila e agora atravessou o oceano.

Meu queixo caiu. Aquilo era muito além do que eu queria saber. Olhei ao meu redor. Todos já haviam deixado a taverna. O taverneiro já havia parado de limpar as mesas e agora babava dormindo em uma delas.

– C-como sabe?

Ele suspirou e tomou um gole do conteúdo do copo que estava em sua mão.

– Vi que muitos já estavam desacordados em minha vila e, por onde passei, percebi que outros estavam sofrendo desta maldição... ou doença... Embarquei em um navio. Queria encontrar a resposta ou fugir daquilo tudo, eu... – Ele escondeu o rosto nas mãos. – Pode me chamar de covarde, se quiser. Mas, assim que vi alguns dos marinheiros caírem pelo navio acometidos por essa praga, eu... resolvi buscar a cura. Ou o motivo. Afinal, nenhum de nós está a salvo.

Engoli mais um pouco daquela minha bebida amarga, torcendo para que conseguisse ficar boa usando só aquela erva do mago. Talvez fosse precisar de algo mais forte.

– Bem, você chegou a alguma conclusão?

Ele me fitou por alguns instantes e me senti intimidada. Nunca alguém havia me encarado por tanto tempo.

– Desculpe – ele sorriu –, você é linda, mas...

– Mas...?

– Mas não sei se posso confiar em você.

Suspirei. Achei que ele ia dizer "...mas nem tanto!"

– Bem, já me contou tanta coisa, por que não fala de uma vez?

Ele olhou ao redor e pensou alguns instantes antes de falar.

– Há quanto tempo você está com aquele mago?

– Maron? Ah... bem... acho que já faz um mês.

Ele fitou as garrafas à frente.

– Então não sabe muito sobre ele, não é?

– Bem... é um senhor de idade simpático que fala pelos cotovelos e aparentemente estou perdendo meu tempo, porque não parece saber magia. No máximo faz fumaça colorida com suas poções.

Mais um momento de silêncio. Desta vez comecei a me sentir constrangida, já que o elfo estava me fitando. Suspirou.

– Ele mesmo. Sabia que ele veio naquela viagem que fiz?

– Você diz... do outro lado do oceano?

– Sim. E estava no mesmo barco em que eu estava, trancado em sua cabine.

– Bem...deve ser uma coincidência.

– Sim, claro – ele riu de deboche e bebericou fosse lá o que fosse que estava tomando. Devia ser melhor do que meu chá terrível. – Depois que chegamos em terra, as pessoas das vilas pelas quais ele passava coincidentemente iam caindo com a praga.

– O... o quê?

– Eu o venho seguindo há pelo menos dois meses, desde aquela época... naquele navio amaldiçoado. Até agora todas as minhas suspeitas estão se confirmando. Ele é o bruxo desta praga maldita!

Ele deu um soco na mesa. Eu não podia acreditar que Maron poderia ser o responsável por tudo isso. Bem, quem vê cara não vê coração.

– Mas você disse que estava fugindo...

– Achei que ele também estava fugindo. Só que o homem parecia calmo demais. As pessoas estavam apavoradas e, nos raros momentos em que ele saía da cabine, fitava as pessoas no chão com descaso. Não se ofereceu para ajudar nenhuma.

– Não consigo imaginar Maron...

– Ele já teve outros assistentes, não foi? Por que não pergunta a ele o que aconteceu com eles?

Engoli em seco.

– Não foram embora?

– Foram? – ele me deu um sorriso enigmático.

– Eu não sei o que dizer.

Uma atmosfera fria tomou conta do lugar. Senti que iria desmaiar. Aquele velhinho simpático... um monstro? Para onde esse interesse por magia me levou?

Ele tocou em minhas costas e senti um arrepio descendo pela minha espinha.

– Acalme-se. Não vou permitir que ele te machuque.

– Não sei ainda se posso confiar em você.

– Muito bem. – Ele não pareceu irritado, muito pelo contrário. – Vamos fazer assim. Vá até ele e faça uma série de perguntas, tudo o que está te incomodando. Vamos ver quais serão as respostas. Mas fique atenta. Ao primeiro sinal de praga, tente ver de onde está vindo.

Assenti levemente. Talvez fosse tolice. Talvez ele tivesse inventado tudo aquilo. Maron era uma ótima pessoa, apesar de ser um pouco tagarela e agitado demais. Não poderia ser culpa dele.

Deixei o bar sem olhar para trás. Mas e se ele estivesse certo? E se Maron fosse um bruxo e estivesse realmente lançando essa praga, maldição, o que fosse? Muito embora eu não tivesse visto ninguém... bem...

Carreguei os mantimentos o mais perto do corpo que pude, talvez pela sensação de que pudessem me proteger. Esperava do fundo do coração que fosse uma história idiota inventada por um elfo idiota.

Idiota, mas lindo, tenho que confessar.

A casa de Maron não ficava muito longe da aldeia, mas levei cerca de meia hora para chegar. Quando cheguei, já havia me convencido de que era tudo uma farsa. Quem o conhecesse saberia que de ameaçador Maron não tinha nada. Sequer sabia me ensinar alguma coisa que prestasse.

Bem, fora a erva que eu já iria usar.

Quando entrei, a casa estava silenciosa. Maron devia estar em seus aposentos fazendo testes com poções ou lendo mais um daqueles livros esquisitos de capa escura. Joguei os mantimentos sobre a mesa da cozinha, lavei algumas frutas e fui procurar o mago.

– Maron?

Ele estava na sala, em transe. No caldeirão, algumas ervas fediam um pouco. Uma fumaça violeta saía do que quer que estivesse naquela poção, e senti um arrepio.

– Maron?

Ele estava completamente absorto. Lentamente, a fumaça saía pela janela e se espalhava do lado de fora, mas parecia seguir uma trajetória.

Como se estivesse procurando... algo.

– Maron?

Ele abriu os olhos de repente e gritou, e o susto me fez cair no chão, surpresa.

– Não se afaste nem aspire muito a fumaça!

Engoli em seco.
– Por quê?
Ele pensou alguns instantes antes de responder.
– Bem, eu...estou caçando um... hã, animal para nos alimentar e a fumaça vai atrás de um. Se você ficar no caminho vai estragar o feitiço.
– Nunca te vi fazendo isso antes.
– Porque você sempre está fora. – Ele revirou os olhos. – Por que saiu? Onde esteve desta vez?
Foi minha vez de revirar os olhos.
– Eu estava lá fora na vila, Maron. Lembra? Você me mandou buscar mantimentos. E como essa fumaça funciona?
– Hoje você está cheia de perguntas, hein? – ele assumiu um tom sério. Tentei desconversar.
– Bem, sou sua aprendiz. Tenho que fazer perguntas. Como isso funciona?
– A fumaça atrai o que eu quiser e depois a presa vem caminhando até aqui. Simples, não? Não viu os coelhos que pendurei do lado de fora?
– Bem, sim, mas...
– Viu? Não precisa ficar aí com essa cara. Venha, vamos comer!
Quando estávamos na cozinha, servi a nós dois nos pratos improvisados que havia arrumado e coloquei-os em nossos lugares à mesa. Maron sorriu. Tentando desfazer o desconforto que eu causara, puxei assunto.
– Está com fome, hein?
– Fazer magia me dá fome. Você vai ver quando aprender.
– Já queria ver.
– Ainda não está pronta. Eu vou saber quando estiver.
Fiz um muxoxo. Preferi não contrariar. Eu até gostava de morar ali. Maron era como um avô que nunca tive.
– Sabe, conheci um rapaz hoje. Na taverna.
Ele ergueu uma sobrancelha.
– Uma taverna não é um local para conhecer um bom rapaz.
– Que seja – resmunguei. – Não sou lá muito boa moça também, já que todo mundo me recrimina.
Maron deu um sorriso e tapinhas na minha mão.
– Só estou brincando, Ferry, continue. Qual o nome dele?
– Hã...eu... ele não me disse.

– Pelo visto não conversaram muito, não é?

– Bom... – dei um sorriso enigmático –, eu percebi pelas orelhas dele que era um elfo. E elfos são misteriosos, você sabe.

– Você é misteriosa?

– Ora...não enche. Como eu dizia, ele me disse que veio de além mar.

A colher de Maron caiu no prato, derramando parte da sopa na mesa e nele. Entretanto, parecia muito em choque para perceber.

– Maron?

– Você não sabe mesmo o nome dele? Como ele era?

– Bem, estava envolto num capuz, falava com mansidão, era lindo...

– Ele tinha orelhas pontudas? – O mago pareceu ansioso. – Como sabe que era um elfo?

– Acho que sei reconhecer o sotaque da minha raça, senhor Maron.

Ele sacudiu a cabeça, parecendo discordar de si mesmo.

– Algum problema?

– O que mais ele disse a você? Além de ter dito que cruzou o oceano?

– Não... não muita coisa. – Subitamente, senti que já havia falado demais. – Disse que procurava um lugar para se aquietar, porque já sofreu um bocado... Acho que foi algo que aconteceu lá na vila dele. Não entendi bem.

Ele me fitou por alguns instantes como se estivesse me avaliando.

– Entendo... – murmurou.

Maron voltou a tomar a sopa. Entretanto eu já havia perdido o interesse pela minha.

– Você já viajou além mar, Maron?

Ele não olhou para mim e nem respondeu. Quando achei que já havia perguntado demais, ele murmurou alguma coisa. Ergueu a voz para que eu escutasse.

– Além mar existem coisas terríveis. Mas coisas terríveis já chegaram nesta terra também.

Engoli em seco, mas não deixei transparecer meu medo.

Terminamos a sopa em silêncio, e Maron resmungou dizendo que já ia deitar. Achei estranho ele se aborrecer comigo. O mago jamais se irritara com nada do que eu tinha feito. E olha que já destruí seis poções, quebrei quatro vidros, risquei receitas em dois pergaminhos e derramei a sopa toda no tapete da sala. Tudo o que ele fazia era rir. Por que estava sempre alegre?

Sentei-me lá fora, no batente da porta. Parecia que um mundo desconhecido havia se aberto para mim. Realmente eu não conhecia Maron direito, só lhe obedecia. Ele era simpático com todos, atencioso com todos. Sempre o procuravam por ajuda e a ninguém ele se recusava a ajudar. Será que o subestimei? Será que Maron sabe muito mais do que imagino?

Não percebi que haviam se passado algumas horas desde que o sol tinha se posto. As estrelas apontavam serenas. Tudo parecia estar normal. Por que tive que encontrar aquele estranho? Por que tive que trazer perguntas para mim mesma?

Entrei na casa. Maron já devia estar ferrado no sono e eu deveria fazer a mesma coisa, já que em breve teria que acordar e fazer a limpeza da casa outra vez.

Foi quando notei alguns livros atrás do sofá. Maron devia estar lendo antes de começar aquele feitiço no caldeirão. Sentei-me em sua poltrona e comecei a folheá-los. A princípio pareceram outra língua para mim, mas depois percebi que os títulos eram garranchos do próprio mago. Ele devia ou ter perdido ou arrancado as capas. O primeiro título dizia: "Sugadores de energia".

Deixei o livro cair no chão com um baque surdo. Meu coração batia com tanta força entre as minhas costelas que temi que Maron pudesse ouvir. Tremendo, alcancei outro livro. Nesse o título era instigante: "Como sugar energia de uma pessoa em dez lições."

Por que raios ele estava estudando essas coisas? Subitamente me lembrei das palavras do estranho: pessoas com olhos negros, secas, como se toda a energia tivesse sido sugada de dentro delas.

Não... eu não podia acreditar. Mas por que outra razão Maron estava tão cheio de vida sempre? E por que ficou tão irritado quando perguntei do além mar?

Coloquei os livros de volta no lugar. Ainda era pouco para saber. Maron nunca me havia feito mal algum. Na verdade, nunca o vi fazendo mal a ninguém.

Fui para minha cama, determinada a encontrar respostas. Eu voltaria a encontrar o rapaz da taverna. E exigiria que ele me contasse mais segredos.

Ou me chamasse para sair. Alguma coisa boa eu tinha que ter.

No dia seguinte, um Maron muito animado me acordou batucando na porta do meu quarto.

– Acorde, Ferry, acorde! Tenho que levar a cura a um aldeão gripado. Vamos lá, antes que ele piore!

Resmunguei do outro lado da porta. É uma gripe, pelo amor de Deus. Mande-o esfregar uma erva no nariz.

– Vamos, Ferry, é uma ótima chance de você ver um grande mago em ação!

Abri a porta do quarto completamente descabelada.

– Eu já te vi em ação, Maron, e sinceramente você parece só um curandeiro.

Ele não ficou ofendido com meu mau humor. Muito pelo contrário, só me ignorou alegremente.

– Vamos, vamos. É bom fazer o bem pelos outros de vez em quando.

– Eu faço o bem pelos outros. Eu ajudo um velho cansado com os serviços domésticos.

Ele piscou pra mim.

– Quem está parecendo o velho cansado no momento?

Preparei as coisas para partirmos para a aldeia e comecei a relembrar meus lampejos de ontem. Talvez aquela fosse a melhor oportunidade que eu teria para provar que Maron não tinha nada a ver com essa tal doença. Ninguém havia ficado doente, não é mesmo?

Seguimos pelo caminho com Maron contando suas peripécias, como sempre. Eu já não sabia se começava a duvidar ou lhe dava um voto de confiança. Tudo estava muito confuso para mim.

Quando chegamos à aldeia, muitos nem nos deram importância. Normalmente eles valorizavam ou tinham medo de magos, mas Maron não aparentava ser ameaçador, tampouco não confiável. Ele não parecia ligar muito, no entanto.

Entramos na casa do aldeão e o homem parecia muito mal, deitado na cama. A família chorava ao redor, parecendo um pouco aflita. Minha nossa, como humanos eram frágeis. Nem gripe era. Era apenas um ridículo resfriado!

Maron deu tapinhas nas minhas costas. Provavelmente eu não estava com uma expressão lá muito amigável. O mago então deu início a uma série de procedimentos, procurando ser convincente. Um caldeirão foi arrumado ao seu lado, pequenas ervas esmagadas foram jogadas no líquido que fervia. Isso criou uma fumaça de diversas cores no ar, acompanhada de pequenas explosões e alguns murmúrios de surpresa. Controlei meu humor para não revirar os olhos ao máximo. Maron fazia isso porque alguns humanos precisavam de sinais visíveis para acreditar, mesmo sabendo que há um vasto mundo invisível além deles.

No final, Marlon jogou um punhado de eucalipto no caldeirão e deu ao pobre homem para cheirar o conteúdo. Também deu a ele algumas cápsulas de uma espécie de conteúdo que ele chamava de "Vi a tal Mina e Cê vai Ficar Bem". Eu estava tão acostumada com essa tal cápsula que eu já chamava de vitamina C. Muito mais fácil. Maron disse que ia levar minha opinião em consideração.

Quando saímos da casa, com muitos familiares dando tapinhas em nossas costas e o mago ainda dando alguns conselhos, percebi o estranho – e lindo – elfo do dia anterior nos encarando, encostado em uma esquina. Ele procurava não ser visto por Maron, mas aparentemente quis que eu o notasse. Fez um sinal mínimo de cabeça para mim e sumiu nas sombras.

O mago pareceu notar minha distração.

– Alguma notícia do seu amigo, percebo?

– Hã... não, nada. Pensei que o tinha visto, mas ele teria falado comigo, acho.

– Se ele não te der valor é porque ele não vale a pena.

Dei um sorriso discreto da tentativa de Maron de me ajudar e o acompanhei. Ganhamos dos aldeões algumas galinhas, coelhos e chá. Não era lá muito fã de ganhar comida ao invés de dinheiro, mas Maron não era nada exigente.

– Se eu fosse uma maga, acho que pediria um pouco mais do que comida.

– É por isso que não é uma ainda.

– Porque sou ambiciosa?

– É por isso, sim.

Estalei os lábios. A cada dia havia um motivo. Era porque eu não tinha idade. Ou então porque era impulsiva. Ou ainda porque não tinha autocontrole.

Quando chegamos em casa, sobrou pra mim cuidar do almoço. Tive que limpar as aves, temperar o caldo, preparar a carne seca dos coelhos. Maron, claro, foi tirar uma pestana.

Percebi que os livros estranhos não estavam mais no canto da casa. Melhor assim. Um mago como Maron tinha um coração até bom demais para ser um tipo de sugador de energia qualquer. E também não parecia saber muita coisa.

Uma semana se passou. Eu já havia esquecido todo o episódio e não retornara mais à vila. Muito provavelmente o tal elfo misterioso nem estava mais por lá.

Uma batida violenta na porta me desconcentrou das tarefas. Tomei um susto, já que estava perdida em devaneios. Como estava preparando o almoço, o próprio mago foi atender à porta. Pude escutar a conversa sussurrada e apressada pelas madeiras finas da parede da cozinha.

– Ele caiu doente novamente, mas não é nada como a gripe anterior... Ele está... Ele não acorda!

– Como assim, não acorda? Já experimentou um balde de água fria?

– Senhor mago, os olhos dele abaixo das pálpebras estão negros e ele está... seco. Como... como se não houvesse sangue em seu corpo! Está respirando tão fracamente que não sei por quanto tempo vai aguentar...

Suspirei fundo. Não podem estar falando daquele mesmo senhor que curamos. Não pode ser. Maron o curou, eu vi, eu...

Engoli em seco. Será que Maron...

Dei um pequeno grito quando o mago chamou por mim.

– Ferry! Pegue nossas coisas! Alguém precisa de mim.

Chegamos rapidamente. O homem jazia sobre a cama, inerte. Parecia mesmo fraco, e seu peito descia e subia muito lentamente. Na mesma hora Maron começou os preparativos e uma série de infusões. Nós dois sabíamos que aquilo não daria certo.

Minhas suspeitas sobre Maron começaram a crescer. Após algumas horas bem cansativas, o mago disse que ia procurar alguma cura alternativa e pediu para que entrassem em contato caso o homem piorasse.

Ou morresse.

Estava emudecida. O que aconteceu? Por que Maron curaria aquele homem para então sugar sua energia? Será que o que pensei sobre ele estava errado? Será que eu estivera enganada todo esse tempo?

Passei o caminho de volta a casa respondendo ao mago com monossílabos. Como ele estava acostumado a só falar mesmo, sequer percebeu que eu não estava envolvida em suas histórias.

Quando chegamos, ele se retirou, dizendo estar muito cansado. Um calafrio percorreu minha espinha. E se ele perceber que já sei que ele é o sugador de energia? E se eu confrontá-lo?

Eu devia tentar encontrar o elfo novamente. Era o que eu precisava fazer.

Olhei para a porta do quarto por onde Maron havia se retirado. Ele nem perceberia se eu saísse.

Quando saí da casa, a fumaça estava mais forte do que nunca. Era bela, violeta e cheia de pequenos pontos brilhantes que se assemelhavam a estrelas. Senti um arrepio como nunca havia sentido antes.

Corri para a vila, já não me preocupando muito em passar despercebida. Voltei à taverna, mas ele não estava lá. Vasculhei cada estalagem, mercado ou beco. Será que Maron... não, não pode ser.

Encostei em um muro para pensar em meu próximo passo.

Dei um grito curto quando senti uma mão tocando em meu ombro.

Ali estava ele, mais belo do que nunca.

– Está convencida agora?

– Como sabe que eu...

– Não é mesmo nem um pouco estranho que o mago cure o homem e subitamente ele caia do mesmo mal alguns dias depois?

Abaixei a cabeça. Realmente era meio óbvio.

– O que posso fazer?

Ele pegou em meu braço delicadamente e me puxou para baixo de uma árvore, um pouco afastado das pessoas.

– Primeiro, não diga nada a ninguém. Em segundo, não o confronte mais. Ele já entregou quem é, então deve estar em alerta. Em terceiro, uma pergunta: há alguma fumaça arroxeada que está contornando a cabana dele? Algo que se pareça com isso, talvez?

Engoli em seco.
– S-sim...
Ele cobriu o rosto com uma das mãos.
– Meu Deus... então ele já começou... Aquela fumaça é o que persegue as pessoas e suga a vida delas. Mas eu já sei como impedi-lo.
– Sabe?
– Sim, mas ele já está desconfiado de mim. Perguntou se você conhecia alguém na cidade?
– Para falar a verdade, perguntou.
– Você falou sobre mim? – Os olhos dele se arregalaram por um instante.
– Bem... mais ou menos. Sequer sei seu nome.
Ele abriu um sorriso constrangido.
– É verdade... estamos lutando contra um mal juntos e nem nos apresentamos. Meu nome é Rain – ele estendeu a mão para mim. – E o seu, bela dama?
– Ferry – apertei a mão dele dando um ligeiro sorriso.
– Certo, Ferry – ele pronunciou meu nome com suavidade. – Então vou exigir algo difícil para você. Se achar que não está à altura... bem, pode me ajudar a fazê-lo.
Senti-me ofendida por ele achar que eu não estava à altura para fazer qualquer coisa. Tenho sentido isso a vida inteira. Não podia ser maga. Não podia realizar tarefas. Não estava pronta.
– Eu posso fazer qualquer coisa que você consegue.
– Opa, desculpe, não quis ofender – ele abriu um belo e largo sorriso. – Pode pegar o cajado do mago então?
– O... o cajado de Maron? Ele mal usa aquilo. Apenas para se locomover!
– É o que você pensa, Ferry. Aquela fumaça mágica é mantida por ele. Se acha que é só para caminhar, então não há mal algum em pegá-lo, certo?
Eu cogitei. Realmente, se ele estivesse enganado, o máximo que eu teria que fazer era arrumar outro apoio para o mago.
– Certo. Vou pegá-lo. Onde posso te encontrar?
– Embaixo do grande carvalho, perto do rio. Você sabe onde é, Maron sempre vai lá arrancar ervas.
– Ah, eu sei. Está bem. Estarei lá. Só preciso de uma hora.

Quando dei as costas para cumprir minha missão, Rain me segurou pelo braço.

– Ferry, espere... por favor, tome cuidado. – Sua expressão estava preocupada. – Se você não voltar em uma hora, eu... eu vou atrás de você. E... sinto muito.

Eu assenti, procurando manter minha expressão neutra, mas a verdade era que sentia meu coração despedaçado. Maron foi meu melhor amigo. Aquele que apostara em mim. Fora traída.

Corri de volta para à cabana, meus sentimentos um misto de raiva e tristeza, na boca um gosto salgado, lábios salpicados pelas lágrimas. Tudo aquilo era um pesadelo. O que eu diria quando chegasse lá? "Entregue agora mesmo esse cajado, seu sugador de energia mentiroso ex-melhor amigo e..."? Maron era como se fosse um avô pra mim. Seria eu capaz...?

Quando cheguei à cabana, enxuguei as lágrimas antes de entrar. Não queria mostrar que estivera chorando. Não queria mostrar que eu descobrira seu segredo mais sórdido.

Empurrei a porta. O mago estava mexendo no caldeirão, absorto em pensamentos. O cajado estava apoiado perto da lareira.

– Ferry, onde esteve? Tive que vir fazer o jantar! Como pode forçar um pobre velho a fazer seu serviço?

– Eu quero ser maga, não cozinheira – respondi, um pouco mais amarga do que pretendia.

– Já falei que não está pronta – resmungou. – Seja uma boa menina e me passe o tempero azul sobre a prateleira.

Mecanicamente me arrastei para lá e lancei um olhar para o cajado. Parecia inofensivo, apoiado sobre a pedra, inerte. Seria aquele pedaço de pau tão poderoso assim?

– Sua fumaça não atraiu mais nada? – inquiri.

– Hum? O que quer dizer?

– Sua caça, lembra? A fumaça? Não apareceram mais coelhos?

– Aparecer... ah, sim – ele teve um súbito lampejo. – É, realmente não. O que se pode fazer, não é mesmo?

Ergui uma sobrancelha. Ele estava mentindo sobre o que era aquela maldita fumaça.

Esperei que se distraísse. Agora era uma questão de honra.

Joguei o vidro de tempero para ele, que deu um grito ao não conseguir pegá-lo e deixou que caísse no caldeirão. Quando abaixou para pegá-lo com a concha, corri e peguei o cajado. O objeto continuava inerte e assim permaneceu em minhas mãos.

Notando que Maron ainda estava distraído tentando alcançar o vidro, abri a porta e passei por ela, rezando para que não me notasse. Ao cruzar o batente, o mago se deteve.

– Ferry? Pretende ir a algum lugar com meu cajado?

– Você mentiu pra mim!

Ele se ergueu, ainda virado para o caldeirão. De súbito parecia ainda mais alto. Não estava mais encurvado.

– Ferry... há muitas coisas que você desconhece...

– Sim! – eu gritei, tentando segurar as lágrimas e a fúria. – Você é um monstro!

Ele suspirou e virou-se. Sua expressão era de descaso e decepção.

– Não faz ideia daquilo em que está se metendo. Não quero que você também... – suspirou com resignação.

– Que eu também o quê? – gritei. – Você teve outros discípulos, não foi?

– Sim, eu tive. Muitos.

– O que houve com eles?

Ele sacudiu a cabeça.

– Você não, Ferry. Pensei que era diferente.

– O que houve com eles? Responda!

– Todos mortos.

Engoli em seco.

– Pela maldição. O sugador de energia.

– Sim. – O olhar dele era frio. – Espero que não cometa o mesmo erro.

Meus músculos tensionaram. Senti que tremia enquanto segurava o cajado. Eu não seria fraca como eles foram. Eu faria a coisa certa.

– Me entregue o cajado, Ferry.

– Ele é poderoso, não é? Não é apenas um apoio para seu corpo. Você também não é um velho cansado.

Ele deu um passo em minha direção com a mão estendida.

– Você não quer isso, minha querida. Você não quer a morte. Entregue o cajado.

Pequenas partículas de energia começaram a estalar em meu corpo. Achei que era por causa de alguma maldição de Maron, mas ele estava tão espantado como eu.

– O cajado, Ferry! Não ouse me desafiar! Não você!

– Você jamais vai me enganar de novo, seu... MONSTRO!

Quando pronunciei essas palavras, o cajado soltou uma descarga de energia, acertando o mago com intensidade e fazendo seu corpo voar para trás alguns metros. Aproveitei-me daquela chance. Corri para fora, vendo a fumaça violeta me envolver com insistência. Seria aquela coisa viva? Saberia que eu acabara de atingir o mago?

Corri, vitoriosa, segurando o cajado com força e sorrindo para mim mesma. Eu não me tornara uma vítima de Maron. Eu não acabaria como os outros seguidores!

Enquanto corria ao encontro de Rain, as lágrimas escorriam pelas minhas faces. Elas não concordavam comigo. Maron deixara, sim, uma ferida em meu coração. Ele me traíra. Era meu melhor amigo e eu perdera tudo, exceto a própria vida.

Quando cheguei no local de encontro, o elfo estava lá. Sua expressão de alívio trouxe paz ao meu coração. Talvez eu não houvesse perdido tudo. Rain estava comigo.

– Você conseguiu! Eu não... eu não posso acreditar! Achei que perderia você também!

Entreguei o cajado a ele, que o segurou com uma certa reverência.

– O que quer dizer com "perder você também?" – inquiri.

– Ora, os outros seguidores de Maron, claro. Mas você realmente conseguiu, Ferry!

– Você conheceu os outros seguidores de Maron? – estranhei, sentindo uma desconfiança brotar no fundo da alma.

– Ah, sim. Todos eles. Boas pessoas, mas que acabaram vítimas do próprio mestre.

– Mas como? Disse que está seguindo o mago há cerca de dois meses. Maron não pode ter tido tantos seguidores em tão pouco tempo.

Ele deu de ombros.

– Você faz perguntas demais.

Rain levantou o cajado no alto com a intenção estampada no rosto. Antes que eu pudesse impedi-lo, ele bateu o objeto com toda a força que pôde no chão, partindo-o em dois pedaços. Um deles voou para longe, para perto da rocha ao lado do rio. O outro pedaço ele sacudiu, rindo, e atirou contra a árvore.

– Parabéns, Ferry. Agora você está livre.

– Livre?

– Claro, querida. Livre dele. Vá até a cabana e pegue suas coisas. Ele não pode mais te fazer mal.

Eu assenti, ainda meio inerte. Olhei para os pedaços do cajado na relva. Como uma coisa tão insignificante poderia fazer um estrago tão grande?

Por todo o caminho meu coração estava apertado. Será que Maron estava bem? O que realmente acontecera ali? Rain pareceu tão... satisfeito consigo mesmo. E se ele estivesse errado? E se Maron na verdade fosse aquele velho mago cansado que aparentava ser?

Mas o que houve com os outros discípulos?

Quando cheguei à cabana, tudo parecia meio escuro. Não havia mais a fumaça violeta rondando a casa e a magia parecia ter desaparecido por completo. Não pensei muito ao correr para casa e abrir a porta de ímpeto.

Maron estava no chão, inerte. Aproximei-me dele.

Sua pele estava ressecada, seus olhos enegrecidos.

Maron havia sido sugado. Sua energia drenada.

Rompi em lágrimas. O que eu havia feito? O que acontecera?

Ajoelhei-me ao seu lado e segurei sua cabeça. Sufoquei um grito quando ele piscou e seus lábios se mexeram. Tive que me aproximar para poder ouvir o que ele queria dizer. Tudo o que eu entendi foi: "tarrair."

Eu não entendera, mas senti em meu coração o que quisera dizer. Tarrair. Trair.

Eu o traíra. Maron não era o sugador de energia. Aquela fumaça não era para sugar a força das pessoas e sim impedir que sugassem as nossas.

Coloquei Maron no chão, minha alma clamando por vingança.

Rain.

Corri de volta para a floresta, ignorando todos os arranhões que os galhos secos infligiam furiosamente em minha pele. Lá estava ele, sorrindo consigo mesmo, deitado na relva e mascando um pedaço de planta.

– Rain!

Ele olhou para mim surpreso, achando que eu não voltaria.

– Ora, ora, Ferry. Por que voltou? A missão terminou. Vá para casa.

– Maron estava deitado no chão, completamente seco. Sem energia. Se ele era o sugador de energia, como...?

– Simples. A energia saiu dele. Voltou para as pessoas. Não era o que queria? Acabou, Ferry.

Sacudi a cabeça. Alguma coisa ainda estava errada.

– Você conheceu todos os seguidores de Maron. Disse que estavam todos mortos agora. Por que ele não os matou antes? Por que me disse que apenas eu consegui? E como *você* os conheceu?

O rosto dele se fechou.

– Muitas perguntas, elfa.

– Responda-as então, *elfo*.

– Elfo? – ele sorriu – Ah, sim. Ainda estou nessa forma.

Assim que pronunciou tais palavras, seu corpo começou a se transformar. Seu sorriso aumentou tanto que rasgou os dois lados do rosto. Dentes afiados e amarelados surgiram, mostrando que sua forma ainda estava para piorar. Seu corpo duplicou de tamanho, rasgando as roupas de camponês e mostrando músculos em uma corcunda enorme, com braços que tocavam até o chão, terminando em garras afiadas e negras.

– Este sou eu de verdade. Prazer.

– Você... você é o sugador de energia! – percebi, horrorizada. O que eu havia feito?

– Ah, você é uma doçura, Ferry. Todos os outros discípulos de Maron falharam, mas não você. Eu vou poupá-la por isso, mas minha paciência não vai durar muito. Sugiro que parta.

– Mas... você... a fumaça...

Ele fez um som que dava a entender que era uma risada.

– Ah, aquela fumaça. Ele sempre se protegeu com ela; ele e seus seguidores. De alguma forma eu consegui seduzi-los, um por um. Só que falhavam. Sempre falhavam. E eu os matava. Maron estava me perturbando, sempre me seguindo. Sempre me rondando. Eu estava cansado dele.

– Era uma fumaça de proteção... eu sabia! Ah, meu Deus... Maron... o que eu fiz?

– Você fez o que achava certo – ele riu com escárnio. Ao menos, ainda acho que era uma risada. – Não se sinta mal por isso. Provavelmente achou que toda aquela energia alegre do mago era porque ele sugava de alguém. Não, era dele mesmo. Um homem que extraía sua alegria do bem que fazia pelos outros. Patético. Entretanto, eu queria muito essa força. E agora a tenho. Obrigado, Ferry.

Eu o fitei com desespero, ódio, angústia. Como pude chamar Rain de monstro se *eu* era simplesmente a pior das criaturas? Aproximei-me do pedaço do cajado que estava no rio. Apanhei-o. Era o que sempre pareceu, um simples pedaço de madeira.

– Quer colher recordações?

Fitando o cajado partido, percebi que havia algo talhado abaixo dele. "Em caso de quebra, encaixe aqui"

Dei um sorriso. Maron.

– Sim. Posso ficar com o outro pedaço, já que não interessa a você?

– Está começando a me irritar, elfa. Tem algum truque na manga? Eu vou ficar com este pedaço aqui. Agora saia.

Sacudi a cabeça.

– Não. Eu vou enterrar Maron com seu cajado.

Ele rugiu pra mim, mostrando uma fileira de dentes ameaçadores e um hálito podre. Não senti medo. Eu fora enganada. Eu traíra Maron.

Ele se aproximou velozmente e me bateu com força no lado do corpo, levando-me a colidir com uma rocha do rio. Era ainda mais forte do que eu suspeitava.

– Você está bancando a esperta! Sabe de algo que não sei!

Ele se aproximou do outro pedaço do cajado. Eu corri na direção dele e, sem pensar, me atirei sobre suas costas. Ele rugiu e me atirou com força contra a árvore mais próxima. Os galhos me cortaram e senti o sangue escorrer das feridas. Minhas costelas gemeram quando me ergui. Eu já podia imaginar algumas quebradas. Alguns golpes a mais e eu não resistiria.

Eu não queria acreditar no quanto havia me enganado. Mas havia. Agora estava à mercê da criatura, e totalmente ensanguentada e ferida, sem ter como salvar aquele que confiou em mim. Eu deveria ter seguido meu coração desta vez.

A razão só fez estragar as coisas.

Ergui-me novamente. A criatura pegou o outro pedaço do cajado e o examinou. Para ele também parecia um simples pedaço de madeira.

– Por favor... eu só gostaria de poder enterrar Maron com dignidade – gemi, curvada pela dor em meu lado esquerdo. – Só quero o cajado... mais nada...

Ele estreitou os olhos e resmungou. Com força, atirou o pedaço de madeira em meu rosto, me ferindo ainda mais. Gemi quando caí no chão atordoada pelo golpe. Estiquei o braço para apanhar o objeto. Rain se aproximou e rosnou.

– Pois vai morrer junto com Maron. Aquele mago idiota não deve estar mais vivo agora. E sua força mágica me encheu de poder. Eu vou sugar toda a energia deste lugar, e você, minha cara elfa, será a responsável por ter levado o mundo à ruína!

Ignorei-o enquanto falava. Ignorei-o enquanto se aproximava. Consegui alcançar o pedaço do cajado e, reunindo minhas últimas forças, sentindo que a vida se esvaía de mim junto com meu sangue e feridas, ergui-me, olhei firmemente para o monstro e juntei os dois pedaços do cajado. Uma luz brilhou das duas partes unidas, mas nada mais do que isso. O cajado permanecia quebrado.

Rain gargalhou e apertou minhas mãos, que ainda seguravam o objeto mágico.

– É isso? Um truque de mágica? Não há mais nada?

As lágrimas escorriam pela minha face. Eu não tinha mais nada a dizer, a não ser aquela palavra que insistia em se formar na minha mente.

Olhando fundo nos olhos do monstro, Rain, aquele em quem um dia eu confiara, pronunciei com autoridade:

– Tarrair.

O cajado começou a estremecer instantaneamente. Raios de energia partiam dele, atingindo as árvores ao nosso redor em centelhas de luz e poder. Uma luz fortíssima nos envolveu, tão intensa que mal podia abrir meus olhos. Rain gritou e tentou se desvencilhar, mas estava preso ao cajado. Ambos estávamos. Entretanto, enquanto a magia do cajado curava minhas feridas e restaurava minhas forças, o monstro gritava de agonia, diminuindo rapidamente de tamanho. O cajado estava sugando a energia dele, tal qual ele fizera com todos.

Tal qual ele fizera com Maron.

Presos ao cajado, tudo o que eu podia fazer era assistir enquanto o monstro se enroscava no chão, sua pele secando e encolhendo, seus músculos enormes reduzidos a nada mais que pele flácida, seus olhos vermelhos agora escurecendo aos poucos.

Em poucos minutos, o cajado nos soltou. Eu estava renovada, apenas manchada pelo sangue que um dia escorrera de minhas feridas, mas completamente bem. Rain agora não passava de um monstro seco como uma uva passa, completamente imóvel no chão. Um brilho surgiu de seu corpo, dividindo-se e espalhando-se por todas as direções. Até que finalmente cessou.

Chutei-o. Não respirava. Não se mexia.

Rain já era.

A maldição já era.

O cajado estava restaurado e dessa vez brilhava fracamente, demonstrando sinais de estar reconstruído. Segurei-o firme e corri para a cabana, gritando "Maron!" por todo o caminho.

Quando me aproximei da casa, a porta estava aberta, e um velho senhor sorria esperando por mim. Com lágrimas nos olhos, aumentei a força de minhas pernas, segurando o cajado no alto para que não batesse no chão e me fizesse cair.

O sorriso de Maron aumentou ainda mais quando me viu bem, assim como a seu cajado. Abracei-o chorando, mas ele me afastou olhando bem fundo nos meus olhos. Temendo ser rejeitada e preparando um arsenal de desculpas, prendi a respiração. Sua expressão desanuviou e ele sorriu.

– Ora, ora. Acho que finalmente você está preparada.

# Crônicas de Libertà: Fogo de artifício

Eric Novello

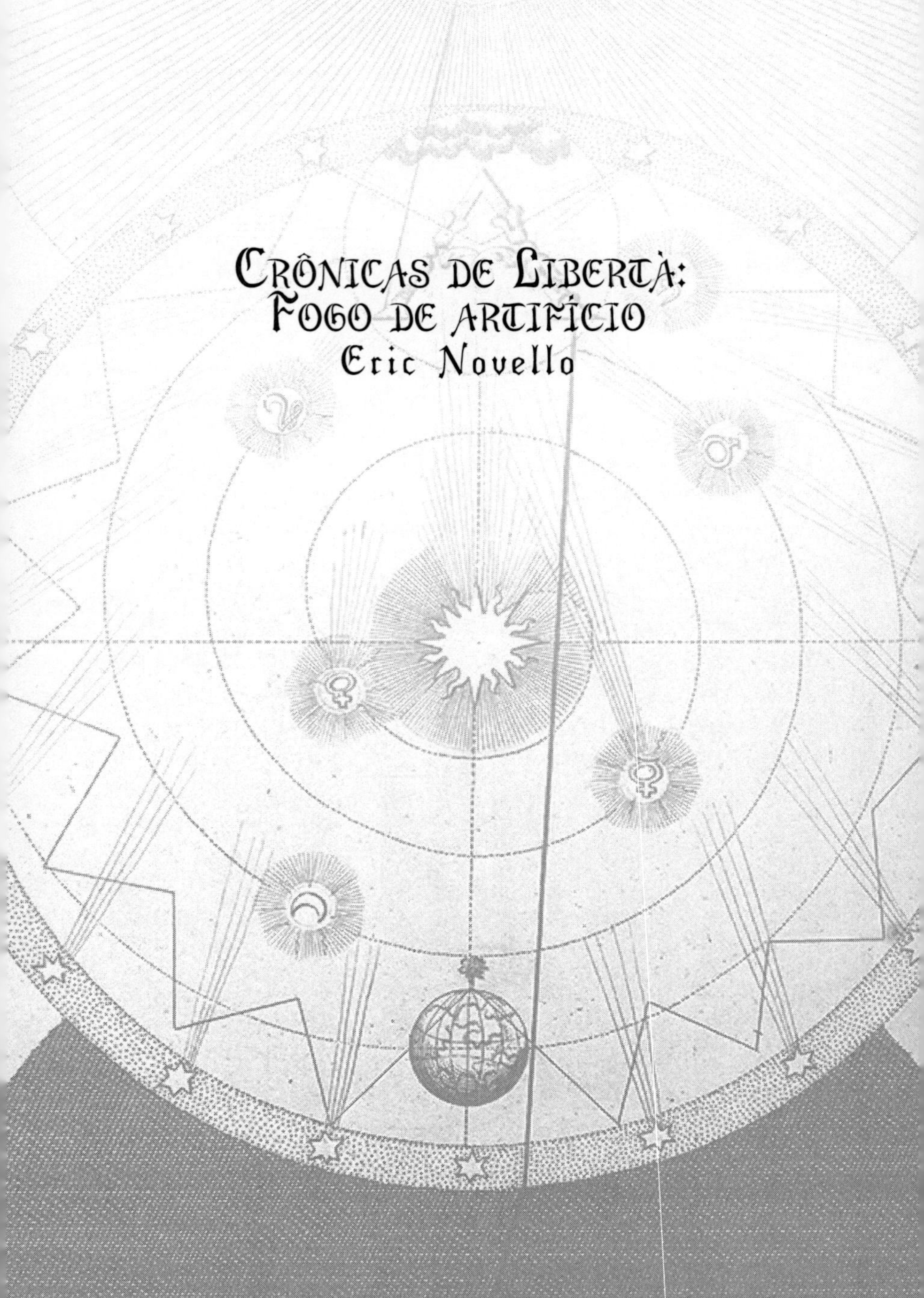

A VIDA DE um vigilante nunca é fácil. Por mais que o vejam como um super-herói, ele é só uma pessoa comum trabalhando para a polícia. Tão comum quanto um mago pode ser. Ele pode ser ferido por bala, sentir efeitos de magia, e, se um lobisomem raivoso se colocar no seu caminho, o estrago provavelmente será grande. Ainda assim, os cariocas nutriam um afeto especial por eles. Mesmo sem o super, os tratavam como heróis na cidade. Eram eles que apareciam na hora do sufoco, que prendiam os criminosos com talentos sobrenaturais, que resolviam o que mais ninguém podia resolver.

Por um tempo, o Rio de Janeiro até tentou adotar o modelo de agências privadas de segurança que funcionava em cidades vizinhas, como Libertà, mas a relação dos cariocas com os vigilantes era forte demais e não pôde ser negada. Só quando eles voltaram às ruas, a sensação de tranquilidade retornou.

– Não é só uma sensação, olhem as estatísticas – Ícaro Pagani tinha dito mais de uma vez para os jornalistas, ao defender condições melhores de trabalho para os vigilantes. A cobertura médica deixava a desejar, o pagamento mal cobria as contas e os horários eram os piores possíveis.

Ainda assim, não saberia fazer outra coisa da vida. Por isso, quando seu celular tocou às duas da manhã e Ágata falou que precisava dele urgente, levantou-se da cama sem reclamar. Vestiu uma calça jeans escura, uma camisa de malha, pendurou o coldre, pegou sua arma e desceu para esperar a viatura que iria buscá-lo. Para despertar, um energético com toneladas de cafeína.

Chegou ao seu destino quarenta minutos depois, no bairro de

Copacabana. O policial dirigindo o carro – Marcos, ou Marcão, senhor. É uma honra conhecê-lo, senhor – lhe adiantou a situação. Informou que o trânsito havia sido desviado, e que os bombeiros conseguiram controlar o foco de incêndio. Até onde sabia, três vítimas no local.

– Você disse que ouviram uma explosão? – perguntou ele.

– Sim, como se fossem fogos de artifício.

– Fora da loja?

– Um transformador estourou.

– E choveu por lá?

– Tempo limpo. Não foi raio não.

Então um transformador havia explodido na rua e, de alguma forma, a explosão havia se propagado para dentro de uma loja e se espalhado em rastros luminosos que lembravam fogos de artifício. Só de ouvir a história, sabia o problema que encontraria pela frente. Mais um de uma série de incidentes que vinham ocupando a polícia no último mês.

Logo que desceu do carro, Ícaro Pagani sentiu os olhares na sua direção. Os sorrisos de alívio no rosto dos policiais lhe provocou um aperto no peito. Detestava que agissem como se fosse a luz no fim do túnel, que depositassem nele qualquer tipo de esperança. Estava tão perdido quanto eles nesse caso. Nem havia entrado ainda e, no fundo, aqueles homens e mulheres já esperavam dele algum tipo de resolução. Se soubessem a quantidade de cicatrizes que carregava no corpo, se vissem as provas cabais de sua falibilidade, quem sabe entenderiam de verdade o que era um vigilante.

Colocando o mau humor de lado, distribuiu acenos de cabeça e foi direto se encontrar com Ágata. A chefe de polícia o esperava junto aos cones posicionados pela companhia de trânsito para isolar duas das pistas da Rua Barata Ribeiro. Um fotógrafo tentou furar o isolamento para filmar a conversa dos dois, mas Ícaro conduziu discretamente um foco de energia para a câmera, danificando o aparelho.

– Mas que m... – o sujeito reclamou.

Ela apenas revirou os olhos.

– Eles nunca aprendem.

– Falta de bons pais para ensinar limites.

– Ou boas mães – disse Ágata, se referindo ao fato de Ícaro ter sido criado por duas mulheres. – Obrigada por atender ao meu chamado. Sei que estava na sua noite de folga, mas não queria outro vigilante se metendo nessa investigação.

– Foi o nosso suspeito invisível?

– Pelo padrão do ataque, me arriscaria a dizer que sim. O sistema elétrico foi destruído, só pra variar. De qualquer modo, as câmeras da loja só cobriam os pontos mortos entre as estantes, não gravavam nada. O dono ficava de olho em uma tela no balcão. Já mandei solicitar as imagens daquela ali – ela apontou para a câmera de trânsito no cruzamento em frente. – Talvez tenhamos sorte.

Padrão de ataque. Um eufemismo para os corpos que encontraria dentro da loja de brinquedo. Era o terceiro caso desde o início do verão. Ursinhos destroçados, ausência de sangue, mortes sem explicação. Até hoje, nenhum item roubado, nenhuma nota de dinheiro faltando. O intervalo entre os dois primeiros havia sido de quinze dias. Dessa vez, apenas uma semana tinha se passado.

– Quem diria que ser vendedor de brinquedos infantis seria uma profissão de risco? – disse Ícaro Pagani.

Ágata deixou escapar um sorriso.

– Pra ser sincera, nunca fui muito chegada a bonecas. Cabeças soltas, olhos caídos. Tive um coelho uma vez que prendeu no fecho do armário e rasgou metade da barriga. Quem disse que eu conseguia ficar perto dele depois disso? Minha mãe chegou a costurá-lo, mas tudo que eu via era uma ferida com os pontos arrebentando.

– É isso que eu chamo de visão pueril.

– Bem, veja no que deu. – Ágata deu dois petelecos no emblema em seu uniforme. – Cada um com sua história de origem.

O mago retomou a expressão séria. Pensou nos motivos que o haviam levado a se tornar um vigilante. Na perda que havia sofrido quando pequeno. Uma história que não compartilhava com ninguém, e que o deixava especialmente sensibilizado com o caso da loja de brinquedos.

Ao longe, ouviu o repórter reclamar com um amigo de profissão que acabava de chegar sobre o defeito repentino na câmera. "Muita energia eletroestática", o sujeito arriscou uma explicação. Não demoraria e vários deles estariam por ali, esperando os corpos passarem dentro do saco plástico. Era melhor entrarem de uma vez.

– Sabe do perito?
– Já deve estar acabando – disse ela. – Mais dois minutos e...
Nem terminou de falar e um homem de óculos segurando duas maletas passou por eles.
– Pelo visto, estamos liberados.
Entraram juntos. Ágata arremessou sua lanterna para o mago e fez um rápido relato do que havia para ser analisado. Em seguida, começou a arriar a porta. De cara, Ícaro avistou três corpos no chão. Embora fosse considerado um cara durão, encarar o corpo de crianças numa cena de crime o despedaçou por dentro. Precisou de um minuto para se recuperar.
– Pai e filhos?
– Sim. Nem crianças estão sendo poupadas pelo nosso assassino misterioso – ela respondeu. – De acordo com a identidade, o pai tem quarenta e dois anos. Os filhos, por volta de cinco e oito. Depois que liberar a área, avisaremos a família e transferiremos o corpo para o IML. Mas aposto que já sabemos o resultado.
Ícaro concordou com a cabeça. Os crimes vinham seguindo um padrão. Ficaria surpreso se dessa vez fosse diferente.
Apesar de não fazer truques com cartas nem tirar coelhos da cartola, estava na hora do show. Precisava encontrar alguma pista. Pelas vítimas, por Ágata e por seu orgulho de vigilante. Um mago especialista em seguir padrões de energia como ele tinha que detectar algum detalhe novo que fizesse a investigação andar. Era a primeira vez que se sentia cego na cena de um crime. Ninguém jamais o havia passado para trás. Não antes do blue curaçau e do sexo, pelo menos.
Nos primeiro ataque, as vítimas tinham sido de uma equipe de limpeza contratada para faxinar a loja durante a madrugada. Da segunda vez, o ataque aconteceu perto do horário de fechamento, como agora. Os mortos, clientes que tiveram o azar de precisar fazer uma compra de última hora para um aniversário. Em ambos os casos, o sistema elétrico havia pifado e as testemunhas relataram um brilho colorido no céu.
Atrás de uma fileira de estantes com jogos de tabuleiro, Ícaro encontrou sangue e uma policial caída. Uma análise rápida mostrou que ela não se encontrava ferida. O sangue devia ser de outra pessoa.
– Algum sobrevivente? – perguntou ele.

– O dono da loja estava no estoque buscando um produto e foi poupado. Pelo menos foi o que disse. Foi levado para o hospital. Podemos falar com ele mais tarde, se quiser. Ou esperar o depoimento.

– Testemunha ocular do assassino?

Ágata fez que não com a cabeça. Mesmo no escuro, Ícaro percebeu o seu desânimo.

– Apenas raios, fogos coloridos, pessoas caindo de repente. O de sempre.

Os dois se entreolharam. Não aguentavam mais ouvir o mesmo relato, encontrar os corpos sem nenhum sinal de agressão física, os ursos de pelúcia estripados com enchimento vazando da barriga.

– Mais alguma coisa que eu deva saber antes de começar?

– O perito encontrou algo nas unhas do pai. Achamos que ele pode ter lutado com o agressor. A equipe do laboratório deve estar trabalhando nisso agora.

– Nenhum sinal de sangue?

– Só o do lojista.

Ícaro desligou a lanterna e a apoiou no balcão.

– Minha vez então – falou. Com o ambiente escurecido, buscou seus pensamentos mais sombrios, reviveu os sentimentos mais perturbadores, momentos de raiva e confusão que mantinha trancados no peito e que haviam se tornado a chave de ativação de seu poder. A energia que despertou em si fez brilhar a jaspe vermelha implantada no núcleo de sua arma, dentro do coldre. Direcionando-a para cima, espalhou-a por dentro da loja, banhando do teto ao chão, como se fosse apenas o pintor em uma reforma.

– Novidades? – perguntou Ágata.

– Quase lá – respondeu Ícaro. Sua mão tinha o mesmo brilho avermelhado que cobria cada superfície ao seu redor. Quando ele se dissipou, marcas de pegada se revelaram. Estavam por toda parte, desde a entrada até o balcão de atendimento, circulando as estantes e os corpos, sumindo pela porta atrás de si.

– Pegadas – disse ele. – Parecem solas de tênis. Estão fortes, ainda frescas. Já os corpos...

Ele se virou na direção da policial. Por ser uma adormecida, não emitia nenhum brilho que o mago pudesse registrar. Ao usar seu poder, tudo que se destacava eram fontes e resquícios de energia. O restante ficava imerso no breu essencial para manter a integridade de sua visão. Como qualquer humano, dependia de seus bastonetes para enxergar em tons de cinza na ausência de luz.

– Vou morrer de tédio aqui – disse Ágata.

– Um minuto – respondeu o mago, abaixando-se perto da família assassinada. Notou primeiro na criança mais nova. Uma pequena marca no abdome. De longe parecia um círculo, como um furo de bala. De perto, porém, lembrava a nascente de um rio, com filetes minúsculos vazando de seu interior. Seu irmão mais velho tinha o mesmo ferimento vermelho, visível apenas naquele plano de percepção.

Uma a uma, Ícaro verificou as vítimas. Aquele padrão diferia dos crimes anteriores. Sentiu-se animado. Primeiro as pegadas, agora isso. Com cuidado, voltou aos pensamentos sombrios, buscando mais força para ampliar seus poderes.

Os olhos arderam no mesmo instante. Mas precisava prosseguir. Emitindo novamente sua luminescência vermelha, concentrou-se na região entre os corpos. Aos poucos, notou pequenos elos conectando cada um dos cadáveres a um bicho de pelúcia destruído. Uma corrente imaterial.

Ele descreveu o que via para a policial.

– Acho que alguém tentou criar uma ligação.

– Preciso de mais do que isso, Ícaro.

– Eu não sei. Vincular um ser inanimado a um humano poderia deixá-lo mais... animado? Talvez a intenção fosse criar um boneco mais sensível aos sentimentos da criança, interativo. Eu precisaria conversar com um especialista em transferência para dizer algo mais concreto.

– Está dizendo que nosso assassino tentou conectar essas pessoas aos ursos de pelúcia? – ela suspirou.

– Não seria a primeira vez que a busca por produtos com um diferencial mágico causa problema. Lembra-se do caso das lentes?

– Dezenas de moleques alucinando por estarem usando lentes energizadas por um artesão? Como esquecer. Tive que atrasar minhas férias por conta delas – disse a policial.

*Prometo não reclamar de ter perdido minha noite de folga*, pensou Ícaro, enquanto se afastava dos corpos para ter uma visão ampla do salão da loja. Sem nada mais que lhe chamasse atenção, resolveu seguir as pegadas.

– Vou dar uma olhada no estoque.

– As lâmpadas também queimaram lá dentro. A janela tem o tamanho de uma pizza família, mas está coberta por caixotes. Você não vai precisar da minha ajuda.

– Pizza família? Quem usa pizza como medida? – perguntou Ícaro.

– Minha fome – ela respondeu. – Ou você acha que meu estômago se importa com o fato de serem três horas da manhã?

Ícaro tropeçou em algo. Abaixou-se para tatear e encontrou material de escritório caído: uma régua quebrada, suporte de fita adesiva, pedaços de papel.

– Alguém passou correndo por aqui – disse ele. – Talvez o lojista não tenha falado toda a verdade.

A porta do estoque estava encostada. Empurrou-a devagar até que abrisse por completo. Identificou um freezer pifado no canto, uma mesa de escritório e montes de estantes coladas às paredes. Graças a um brilho sutil que vazava entre embalagens de brinquedo, encontrou o lugar onde ficava a janela. Nada que fosse prejudicar sua visão. Parado na soleira, trouxe mais energia para si e a espalhou. Da ponta dos dedos, rios vermelhos se derramaram impregnando o ambiente.

*Segundo round*, disse consigo mesmo ao começar a inspeção. No piso, as pegadas interrompidas ganharam continuidade em direção a uma das estantes. Na prateleira mais alta, no topo de uma pilha, se destacava uma bola vermelha. Ícaro forçou os olhos para definir uma silhueta mais específica, mas a ardência o impediu.

Enquanto esfregava as pálpebras, se aproximou do foco de luminescência. Perguntava-se se o lojista não teria entrado no estoque para esconder algum amuleto ritualístico em vez de se esconder do agressor. Dependendo do que encontrasse, pediria a Ágata que aumentasse a vigilância no hospital para onde tinha sido levado.

– Por que tão alta? – reclamou, procurando um ponto de apoio para apanhar o objeto. Se o sistema elétrico não estivesse pifado, seria um bom momento para ligar as lâmpadas. Para ajudar, abriu espaço na bagunça em frente à janela e deixou que a luz da rua e um pouco de ar entrassem. Subiu em uma caixa de papelão que parecia firme o suficiente para aguentar seus noventa e três quilos, testou a superfície com um dos pés e se impulsionou para cima. Empurrou uns brinquedos velhos para o lado, tossiu com a poeira e esticou o braço para alcançá-la. Em vez da borracha de uma bola, seus dedos tocaram em algo peludo.

*Mais um ursinho*, pensou. Seu pé vagueava no ar, saindo da prateleira de volta ao piso, quando duas patas de pano o acertaram direto nos olhos. O susto o desequilibrou e o fez cair para trás. Junto com ele, brinquedos e rolos de papel de presente vieram abaixo. Uma pata peluda pisou no seu rosto. Enquanto se recompunha, viu o urso escalar a estante e escapar para a rua.

Atraída pelo barulho, Ágata apareceu correndo. Iluminou a cara de Ícaro com a lanterna.

– Pelos deuses de Yume, o que aconteceu aqui?

Ainda esfregando os olhos, o mago respondeu:

– Acho que o nosso assassino conseguiu realizar a transferência. Um urso acabou de me atacar e fugir pela sua pizza tamanho família.

– Equipe dois, temos um fugitivo. Um bicho de pelúcia acaba de escapar pelos fundos da loja. Quero varredura do túnel à praia. Equipe um, espere pelas minhas ordens.

A policial desligou o comunicador. Tentou espiar para fora da janela, mas o ângulo não era dos melhores. Quando Ícaro se levantou, ela o encarou. A seriedade sumiu de seu rosto numa gargalhada.

– Eu sei.

– Puta m... Será que sabe mesmo?

Os dois começaram a rir. As lágrimas escorreram pelas bochechas. O ar começou a faltar. Tossindo, ela abriu as mãos como quem anuncia uma manchete de jornal.

– Depois de vinte dias infrutíferos de investigação, a delegada Ágata Madrigal e sua equipe de quinze policiais deixa escapar um ursinho de pelúcia pela porta dos fundos da loja de brinquedo. O meliante vestia apenas uma camisa vermelha com um coração bordado e assustou as criancinhas do bairro com sua nudez ao invadir a caixa de areia de um parquinho nas redondezas.

Ícaro Pagani tentou recuperar o fôlego. O ar continuava escasso nos pulmões. Que bela dupla estavam se saindo.

– Eu não sei... – Ágata engasgou com o riso. – Eu não sei nem o que fazer numa situação dessas. Sério. Tenho que comunicar às famílias que a energia de uma das vítimas foi parar no ursinho? Que um tio, pai, filho, está correndo pela rua desorientado dentro de um bicho de pelúcia?

Após um esforço consciente, o mago se recompôs. O lugar atravessado pelo urso agora mostrava marcas de sola de tênis.

– É o pai que está lá. Um adulto. São dele as pegadas que encontrei na loja.

– Acha mesmo quer o nosso assassino conseguiu realizar o ritual?

– É possível. Se o ritual foi interrompido de repente ou foi feito de maneira incorreta, a energia se desprenderá do urso e ele voltará a ser um objeto inanimado ao longo da noite. Caso contrário, vagará por aí até encontrar um mago que explique o que ele se tornou, sem consciência do que era minutos atrás.

Eles voltaram para o salão principal.

– Acha que o lojista tem alguma coisa a ver com isso? – assuntou com Ágata antes de expor sua teoria.

– Enquanto esperava, fiquei me perguntando se ele não teria se ferido para disfarçar, e principalmente para abandonar a cena do crime antes da sua chegada. Afinal, se ele tivesse algum resíduo de energia no corpo, você o desmascararia. Mas...

– Sempre tem um mas.

– Você acredita em instinto?

– Inocente?

– Inocente. Aposto uma rodada de cerveja que o material coletado sob a unha do pai não baterá com o material genético do lojista. Se eu estiver errada saberemos pela manhã. Pelo sim pelo não, já pedi um reforço de guarda para ele.

Exceto pela policial, os corpos já haviam sido recolhidos. A maca com um deles, parada na calçada, esperava sua vez junto ao carro que o levaria ao IML. Pensativo, o mago observou as prateleiras de onde os ursos haviam caído. Todos com a mesma barriga branca, roupa vermelha, olhos castanhos. Todos exatamente iguais.

– Que cara é essa? – perguntou Ágata.

– Quando descreveu o *meliante*, você foi bem precisa. Há outros bichos de pelúcia na loja. Coelhos, gatos, sapos, personagens de desenho animado...

– Mas só há ursos no chão – ela completou o raciocínio. – Os mesmos ursos.

– E nos crimes anteriores?

– No primeiro, animais aleatórios. Dois tinham cor de caramelo, com os pelos cacheados, como um poodle. No segundo, somente ursos...

– Brancos, de roupa vermelha, com um coração estampado – disse Ícaro. – Esses dois diferentes, você se lembra da marca?

– Estão no depósito de evidências, na delegacia. Não há ninguém agora, mas posso verificar no horário normal de expediente.

Ícaro atravessou o salão. Pegou um dos bichos de pelúcia. Jogou-o para o alto avaliando seu peso. Esperou a reação mesmo sabendo que ela não viria. Era somente um objeto inanimado, no fim das contas. Conferiu a etiqueta: Pelúcia: 100% poliéster. Enchimento: 100% poliéster. Produzido na China. Importado pela ESTELART LTDA. Em seguida, lançou-o para a policial.

– Hum... Acho que arrumamos programa para amanhã – disse ela.

– É um começo.

Uma hora depois, partiram.

No caminho de volta, no banco do passageiro, Ícaro abriu a janela e deixou o vento soprar no rosto. Por baixo das pálpebras, queimavam labaredas. Tentou erguê-las devagar, lidar com as nebulosas multicoloridas que dançavam ao seu redor. Ampliar a visão para enxergar os rastros era uma tarefa mais fácil do que devolvê-la ao normal. O ideal seria entregar-se a um cochilo, o sono sempre um aliado na recuperação. Contudo, aproveitou a companhia de Ágata ao volante para repassar alguns pontos da investigação. O corpo podia estar pedindo por uma pausa, mas o otimismo, esse havia voltado. Quem quer que estivesse tentando animar os animais de pelúcia em breve teria uma surpresa.

Ao descer do carro, pensaram estar em frente a uma casa abandonada. Não havia janelas abertas ou qualquer movimento que indicasse atividade. Um toldo velho, rasgado nas pontas, balançava ao vento. Ágata tocou o interfone e aguardou. Seu humor estava azedo.

Trabalhar de perto com casos envolvendo magos, salvaxes e oníricos não era exatamente a preferência dentro da polícia carioca. Ela, contudo, não fugia à responsabilidade e tinha conquistado respeito dentro da corporação. Ícaro havia sugerido mais de uma vez que se mudasse para Libertà e tentasse uma vaga no Conselho de Hórus, a agência responsável por investigar casos sobrenaturais na maior metrópole brasileira, mas ela sempre respondia que ainda não estava pronta para ficar longe da família.

– Minha mãe tá velhinha, meu irmão tá quase se formando. Sem falar que você mora aqui. Te irritar de longe não teria a mesma graça – tinha dito na época. Mas Ícaro sabia que mais dia menos dia ela se cansaria da rotina e buscaria desafios maiores. Ou, quem sabe, estivesse apenas espelhando o próprio cansaço e sua vontade de mudança. Fazia tempo que ele evitava o convívio com os outros vigilantes, e o governador em pessoa já havia lhe dado um puxão de orelha dizendo que estava novo demais para se isolar na batcaverna "e me fazer duvidar da sua sanidade."

A população podia idolatrá-lo como um herói, mas o governo o considerava somente uma arma de combate. Se saísse de controle, seria desativado e substituído por um modelo mais atual e confiável.

Uma voz falha soou no interfone. Ágata se identificou, disse que tinham hora marcada e a tranca eletrônica se abriu. Uma menina que não devia ter mais de vinte anos pediu que se sentassem nos sofás de alvenaria da recepção.

Nenhum dos dois a atendeu. Ela pareceu não se importar. Continuou ao telefone sua conversa sobre salário atrasado e pedir dinheiro emprestado à mãe para ir a um festival de música no fim do mês. Atrás dela, uma parede de vidro deixava ver o corredor que seguia até um pátio. Ícaro se aproximou para dar uma espiada. Pelo visto, a casa tinha sido adaptada para aproveitar ao máximo a iluminação natural. Usar seu dom ali durante o dia estava fora de cogitação.

Sem muita paciência, pensou em sobrecarregar o telefone e encurtar o papo da recepcionista. A expressão de Ágata o fez mudar de ideia.

– Vamos esperar a boa vontade dessa menina? – ele reclamou baixinho.

– Você é o ruivo com um metro e noventa de altura dessa dupla. Por que não tenta chamar a atenção dela com um comentário exibicionista aleatório?

– Se a vida fosse assim tão fácil... E eu tenho um e oitenta e cinco – resmungou Ícaro. – Certeza que não posso nem queimar uma lâmpada para ver se ela se assusta e desliga o telefone?

– Olhe o estado desse lugar. Se usar seu poder, é capaz de causar um incêndio. Além do mais, faltam sete minutos para o nosso horário. – Ela se sentou e bateu com a mão na almofada ao lado, para que ele a acompanhasse.

A manhã não tinha sido boa. O material colhido na unha da vítima na noite anterior não havia coincidido com o DNA do lojista, e o depoimento dele soou deveras consistente. Ícaro chegou a escurecer o quarto do hospital para tentar detectar algum resquício de energia, mas o dono da loja de brinquedos estava limpo. Um adormecido sem qualquer contato recente com magia ou amuletos. Estavam literalmente à espera das únicas pessoas capazes de trazer algum dado novo para a investigação. Se a visita à importadora se revelasse inútil, continuariam na estaca zero.

Sete minutos se passaram. A menina havia encerrado a ligação, retocado as unhas e mergulhado em uma revistinha de sudoku. Ícaro olhava para o galão de água que acabara de borbulhar quando ela se levantou da cadeira e os chamou:

– A dona Estela vai estar recebendo vocês agora.

– Podemos prendê-la por gerundismo? – ele cochichou e se levantou, sem disfarçar o tédio. Eles a seguiram por uma escada em caracol até o segundo andar. Era tão estreita que precisaram pisar de lado nos degraus.

A sala estava aberta, inclusive as janelas da varanda, e dois ventiladores ligados faziam as cortinas balançarem numa sinfonia desagradável. Ágata cumprimentou a dona da importadora, e esta pediu aos investigadores que se sentassem. Os olhos dela percorreram o mago de cima a baixo enquanto ele se acomodava na cadeira. Não fosse a situação, se sentiria lisonjeado.

– Desculpem pelo calor, mas o ar condicionado quebrou e o técnico que vinha consertá-lo não deu as caras.

– Nada a que a gente não esteja acostumado – disse Ícaro. No pátio, um trio de funcionários caminhava na direção do que parecia ser o estoque. No sentido inverso, um garoto carregava um carrinho com caixas empilhadas. Ele parou, falou alguma gracinha que fez o grupo rir e seguiu adiante. Quando as vozes se distanciaram, o mago voltou a falar:

– Você tem um espaço grande aqui.

– Gerenciamento de estoque, é esse o segredo! – disse Estela, fazendo o V da vitória, numa empolgação exagerada. Seu nervosismo os deixou atentos. Havia alguma coisa ali a ser descoberta. – É difícil conseguir um preço acessível de aluguel, atualmente, inclusive neste fim de mundo. Então o jeito é controlar com precisão as datas de entrada e saída para não ter mercadoria parada. Vocês ficariam impressionados com a velocidade com que as compras chegam da China hoje em dia. Passam mais tempo no porto esperando a fiscalização do que atravessando o oceano.

Ágata se remexeu na cadeira. O rangido da madeira se juntou ao farfalhar das cortinas.

– Senhora Estela, gostaríamos que Artur também participasse da reunião. Pode mandar chamá-lo? Assim todos ganharemos tempo.

– Infelizmente, Artur não poderá comparecer no momento. Ele... Ele, como dizer...

A dupla se entreolhou numa decisão silenciosa. Ágata estalou as juntas dos dedos, apoiou as mãos sobre a mesa. Mirando no fundo dos olhos de Estela, disse uma única palavra:

– Desembucha.

– Desculpem. A situação é constrangedora para mim. Meu sócio e ex-marido Artur desapareceu há quase um mês. Me largou aqui, sozinha, tendo que falar com fornecedor, lojista, funcionário, cheia de abacaxis para descascar. Não está em casa, não atende o celular, não aparece no clube de aeromodelismo. Simplesmente se escafedeu.

– Como assim desapareceu há quase um mês? Você não avisou à polícia?

A mulher sacudiu a mão no ar.

– Se conhecesse Artur, não me julgaria dessa maneira. Joguinhos, senhora delegada. Depois de anos de casada eles perdem o efeito e a gente nem se espanta mais. Nada que mereça nem a sua nem a minha atenção. Isso é típico do Artur. Sempre que temos uma discussão mais acalorada sobre os rumos da empresa, ele some de vista. Pensa que assim deixarei o assunto para lá. E acabo deixando mesmo, para não me aborrecer.

– Achei que tinha dito que ele era seu ex-marido.

– Marido, ex-marido... – Por baixo da euforia da mulher, Ícaro notou uma ponta de cansaço. – Estamos finalizando a papelada.

– Se não for me meter demais, poderia nos dizer o motivo exato da discussão que teve com Artur? – perguntou ele. Podia farejar a mentira no ar, escondida entre as camadas de verdades que Estela lhes fornecia.

Sem pensar duas vezes, ela respondeu:

– Uma loucura. Os negócios, bem, o país não passa por um bom momento financeiro, vocês devem saber disso. Tivemos uma venda fraca no dia das crianças, uma melhoradinha no fim de ano. Estou devendo o pagamento do técnico do ar condicionado e a recepcionista já jogou piadinha de que está procurando outro emprego.

– Vocês estão endividados.

– E meu marido... *ex-marido* decidiu que precisávamos de um diferencial no mercado. Ele é um mago, como você. Bem, não exatamente como você – ela corrigiu, dando um sorrisinho. – E sempre manteve a prática de magia como um hobby. Por conta do dinheiro curto, achou que...

– Ela vai entrar em loop – disse Ícaro, impaciente.

– Seja objetiva, senhora Estela – Ágata pediu.

– Artur decidiu animar os bichos de pelúcia importados pela empresa. Ele comprou um manual na internet e fez testes nos fundos do galpão de estocagem, mas tivemos alguns probleminhas. – A mulher pareceu aliviada.

– Que tipo de probleminhas?

– É melhor verem pessoalmente.

Haveria graça naquela visão caótica, não fosse a lembrança dos mortos deixados até então. O quarto, antigo depósito de peças enviadas para trocas, estava tomado de ursos de pelúcia. Todos se moviam de maneira repetitiva, presos a um movimento que jamais atrairia a atenção de crianças numa venda. Encontrões na parede, tentativas de cambalhotas, cabeças inclinadas para trás, um braço sacudido em um tchau insistente. Um deles correu para cima do mago e pulou no seu colo. Foi preciso uma leve descarga de energia para tirá-lo de lá. Outro fugiu por baixo das pernas da dona da importadora, obrigando um homem de uniforme azul a correr atrás dele com uma vassoura na mão.

– Eu acenderia a luz se pudesse, mas todo equipamento elétrico que fica perto dessas coisinhas insuportáveis acaba pifando.

Ágata suspirou.

– O que aconteceu aqui?

Estela contou outra vez sobre as dívidas e a proposta de Artur de animar os ursinhos.

– "Pode imaginar? Que criança resistiria a um urso de pelúcia pedindo por um abraço afetuoso? Vai entrar dinheiro até não poder mais.", ele garantiu. Dias depois, apareceu com o manual de transferência de energia "comprado por uma pechincha no E-bay." Ele me chamou no estoque, disse que queria fazer uma surpresa. Havia preparado tudo, escolhido os bonecos pelos quais sentiu maior afinidade e os arrumado em semicírculo, como se desse uma aula num curso pré-vestibular. Não eram dois ou três, e sim dezenas deles. Nós dois discutimos. Falei que não podíamos correr o risco de perder uma carga inteira se o experimento desse errado. Uma coisa é ser ousada com o caixa cheio, outra é... Outra é ser burro. Foi isso que falei, e ele se chateou.

– Vocês brigaram? – perguntou Ágata.

– Os dramas de sempre. Ele respondeu que, se algo desse errado, tiraria do próprio bolso e que eu não morreria de fome. Que tudo o que ele queria era salvar a empresa, símbolo restante do nosso casamento. Podem acreditar nesse golpe baixo?

Ela pegou o ursinho que seu funcionário trouxera de volta do pátio. Apertou os dedos em volta do seu pescoço, como se pudesse estrangulá-lo, mas o boneco ignorou a interação, apenas as pernas se moviam.

– Eu desejei boa sorte, virei as costas e fui embora para casa. No dia seguinte, ao abrir o depósito, encontrei os ursos caídos, iluminação sem funcionar e uma empilhadeira com o motor queimado. Acho que Artur desapareceu de vergonha. No fim, quem arcou com o prejuízo fui eu.

– Ele disse de onde tiraria a energia? – Ícaro segurou o braço de Estela, que parecia perdida nas memórias daquele dia. Ela agradeceu com um carinho em sua mão.

– O que quer dizer?

– Para animar bonecos é preciso usar energia viva. O mais comum é absorver fantasmas, que são energias com memória. Às vezes ecos, que são os fantasmas vazios que vagam sem saber o que foram ou por que estão ali.

Ela fez uma careta.

– Isso é horrível. Não! Artur nunca mencionou de onde tiraria a bateria...

– Energia.

– A energia dos bonecos.

Ícaro pensou em explicar que os fantasmas não passavam de cópias das pessoas que os haviam originado, e que seu destino era simplesmente vagar até serem reabsorvidos pelo mundo ou se integrarem aos seres ao seu redor, mas acabou se mantendo calado. Quanto menos munição desse à mulher, mais rápido sairiam dali.

Ágata Madrigal notou sua vontade de ir embora. Tinham uma busca a fazer nas instalações, mas ambos sentiam que as pistas haviam se esgotado. Não encontrariam Artur escondido num armário. Nem um ursinho assassino pronto para degolar seus pescoços.

– Estela, eu e meu parceiro daremos uma olhada na casa, se não se incomodar.

Ela assentiu, calada.

– Outra coisa. Tive a impressão de que você e Artur moram em casas separadas. Vamos precisar do endereço dele.

– Podem pedir à recepcionista. Ela passará meu celular e o meu endereço também. Acredito que seja agora que me pedem para não sair da cidade até o fim da investigação – disse ela, com pesar. – Eu sinto muito pelos acidentes nas lojas de brinquedo. Eu... – O choro veio forte. – É horrível pensar que se tivesse impedido Artur... Se a ligação entre as mortes e os ursinhos for comprovada, terei de vender a importadora para pagar as indenizações. Ficarei sem nada... Nada! E tudo porque aquele maluco romântico queria salvar nosso casamento!

Ícaro e Ágata se entreolharam. A policial avisou que precisavam ir.

– Entraremos em contato em breve. Mantenha o celular ligado inclusive quando for dormir. Leve-o até para o banheiro. E como a senhora mesmo disse, não saia da cidade.

A mulher concordou com a cabeça, olhar fixo no chão. Parecia resignada.

– E o que eu faço com esses ursos? – Apontou para os bonecos, que se mexiam sem parar.

– Pedirei a um amigo que venha desligá-los – disse o mago.

– Desligá-los – Estela repetiu e o encarou por um momento. – Quando tudo isso acabar, se não se incomodar com a companhia de uma mulher falida, será que gostaria de sair para jantar?

Ícaro não soube o que dizer. Mas tinha certeza de que Ágata lhe daria milhares de sugestões enquanto se lembrasse desse dia.

A volta a Copacabana foi demorada. O sol estava a pino, o trânsito dera seu nó habitual da hora do almoço e, para piorar, havia uma obra num dos túneis que ligavam a zona norte à zona sul do Rio de Janeiro. Tempo suficiente para discutirem as teorias nascidas da conversa com Estela na importadora. Como imaginado, a inspeção do local não trouxera nada de novo.

– Você primeiro – disse Ágata, ao volante. Havia esgotado o repertório de piadinhas sobre jantares românticos com viúvas assassinas antes de atravessarem o primeiro sinal verde. Tamborilava os dedos cada vez que o carro parava, revezando sua atenção entre o engarrafamento e seu companheiro de investigação.

– Um acidente. Estela disse que não entende os princípios da transferência na animação de um boneco. Pareceu chocada quando falei dos fantasmas. Pois acho que Artur não ocultou o detalhe dela. Ele também não sabia o que estava fazendo. Sabe-se lá o que havia nesse manual comprado na internet. Despertos não praticantes tendem a achar que a magia acontece do nada. Não entendem o conceito de concentração e dispersão. Ele deve ter pensado que a energia viria do éter e, ao realizar o ritual, se tornou a própria fonte da transferência. Um mago tendo parte de sua essência e sua personalidade dividida entre dezenas de ursos de pelúcia.

– Mas as mortes nas lojas de brinquedo não foram...? – perguntou Ágata.

Ele ergueu a mão pedindo para continuar.

– Artur deve ter chegado a um ponto de exaustão. Levemente

desmemoriado, foi embora sem saber direito quem era e o que estava fazendo ali. Desapareceu não por causa da briga com Estela, mas por não saber para onde voltar. Enquanto isso, os ursos foram distribuídos, inanimados, mas com uma centelha dentro deles, pronta para continuar o que Artur havia começado.

– E essa centelha começou a se alimentar da rede elétrica e das pessoas que encontrava por perto.

– Isso explicaria a ligação que vi entre aquela família e os ursos. Sempre que encontrava condições parecidas com a que ele criou dentro do galpão da importadora, o encantamento se reiniciava tentando chegar ao fim.

Ágata pegou o rádio no painel do carro e passou a descrição de Artur para as demais unidades. A foto tirada do arquivo da empresa não era recente, mas daria para o gasto. Avisou sobre a falta de memória e que não sabia se ele oferecia risco.

– Sua vez – disse o mago. – Estamos de acordo?

Ela permaneceu em silêncio por um instante. Após conseguir escapar de um cruzamento fechado por um ônibus, apoiou a mão na perna de Ícaro Pagani e disse:

– Avisei a equipe só por desencargo de consciência. A sua teoria está furada.

O mago ergueu as sobrancelhas e a encarou com uma cara engraçada.

– Ilumine-me com o seu saber, delegada.

– Estela matou o marido.

– Ex-marido.

Ágata emendou tantos palavrões que ele perdeu a conta. No meio deles, prosseguiu com a explicação:

– Quem importa toneladas de brinquedo consegue exportar um cadáver dentro de um caixote. Você sabe como os portos funcionam, tudo na base do favor. Ela pode ter pedido para alguém jogá-lo no meio do oceano. Sem corpo não há crime, sem crime ela não tem com o que se preocupar.

– E para quê?

– Assumir o controle da importadora. Herdar a parte que cabia ao Artur antes que ele fizesse mais estragos nas contas. Se ainda precisavam acertar a papelada da separação, a empresa é legalmente dela, agora.

O mago tentou interrompê-la, a interrogação voando sobre sua cabeça. Foi a vez de a policial erguer a mão e pedir para continuar a falar.

– "E os assassinatos nas lojas de brinquedo, Ágata? Você não está se esquecendo de nada?" – ela imitou a voz de Ícaro.

– Espero que esteja se divertindo – disse ele.

– Preferia estar na praia – ela respondeu. Haviam enfim chegado à zona sul, o barulho do mar perdido entre buzinas e roncos de motor. Com alguma sorte, estariam no endereço de Artur em menos de meia-hora. – Você disse que a energia e a personalidade do nosso mago de araque se dividiu entre os ursinhos.

– Uhum.

– Pois eu acho que a personalidade dele foi parar em um só. Os ursinhos que receberam somente energia ficaram repetindo ações aleatórias, e quando manifestaram suas esquisitices foram devolvidos à distribuidora. Mas um deles saiu por aí fazendo estrago e conseguiu fugir inclusive de certo ruivo metido a sabichão.

O silêncio dentro do carro pedia para ser preenchido. Pensativo, Ícaro olhou para fora da janela e deixou a mente vaguear. As calçadas de Copacabana eram estreitas para a quantidade de gente que precisava delas. Velhinhos tentavam driblar os buracos deixados pela falta de pedras portuguesas. À noite, no horário dos crimes, o movimento diminuía consideravelmente. Será que um ursinho de pelúcia conseguiria passar despercebido?

Talvez a resposta certa fosse uma mistura de suas teorias. Os dois sócios discutem no galpão a ideia mirabolante de vender bonecos animados por magia. Estela vai embora. Artur realiza a transferência sozinho e, por desconhecimento, se transforma na fonte de energia. Desnorteado, não consegue interromper o processo e vai sendo sugado pelos demais ursinhos até cair exausto. No último segundo entre e a vida e a morte, o ritual de ligação se conclui, levando para um único urso a energia que restava em seu corpo junto com as suas memórias.

– Ele morreu enquanto realizava o ritual de ligação – disse Ícaro. – Ela se desesperou e sumiu com o corpo. Nós não vamos encontrá-lo no apartamento. Você está certa, neste momento Artur deve estar servindo de comida para peixes no fundo do oceano.

– Descobriremos isso em cinco minutos. Acabamos de chegar.

Achar uma vaga àquela hora seria impossível, então Ágata entrou direto em um estacionamento pago, dois quarteirões depois. O uniforme de policial e o rosto conhecido de Ícaro Pagani ajudaram a convencer o porteiro do edifício a deixá-los subir. O menino parecia amedrontado. Disse que não via Artur há bastante tempo, e que seu carro estava parado na garagem.

– De vez em quando a gente dá uma ligada, pra manter o motor funcionando – se explicou enquanto entravam no elevador.

– Tem certeza de que nenhum vizinho reclamou de cheiro ruim?

O menino respondeu que não. Seu sorriso se desmanchou ao entender o que o fedor significaria. Sem saber como agir, ficou encarando a parede de madeira e manteve as mãos no bolso até o elevador parar. No quinto andar, conduziu os visitantes ao apartamento 505.

– É melhor descer para não ser responsabilizado, garoto – disse o mago. Tinham idades próximas, pensou, abatido por uma onda de tristeza ao notar o abismo de diferença que havia entre suas reações diante da morte. Enquanto o menino só faltava desmaiar, para ele era apenas mais um dia de trabalho.

Vendo que ele não arredaria o pé, Ícaro sacou a arma do coldre e a apontou para a maçaneta. Uma luminescência vermelha brotou em suas mãos ao revirar seu repertório de lembranças obscuras. Diferente da dispersão usada na leitura de ambientes, ele direcionou sua energia para a jaspe vermelha existente no interior da pistola. Aquela era sua pedra de foco, um facilitador de seu dom. Após concentrá-la o suficiente, liberou-a em um disparo certeiro, que destruiu não só a fechadura, como a porta inteira. Pedaços de madeira voaram para dentro do apartamento e pelo corredor. O porteiro se encolheu no chão e protegeu o rosto, assustado. Levantou-se com uma expressão de surpresa por estar vivo e desceu apressado pela escada, ignorando o elevador.

– O que foi isso? – perguntou Ágata.

– Erro de cálculo – ele se desculpou. Tinha ido fundo demais nas lembranças que usava como fonte de energia.

Sua parceira sacudiu a cabeça e entrou. Ele a seguiu de perto, arma em punho. Não sentiu nenhum cheiro estranho além do de frutas fermentadas.

– Reviste a cozinha – ela falou. O elemento surpresa tinha ido para o espaço.

Ícaro abriu os armários um a um. Procurou dentro das panelas, no forno do fogão, dentro da máquina de lavar e em todos os buracos que poderiam servir de esconderijo para um urso de pelúcia.

A janela da varanda, que se encontrava aberta, dava para a copa de uma árvore enorme, uma dessas encontradas só nos bairros mais antigos da cidade. Poderia ser um caminho, ele ponderou, já que alcançar a maçaneta estava fora de cogitação para um boneco daquele tamanho.

Em uma mesa próxima, presa sob um notebook, viu uma papelada com o nome da Estelart LTDA. Pela quantidade de tabelas numéricas, pareciam documentos de auditoria. Não entendia nada de juridiquês, muito menos de relatórios financeiros, mas o nome de Estela coberto com caneta marca-texto fluorescente ajudou a orientá-lo na leitura. Pelo visto, alguém vinha passando a perna no ex-marido e transferindo quantias consideráveis para a própria conta.

– Você entende de transferências, afinal – ele pensou alto, prendendo os papéis novamente para não serem espalhados pelo vento. – Acho que vai gostar do que encontrei aqui. Onde mais poderia procurar? Atrás da cortina? Fundo falso de sofá?

– Ícaro...

O mago disparou pelo apartamento e só se acalmou ao ver Ágata sinalizando que estava tudo bem. Olhou para a cama bagunçada do quarto, notou os objetos caídos aos pés do criado-mudo. Alguém tinha estado ali recentemente.

Ela apontou para o banheiro da suíte. Ícaro posicionou a arma junto ao corpo e entrou. Um ursinho de pelúcia o encarou de dentro do boxe. Não fosse a sutil inclinada de cabeça para cima, pareceria um brinquedo comum.

– Artur?

– Eu posso explicar – disse ele, erguendo as mãos. Estava se rendendo. Sua voz era rouca como a de um fumante, e não combinava em nada com um boneco de vestido vermelho estampado com um coração.

Com a arma guardada no coldre, Ícaro se abaixou para pegá-lo. Se Artur tentasse usar sua energia como havia feito com as vítimas nas lojas de brinquedo, acabaria explodindo. Vê-lo naquela forma o levou a formular uma nova teoria, mas decidiu guardá-la para si. Fosse qual fosse a verdade, saberiam durante o depoimento.

Na delegacia, o burburinho não parou um minuto sequer. Aqueles policiais estavam acostumados a lidar com casos de possessão por oníricos, a algemar salvaxes enfurecidos, a prender magos que levavam seus poderes ao limite. Mas um ursinho de pelúcia assassino era a primeira vez.

Ágata ficou sozinha com ele dentro da sala de interrogatório. Ícaro assistiu a tudo pelo monitor. Um pedido de prisão foi expedido para Estela, que se encontrava desaparecida desde a visita à importadora. E peritos foram enviados ao local para colher provas que corroborassem a confissão do ursinho.

Artur havia descoberto o desvio de dinheiro da ex e armado um jeito de dar o troco. Diferente do que tinham suposto, ele sabia muito bem que o ritual de transferência precisava de uma fonte de energia. Só não imaginava que seria ele o doador.

– Seria uma vingança justa – disse para a policial. – Aprisioná-la em um dos brinquedos símbolos da sua ganância e usá-la como propaganda para reerguer a empresa. Mas alguma coisa saiu errada.

O que poderia sair errado ao se tentar um ritual de transferência tirado de um manual comprado no ebay? Ícaro poderia listar as possibilidades em ordem alfabética, se fosse necessário.

– Ela ficou lá, vendo minha vida se esvair sem fazer nada. Eu senti o impacto contra o chão. De repente fiquei leve, flutuei no ar e vim parar nesse maldito boneco. Quando ela se deu conta do que eu tinha tentado fazer, recolheu meu velho corpo com a empilhadeira e o levou para um caixote de devoluções. Depois de se certificar de que não havia deixado nada cair, me pegou e guardou junto com os outros ursinhos. Um deles ameaçou se mexer e ela simplesmente o destroçou, de raiva. Com medo do que poderia acontecer comigo, fiquei quieto, neutralizando qualquer pensamento que passasse pela minha cabeça.

O boneco cutucou a orelha de pano e puxou um fio solto até arrebentá-lo. Pareceu desorientado por um instante e voltou a falar:

– Me esforcei tanto que acabei adormecendo, acho eu. Fui acordar somente em uma loja de brinquedos.

– E por que matou os clientes, Artur?

A cortesia de Ágata ao tratá-lo como se ainda fosse o antigo dono da importadora, e não apenas um punhado de memórias aprisionadas em um corpo de boneco, ajudou a conversa a fluir. Ícaro sabia que, além de uma decisão tática, ela o fazia por uma questão de gentileza. Um traço de sua personalidade que admirava desde o dia em que se conheceram.

– Não foi intencional. Talvez o desejo de me vingar de Estela tenha reacendido o encantamento dentro de mim e eu tenha começado a roubar energia para voltar a pensar, sentir e me mover. No caminho para casa, percebi que iria apagar e me escondi em outra loja. Tudo que fiz foi me recarregar para me manter vivo, à espera de um reencontro com minha ex-mulher. Porque se tem uma coisa que eu garanto é que, da próxima vez que ela...

A frase não chegou ao fim. Pouco a pouco, seus braços retornaram a posição original, a faísca em seus olhos desapareceu e o boneco tombou de costas sobre a mesa. Ágata pareceu desconfiada, olhou para a câmera e se levantou.

Ícaro entendeu o recado. Entrou na sala e pediu que apagassem a luz. Deixou a energia correr de seus dedos e cobrir o ursinho. Havia uma mancha em seu peito que foi diminuindo, diminuindo até se tornar um ponto luminoso. Sentiu uma tentativa de roubo de sua própria essência e a interrompeu.

– Ele desligou – disse para Ágata. – Mas quer voltar a viver.

– Pode acabar com isso?

Sem dizer nada, o mago autorizou cada célula do seu corpo a ceder a energia buscada pelo pequeno assassino. Em meio ao breu da sala, uma bola de energia se acendeu e brilhou mais e mais, iluminando o rosto felpudo do ursinho. Artur teve seu instante de alegria, então veio o entendimento. Em vez de reagir, disse um obrigado e explodiu como um fogo de artifício diante de Ícaro e da policial.

A poeira vermelha brilhou no ar, estática, e foi se apagando bem devagar.

Até desaparecer.

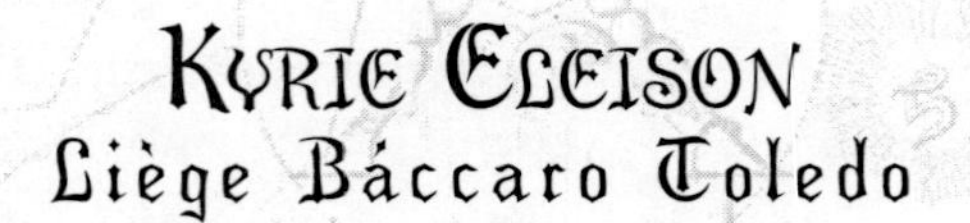


*I am a thousand winds that blow.*
*I am the diamond glints on snow.*
*I am the sunlight on ripened grain.*
*I am the gentle autumn rain.*
*[...]*
*I am the soft stars that shine at night.*
*Do not stand at my grave and cry;*
*I am not there. I did not die.*
Mary Elizabeth Frye

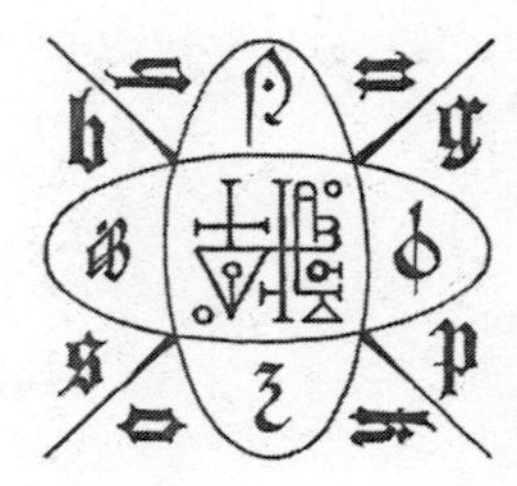

Eu o vi pela primeira vez graças ao brilho dos relâmpagos que rasgavam o céu.

Era jovem, magro e surrado. Dentro de seu hábito escuro, parecia não mais do que um saco de ossos que havia tomado forma humana e perambulava por nossos jardins. Como sempre observo a chuva, onde quer que esteja, fui eu que o vi naquela noite, e jamais fui capaz de me esquecer dessa visão.

Ele tinha dois olhos tão azuis que chegavam a brilhar, ainda que estivessem afundados na pele pálida e flácida de um rosto abatido. Não fizemos perguntas. Era um monge, provavelmente um peregrino querendo visitar a ilha de Skellig Michael, onde havia um mosteiro que atraía visitantes interessados em suas modestas celas de pedra e seus habitantes. Para mim, bastava saber que aquele rapaz estava perdido e doente e que havia pão e sopa suficiente para alimentá-lo e fogo para secar suas roupas. Ao olhá-lo uma segunda vez, enquanto meu pai o trazia para dentro de casa, decidi que ele era um pobre coitado e duvidava que fosse capaz de sobreviver por mais um dia sequer.

Por um momento me fixei no crucifixo pendurado em seu pescoço, enquanto o ouvia balbuciar uma oração com um sotaque engraçado. Desorientado e febril, o sacerdote não nos disse nada de concreto. Olhei para a expressão de minha mãe, que agora empurrava o monge para perto do fogo e pedia a meu pai que trouxesse um manto de lã para ele. Depois ela me encarou, e eu sabia o que ela estava me dizendo com o brilho de seus olhos. Ela via coisas que eu não via e tinha enxergado algo naquele peregrino. Senti um arrepio.

O que entendia aquele rapaz sobre os segredos de um mundo invisível e os desígnios daqueles que habitaram este lugar antes nós? Se os filhos dessa terra, como eu, já não entendem os caminhos... pobre, pobre monge franzino, foi o que eu pensei naquele momento, tendo a súbita sensação de que algo estava por vir.

Como se adivinhasse meus pensamentos, o sacerdote subitamente foi acometido por uma febre mais alta e não manteve no estômago nem uma gota do ensopado que comeu. Minha mãe pediu e eu fiz um chá de dente-de-leão, mas isso só serviu para que ele vomitasse de novo, dessa vez em meu vestido. Nós o ajudamos a ir para a cama de palha que tinha sido de meu irmão. Lá ele passou a tremer e falar algo que eu achei já ter ouvido em alguma missa do abade Seamus. Ele repetia *ki-ri-e-leissun. ki-ri-e-leissun.*

*Coitado, está delirando*, meu pai disse. Meus irmãos mais novos rodeavam a cama, entre curiosos e enciumados, mas minha mãe os enxotou e pediu que eles dormissem no meu quarto aquela noite. Eu ri quando eles saíram mostrando a língua para o monge, mas, na verdade, estava tentando esconder minhas mãos trêmulas e olhos marejados. Tinha certeza de que o sacerdote iria morrer, então perguntei novamente qual era o seu nome, coisa que ele não tinha conseguido me responder antes. O monge murmurou algo enquanto estremecia e consegui distinguir um som parecido com Aldred, um nome anglo-saxão.

Se teríamos de enterrá-lo, queria ao menos saber quem ele era.

– Aislinn, deixe-o em paz – minha mãe ralhou. – Deixe-o dormir.

*Ah, sim. Vai dormir para sempre*, pensei. E a morte vai pairar sobre nossa casa de novo.

Se tivesse prestado atenção ao som da chuva naquele momento, talvez eu tivesse ouvido as vozes na tempestade, sussurrando, dizendo-me que *eles* estavam agindo. Talvez eu tivesse sentido a presença ancestral deles naquele quarto. Na verdade, os espíritos estão em todo lugar, desenhando vidas como nós desenhamos na areia, entrelaçando existências em um padrão único. Mas eu não fui capaz de escutar. Ao invés disso, sentei-me em uma cadeira ao lado da cama e dormi, sem querer, depois de pouco tempo, deixando minha mãe sozinha com o monge. Foi quando sonhei pela primeira vez com *ela*.

Era uma mulher de cabelos longos, da cor da avelã. Estava vestida de azul, um azul tão profundo quanto o de seus olhos – quanto o dos olhos do monge. Eu vi o oceano e os céus naquele olhar e também vislumbrei as estrelas e a imensidão de todas as coisas. Ela não sorriu e nem falou, mas eu compreendi que estava ali para me pedir algo. Não. Soube que ela não pedia – ela alertava, exigia. Quando acordei, dolorida e ainda sentada em minha cadeira, o monge continuava ali, inconsciente, deitado na cama de meu irmão, e o sol já havia despontado.

– Aislinn, finalmente você despertou – minha mãe disse, enquanto entrava no quarto segurando um prato com pão e queijo e um copo de água.

– Mãe! – reclamei. – Por que não me acordou? Deixou que eu dormisse a noite inteira sentada? E cuidou sozinha dele...

Ela se aproximou, olhando para mim daquele jeito que me irritava. Por vezes, minha mãe parecia saber de todas as coisas. Eu não duvidava que ela fosse filha de alguma fada que minha vó pegara para criar. O crucifixo estava lá, colado em seu peito, mas eu sabia que ela ainda era capaz de escutar e entender aquilo que nem todos ouviam. Éramos cristãos, mas não éramos os únicos irlandeses que ainda não tinham se esquecido dos *Tuatha Dé Danann* e dos círculos de pedra, entradas para o mundo dos espíritos. Isso sempre estará no nosso sangue e na nossa alma, embora nosso jeito próprio de ver as coisas não agrade todos os representantes da igreja. Sean, meu irmão, havia sido o mais devoto seguidor do Cristo em nossa casa, mas agora ele estava com Deus, o Deus que ele tanto adorava.

Os olhos verdes de minha mãe piscaram e eu admirei, por alguns momentos, seus cachos da cor do sol. Eu nascera como meu pai, com olhos negros e cabelos de noite, então chegava a invejar a beleza luminosa de minha mãe. Ela tinha o nome certo para ela: Eithne, pequena chama. Uma pequena chama cálida, com mãos que podiam acalmar até mesmo um touro bravo.

– Você não podia ser despertada, Aislinn, não ontem – ela professou, solene, e sussurrou: – Os espíritos estavam falando com você.

Bufei, levantando-me da cadeira com as costas doloridas. *Bobagem*. Não queria discutir com ela, então mordi minha língua. Não gostava quando minha mãe falava que eu tinha uma ligação com eles, os espíritos. Isso porque ela vivia me atribuindo dons que eu julgava não possuir. Desde que eu tomara conta de um pardal machucado aos seis anos de idade, mamãe acreditava, com toda a certeza, que eu tinha o dom da cura. Por isso, me ensinara tudo o que havia para se saber sobre ervas, chás e unguentos. Eu aprendera rápido, era verdade, mas isso não queria dizer que fosse especial ou coisa assim. Tudo o que se pratica, se aprende. Era nisso que eu acreditava.

– O monge sobreviveu, então – mudei de assunto. – Achei que morreria.

– Sobreviveu, sim. – Ela sorriu. – E vai viver, com nossa ajuda, porque ainda há lugar para ele nesse mundo e coisas que ele tem que fazer.

Não sabia o que é que minha mãe estava querendo dizer ao certo. Eu percebia quando ela estava pensando além e usando palavras simples, mas que escondiam seus enigmas de mulher-fada. Dei de ombros e olhei para o monge novamente. Devia ter a idade de meu irmão quando ele morreu de febre, dezessete ou dezoito anos. Tinha os mesmos cabelos enovelados de Sean, mas eles eram castanhos, e não loiros como os de meu irmão. Achava engraçada a tonsura dos monges e fiquei por um tempo olhando a cabeça meio careca do rapaz. Nesse momento, minha mãe deixou a água e o pão ao lado da cama e o fitou com afeto. Depois, me encarou com o verde de seus olhos.

– Ontem ele parecia moribundo – eu argumentei. – Será que não é melhor chamar o abade Seamus mesmo? E se ele...

– Ele tem marcas nas costas e nas mãos – ela disse, ignorando-me. – Cicatrizes de uma alma atormentada. Você fica com ele hoje, Aislinn. Tenho certeza que você pode fazer muita coisa, muito mais do que eu ou qualquer um de nós. Muito mais do que o abade Seamus, com certeza.

Eu abri a boca, pronta para rebater, mas o que é que eu diria? Me recusaria a tomar conta de um homem doente? Eu já havia cuidado de muita gente junto de minha mãe, afinal. E vira coisas horríveis. Há pouco tempo, por exemplo, tínhamos ajudado a amputar a perna de Liam Ó Conaill, do *rath* vizinho. Mas Liam Ó Conaill sobrevivera. O que eu tinha era medo de que o monge morresse ali, na minha frente, e eu não queria ver mais ninguém morrendo. Sean já tinha sido demais. Além disso, aquele rapaz não era meu irmão, mas podia ser o irmão de alguém, e com certeza era um filho, um amigo, alguém que importava para outro alguém. Sensibilizada pela minha perda, considerei que certamente devia haver no mundo uma pessoa que amava aquele peregrino e que esperaria por sua volta em algum lugar, todos os dias.

Minha mãe me disse, como se soubesse o que eu estava pensando, que eu tinha o dom da cura. Mas eu não tinha conseguido salvar Sean, que morrera naquela mesma cama. Me responsabilizar por aquele rapaz era uma péssima decisão. Uma péssima e cruel decisão.

– Mãe... mãe! – gritei. – Não me deixe sozinha com ele! Fique aqui!

Ela sorriu antes de se afastar, como se dissesse que tudo ficaria bem. Eu não podia acreditar. Meu pai, sempre calado como uma noite sem vento, nunca discutia com ela. Os dois geralmente estavam de comum acordo e me assustava a sintonia sobrenatural que tinham. Com certeza, se ela falasse com ele e os dois decidissem juntos que eu faria aquilo, meu pai não mexeria um dedo para me poupar. Meus outros irmãos não se importavam com o que eu fazia ou deixava de fazer dentro de casa. O semimorto e sua vida estavam em minhas mãos e eu tinha uma escolha: espernear, indignada, ou tentar salvar sua vida.

– Pois bem, monge – eu disse, motivada em grande parte pela minha fúria em ser deixada à própria sorte. – Você não vai morrer. Não nas minhas mãos. Eu o proíbo, está me ouvindo? Eu o proíbo.

Esperei que minhas palavras tivessem alguma força e comecei a agir. Aquele foi um dia estranho e trabalhoso. Eu molhava uma flanela limpa na água que minha mãe trouxera e derramava as gotas nos lábios do sacerdote. Durante a manhã, consegui fazer com que ele engolisse alguns pedaços de pão amolecidos. Ele não vomitou, mas ainda tinha febre, então fiz com que ele bebesse um pouco de chá de menta. De vez em quando, o monge balbuciava alguma coisa, pedindo a Deus que o perdoasse. *Kiri-eleisson*, dizia. Minha mãe estava certa – o homem estava atormentado. Tudo o que fazia era pedir perdão, e quem pede perdão tantas vezes não pode estar em paz consigo mesmo. Fiquei imaginando o que ele teria feito para carregar tamanha culpa, e foi nessa hora que me lembrei do que minha mãe havia dito sobre as marcas nas costas e nas mãos dele. Curiosa, eu o examinei, da maneira mais delicada possível.

Era verdade. As cicatrizes estavam lá, marcas no dorso e dois ferimentos grandes e circulares, já fechados, nas palmas das mãos. Aquelas pareciam marcas de queimadura. Por algum motivo, fiquei por um bom tempo olhando para elas, fascinada, como se pudessem me dizer alguma coisa.

E então eu ouvi as vozes. Vozes pequeninas, murmúrios que eu me esforçava para ignorar, vindos das paredes de minha casa, das árvores que cantavam com o vento lá fora, da garoa que caía. Soltei as mãos do monge bruscamente e sacudi a cabeça. Havia alguma coisa estranha naquelas cicatrizes. Decidi que nunca mais olharia para elas e, pelo menos durante aquele tempo, cumpri minha promessa.

Passei mais dois dias repetindo a mesma rotina, dispensando ao monge todos os cuidados necessários para salvar sua vida. Ele alternava entre a inconsciência e o delírio, e eu ignorava o cansaço e a frustração. Naqueles dias, não fui Aislinn. Fui a cuidadora, a curandeira. Fiquei absorta em meu trabalho e percebi, aos poucos, que aquele sacerdote se tornava cada vez mais importante para mim. Eu nem sabia que tipo de pessoa ele era, mas sabia que ele precisava sobreviver e precisava de mim. Ele não morreria como Sean, era uma promessa. Uma missão. *Minha* missão.

Confesso que tentei ignorar todas essas sensações. Tentei não dar importância ao fato de que passara a sonhar com aquela mulher de olhos azuis todas as noites desde que o sacerdote chegara a nossa casa. Minha mãe, cada vez que entrava no quarto ou me chamava para uma refeição, me olhava como se soubesse de tudo. E ninguém mais parecia se importar com minha falta nos afazeres diários. Um de meus irmãos, Patrick, reclamou por eu ter parado de tecer sua manta – eu tinha prometido que estaria pronta antes de seu aniversário. Meu pai o escutou e o silenciou dizendo que a vida de uma pessoa era mais importante do que um simples capricho. Esse foi todo o conflito que tivemos.

Mas eu ainda não sabia que o que estava por vir mudaria minha vida inteira.

Quando Aldred abriu os olhos, finalmente consciente, sentiu todo o corpo dolorido. Perguntou-se o que teria acontecido e onde estava. A última coisa de que se lembrava era da tempestade, furiosa, e da luz.

A tempestade. Ele tinha sentido a agitação no ar assim que o sol começou a se esconder no horizonte. Aldred soube, então, que não estava seguro na estrada aquela noite, mas o que podia fazer? Tudo que queria era chegar a Skellig Michael. Tinha esperanças de encontrar alguma paz lá, alguma cura. Por mais que soubesse, no fundo, que estava se iludindo, ele vislumbrava a salvação na quietude da ilha cercada pelo mar. Ao menos poderia se atirar dos rochedos e ser abraçado pelas ondas caso voltasse a perder o controle... caso sentisse que poderia machucar alguém novamente.

Mas ele não chegara a Skellig Michael. A tempestade tinha vindo, súbita, arrastando-o para um turbilhão de água e escuridão. Ele se lembrava de ter visto um relâmpago partir uma árvore em dois e de ter se perguntado se era assim que morreria – castigado pela própria natureza que insistia em falar com ele em vozes e murmúrios, mesmo que ele a rechaçasse.

No meio da tormenta, Aldred ouviu as vozes do vento gritando e dizendo-lhe para correr e seguir a luz. Que luz? Não havia nada, apenas o breu. Então, de repente, surgiu na estrada, mais à frente, um ponto luminoso parecido com a lamparina de um viajante. Aquilo não podia ser nada de bom, nada que viesse de Deus, mas não importava. Aldred correu. Correu e a cada passo, a cada trovão que explodia em seus ouvidos, pediu pelo perdão que tanto ansiava. E, quanto mais ele corria, mais a luz se afastava... mais a esperança se esvaía, levada pelo vento cortante... o perdão não viria, porque tinha de vir de dentro dele mesmo...

*Fogo fátuo, Aldred, fogo fátuo. Nós o guiamos, Aldred. Você chegou! Bem-vindo!*

– Não... não... calem-se...

– Fique calmo. – Era uma voz suave. – Você está seguro.

*Seguro?*

Ele procurou a dona daquela voz tranquila. Era uma moça com cabelos de noite e olhos de escuridão. Mas havia mais luz nela do que em qualquer outra pessoa que Aldred já vira. Ela brilhava intensamente em todas as cores, mas o que mais chamava atenção era a neblina verde esmeralda que saia dela e o circundava como fumaça de incenso. Ela era a cura. Aquela moça tinha um milagre em suas mãos.

– Você chegou a nossa casa no meio de uma tempestade, há três noites – ela disse. – Estava doente e cuidamos de você. Essa é a propriedade de Marigold Hill e o *rath* de Cormack Mac Mathúna e Eithne Mhic Mhathúna.

*Você seguiu a luz, Aldred, e encontrou a fonte dela... Aislinn...*

– Meu nome é Aislinn Nic Mhathúna. Consegue me ouvir?

A voz dela parecia estar acompanhada pelo tinir de dezenas de pequenos sinos. Ele sabia que estava acontecendo de novo, porque aquele quarto estava repleto de uma energia que Aldred tentava evitar, a mesma que ele sentia percorrer o seu corpo quando o fogo, a água, a terra e o ar falavam com ele.

*Cristo, me perdoe. Eu não queria ser assim.*

– Consegue me ouvir? – Aislinn repetiu.

– Sim.

Aldred vislumbrou o rosto dela mais uma vez. A aura luminosa que ele enxergava começou a desaparecer e os sinos pararam de ressoar em seus ouvidos. *Kyrie eleison, kyrie eleison,* ele repetia mentalmente. Aquilo sempre o ajudava a controlar as visões e os sons. *Deus, ajuda-me.*

– O seu nome é Aldred, não é?

– É – ele respondeu, trêmulo. – Perdoe-me... A minha cabeça...

– Está doendo, eu imagino – Aislinn sorriu, compassiva. – Você teve muita febre e esteve perto da morte. Deve ter se perdido, peregrino. É isso que você é, imagino. Um monge peregrino.

Aldred assentiu.

– Procurando Skellig Michael? Está ainda um pouco distante. Faltam uns três dias até lá. Mas logo você vai ficar bom e poderá continuar seu caminho, monge.

Ela falava e supunha bastante, mas estava correta.

– Que Deus a abençoe, Aislinn Nic Mhathúna – Aldred disse. – Você me tratou e me curou. Sou grato.

O sorriso dela se iluminou. Aparentemente, o que ele tinha dito causou nela uma enorme satisfação.

– Talvez fosse melhor dizer que Deus o curou através de mim, monge. – Aislinn ainda sorria. – Pois, pelo seu estado, ouso dizer que operei um pequeno milagre.

*Um pequeno milagre?* Talvez fosse verdade, mas Aldred não tinha certeza se era Deus que o queria vivo.

Quando o monge acordou, fiquei ainda mais absorta e intrigada com minha tarefa. Ele era muito quieto e comedido. Na manhã em que ele despertou, minha mãe e meu pai vieram vê-lo, e meus irmãos o espiaram da porta. Ele foi muito gentil e nos agradeceu várias e várias vezes, mas os olhos dele estavam baixos e seus gestos eram esquivos. Minha mãe sorria a cada vez que o fitava e praticamente ordenou que eu fizesse companhia a ele. Meu pai pediu o mesmo. Eu, pela primeira vez naqueles dias, não os questionei. Estava curiosa. Aldred nos disse que não queria causar incômodo e que precisava ir embora, mas rechaçamos seu desejo veementemente. "Você precisa se recuperar", todos dizíamos.

Era verdade. Fraco, o monge não pôde fazer muito mais do que concordar, relutante, e ficar deitado. Mais dois dias se passaram, entre poucas palavras trocadas, orações e períodos de sono prolongado por parte de Aldred. Eu continuei cuidando dele e sonhando todas as noites com aquela linda mulher de olhos cor de céu. Agora ela me dizia que a hora estava chegando. A hora de quê? Eu não sabia. Mas sabia que tinha alguma coisa a ver com ele.

Na manhã do terceiro dia, ele me perguntou, enquanto se alimentava com a minha ajuda, se eu sabia alguma história. Me surpreendi, mas disse que sim, e comecei a contar uma de minhas favoritas, a do príncipe Midir e sua amada Etáin. Ele ouviu, compenetrado, e quando terminei perguntei a ele se já conseguia ficar de pé. Fazia sol lá fora e queria levá-lo para tomar ar puro e caminhar. Aldred assentiu, parecendo animado com a perspectiva de sair do quarto, e repetiu que desejava partir o quanto antes para não nos incomodar mais. Estranhamente, tive vontade de pedir a ele que não fosse embora e comecei a achar que estava ficando louca, mas não disse nada. Apenas ofereci ajuda para que ele se levantasse. E então, algo aconteceu quando nossas mãos se tocaram, algo tão surpreendente que a ideia de que eu estivesse perdendo o juízo fez ainda mais sentido. Eu vi o passado, ou futuro, não sabia dizer. Eu vi Aldred em outro lugar, fazendo algo assustador.

Eu vi aquilo que ele não queria que eu visse.

– Meu Deus...!

Aislinn não era a pessoa mais religiosa de Marigold Hill, mas achou melhor invocar alguma proteção. Assustada, desvencilhou-se de Aldred como se o contato entre os dois queimasse sua pele. Ele, por sua vez, empalideceu, e seus olhos tinham tanto medo quanto os dela.

– Quem...o que é você? – ela sussurrou, afastando-se dele.

– Eu sou... um homem buscando perdão – o monge respondeu, em um fio de voz, enquanto os dois se encaravam intensamente por alguns segundos.

Aldred sabia que alguma coisa tinha acontecido. Quando Aislinn tocou sua mão, a energia que ele sentiu percorrendo seu corpo foi tão intensa que o monge pensou ter ouvido um estalo. Agora, a senhorita Nic Mhathúna parecia apavorada e ele concluiu que a hora de partir havia definitivamente chegado. Aldred precisava ir embora, e teria de fazer isso da melhor maneira que conseguisse. Seu hábito estava ao lado da cama, limpo e seco. Bastava vesti-lo por cima da túnica de linho e sair dali.

– Vou partir – ele disse –, já lhe incomodei o suficiente...

Mas as pernas do rapaz não obedeceram como ele esperava.

– Não vai conseguir, não desse jeito – Aislinn decretou, recuperando um pouco de coragem. – Então é melhor sentar e me explicar de uma vez por todas quem é você de verdade, monge. Eu vi...

Ele caiu sentado no chão, e Aislinn quase foi ajudá-lo, mas não se moveu. Antes de qualquer coisa, ele precisava explicar *aquilo*.

– O que foi que você viu, senhorita Aislinn? – ele perguntou. – O que aconteceu para você se afastar de mim desse jeito?

Ela engoliu em seco.

– Eu vi... fogo. Em suas mãos. Elas tinham fogo e você... queimou... você os queimou...

Aldred respirou fundo e levantou vagarosamente, até conseguir sentar-se na cama. Ele soube imediatamente do que ela estava falando. De alguma forma, Aislinn tinha visto uma de suas memórias mais dolorosas. *Ela também vê coisas que ninguém mais vê? Que seja. Preciso falar. Preciso acabar com isso.*

– Eu matei dois homens em uma estrada na Nortúmbria. Eram ladrões. Sabiam que eu não tinha nada, mas mesmo assim me atacaram. Eu acho que estavam bêbados, porque eu senti um cheiro forte de cerveja.

– Você...

Um monge estava se confessando com ela? Era o que parecia. Ele ofegava, como se estivesse contando algo que havia muito tempo o machucava, que havia muito tempo estava guardado.

– Um deles estava me sufocando. – Ele fechou os olhos, com a expressão amargurada. – E, então... o fogo respondeu às minhas preces. Não Deus ou a Virgem Maria, mas o fogo. E eu me vi pecando de novo. Eles queimaram como lenha... os homens. Eu... matei...

Aldred estendeu as mãos, mostrando-as para Aislinn. As cicatrizes nas palmas dele pareciam mais vermelhas agora.

– É assim que consigo essas cicatrizes, porque o fogo que crio me queima também... Uma vez, quando passei a noite no monastério de Glendalough, eles acharam que eu tinha as chagas de Cristo. Disseram que eu era abençoado...

– Como...? Você cria fogo... você...

Ele riu amargamente.

– Eu sou tudo, menos abençoado. Me disseram que eu sou o filho de um demônio. E é por isso que queria partir daqui o mais rápido possível, senhorita. Mas agora que você sabe... o que eu sou... eu lhe peço... porque não aguento mais... cabe a você decidir o meu destino. Estou realmente indefeso e em suas mãos. *Ninguém vai saber.*

Havia uma pequena faca que Aislinn acabara de usar para cortar queijo. Estava no prato ao lado da cama. Aldred olhou para ela e fitou Aislinn logo depois. E então, ajoelhou-se no chão e ergueu o rosto, oferecendo o pescoço.

*Kyrie Eleison,* ele disse, buscando o céu com os olhos.

Quantos anos ele tinha? Agora que não estava tão magro e abatido como antes, parecia mais velho, mas não tinha mais do que vinte. Os olhos dele eram puros, ternos, tinham a cor do mar. O monge me ofereceu sua vida com tamanho desapego que aquilo me causou revolta. Ele *queria* morrer. Eu me aproximei dele e estapeei seu rosto. Quis dizer que nunca mais fizesse aquilo. Por que é que me importava tanto? Não sabia. Mas me importava.

Eu o ergui do chão e o apoiei em meus braços. Ajudei-o a vestir seu hábito e, sem dizer mais nada, levei-o para fora para caminhar, como tinha planejado. Ele ficou em silêncio e me seguiu como um cordeiro. Depois do que me pareceu muito tempo, eu fiz uma pergunta.

– O que significa *Kyrie Eleison*?

Ele respirou fundo.

– Significa "Deus, tenha piedade".

Assenti. Continuamos o nosso caminho, devagar, e de vez em quando parávamos para Aldred descansar. Ultrapassamos o limite do *rath* e percebi que, por algum motivo, as pessoas não nos notavam. Os camponeses arando a terra, as mulheres nos pátios fazendo manteiga... ninguém nos notava. A não ser...

Por onde passávamos, as vacas e bois mugiam, as ovelhas baliam e os coelhos saltitavam atrás de nós. Os cães uivavam e todos os pássaros que eu via cantavam. Mesmo assim, nenhuma pessoa parecia se importar ou prestar atenção em nós. Eu mesma andava distraída, sem saber ao certo onde meus passos me levavam. Não demorou muito para que eu percebesse até onde o vento tinha me guiado – porque, com certeza, alguém ou alguma coisa me conduzia. Estávamos perto do bosque de aveleiras. Logo já não havia ninguém ao nosso redor e eu só escutava os ecos de Marigold Hill e sua vida agitada lá atrás, como se antes tudo estivesse em suspenso e, de repente, o coração da fazenda tivesse voltado a pulsar.

– Seu hábito... – eu disse para Aldred, espantada. – Meu Deus...

Borboletas. Elas estavam pousadas como um manto nas costas do monge e agora sentavam em meu cabelo também. Foi naquele momento que comecei, de fato, a acreditar que minha mãe tinha razão em tudo o que tinha dito – com e sem palavras.

– As pessoas não têm vindo até aqui. Estão com medo.

Aislinn guiava Aldred calmamente por entre as aveleiras. Ela notou que ele não parecia mais tão fraco e cansado. Era estranho, como tudo estava sendo até ali, mas Aislinn decidiu parar de se questionar sobre o que estava acontecendo.

*Ele é uma missão. A sua missão.*

O monge olhava ao redor. Todas as árvores estavam saudáveis, com folhas verdes e galhos vigorosos, exceto por uma.

– Lá, você vê? – Aislinn quase sussurrava.

Ele via. Uma aveleira completamente seca, sem sinal algum de vida. Não era normal, muito menos para aquela época do ano, mas o mais curioso de tudo era o que estava no chão, rodeando o tronco da árvore moribunda.

– Um círculo das fadas – Aldred afirmou, olhando para a circunferência perfeita de cogumelos que havia nascido ao redor da aveleira.

– Um mau sinal para muitos aqui – Aislinn assentiu – Acreditam ser um portal para maus espíritos, um local de rituais de bruxaria... mas...

– Mas você não acha isso – ele disse.

Aislinn mordeu os lábios.

– Assim como não acho que você é o monstro que pensa que é.

Ele apertou entre os dedos o crucifixo que carregava no pescoço.

– Por que me trouxe aqui, Aislinn Nic Mhathúna? – Aldred perguntou.

– Eu não sei. Não sei. Por que você está se sentindo melhor?

Ele abaixou a cabeça e não respondeu. Apenas se desvencilhou do apoio dela e caminhou até a aveleira seca. Por alguns minutos, olhou para a árvore. Parecia hesitante. Depois de respirar fundo, ele finalmente tomou uma decisão, e Aislinn viu o monge adentrar o círculo das fadas.

É a energia desse lugar, Aislinn. Ela me preencheu e me fez forte. A terra fala comigo. Por que, Deus? Por que me fez assim?

Ele se sentou, de costas para a árvore, e pegou do chão um ramo seco da aveleira. Aislinn mal se mexia. O monge olhava para o galho, compenetrado, e então fechou os olhos. Ele começou a cantar, e ela sabia que aquele era um canto sacro. *Nunc dimittis servum tuum, Domine...* Aldred estava falando de Deus, mas não parecia mais o mesmo sacerdote frágil de antes. Não. Ele era outra coisa naquele bosque, sentado perto da aveleira. E não estava apenas cantando. O que ele fazia, com aquelas palavras...

– *Fogo!*

– *Fogo, Aldred!*

Eu nunca tinha visto algo tão incrível e assustador. O galho da aveleira começou a queimar lentamente, em uma dança hipnotizante de chamais azuis. Aldred, quando abriu os olhos, não pareceu nem um pouco estarrecido – pareceu resignado. Ele continuou a cantar e suas palavras ecoavam pelo bosque inteiro. O som delas me inebriava. Aos poucos, o vento começou a soprar mais forte e as folhas secas das aveleiras rodopiaram ao nosso redor, erguendo-se até os céus. Lágrimas escorriam de meus olhos.

Era lindo. Era magia, e era lindo.

A natureza falava com ele e vibrava a cada palavra que ele pronunciava. Dentro daquele círculo, Aldred parecia o ser mais bonito que eu já vira, porque tudo o que eu enxergava era luz e o brilho das labaredas azuis que o canto dele criava.

Eu entrei no círculo e me ajoelhei, oferecendo a ele uma devoção que nunca sentira por mais nada, nem mesmo por Deus ou Jesus Cristo. Se eu estava pecando, eu não me importava, não naquele momento. Aldred me lembrou que Deus estava em tudo, estava no vento e no fogo azul que ele criara também.

O galho da aveleira virou cinzas. Então eu experimentei tocar as mãos dele de novo. Nossas palmas se uniram e eu vi tudo, tudo o que ele quis me mostrar. Eu vi Aldred e ele me viu. E nós compreendemos que aquele não era o nosso primeiro encontro e não seria nem mesmo o último.

Não me lembro de muito mais. Só me lembro de ter acordado ao lado dele, debaixo da aveleira e dentro do círculo, quando a tarde começava a cair.

Acima de nós, folhas de um verde-esmeralda brilhante balançavam ao sabor do vento.

Nunca havia visto meu pai com a expressão tão sombria quanto naquela tarde em que estávamos saindo do bosque das aveleiras. Eu arrastava – tentava arrastar – Aldred comigo, aflita. Ele tinha voltado a ficar fraco e suas pernas não aguentavam caminhar mais do que dez passos. O que havíamos feito no bosque – a magia, a conexão entre nós dois – o exaurira. Estava com medo de que ele caísse e morresse ali mesmo, em meus braços, quando Cormack Mac Mathúna apareceu.

– Aislinn – ele sibilou – Estivemos procurando você por toda a tarde.

Eu mal tive coragem de olhar para ele. O que aquilo parecia? Eu desaparecera com um homem por horas e agora meu pai me achava saindo de um bosque, distante de nossa casa. Ainda que Aldred fosse um monge, minha situação era completamente comprometedora.

– Meu pai, perdoa-me. Eu posso explicar, mas primeiro temos de levá-lo até nossa casa.

De repente vi minha mãe chegando por trás de meu pai, junto com meus irmãos. Eles seguravam galhos de árvore como se fossem porretes e eu comecei a temer pela vida de meu amigo monge.

– A culpa... foi minha, senhor – Aldred disse, olhando para meu pai. – Eu quis ir embora e continuar minha peregrinação... e parti escondido, para não preocupá-los. O enorme coração de sua filha fez... com que ela viesse atrás de mim. E ela me encontrou desfalecido nesse bosque, incapaz de dar mais um passo. Devia ter seguido... seus conselhos...

Nesse momento, ele desabou, realmente desmaiado. Aldred mentira por nós e sua história teria de servir. Tentando ser o mais legítima possível, eu me abaixei, preocupada, e gritei por ajuda. Não sei se meu pai havia acreditado, mas ele era um homem bom e mandou que meus irmãos largassem suas "armas" e viessem ajudá-lo a carregar o sacerdote. Patrick e Diarmid não ficaram nada felizes, pois provavelmente esperavam promover um linchamento, mas obedeceram. E minha mãe...

Minha mãe veio até a mim, passou um de seus braços pelas minhas costas e ficou assim até chegarmos em casa. Ela não disse nada, mas eu entendi que ela sabia, de alguma forma, que algo importante havia acontecido no bosque das aveleiras.

Naquela noite, ela beijou minha testa e me disse, com lágrimas nos olhos, que eu teria um filho dali a nove meses.

*Aldred... Aldred...*

Ele sabia que não estava acordado. Ainda assim, seus olhos estavam abertos e ele enxergava. Enxergava ela.

Era uma mulher linda, de olhos cor de céu e cabelos longos e castanhos. Estava vestida de azul e branco. Ele achou ter visto um manto.

– Maria, mãe de Jesus...

Ela sorriu.

– Você pode me chamar assim, se quiser. No final, não faz diferença alguma.

Aldred se levantou. Seus pés estavam descalços e uma fina neblina subia por suas pernas. Estava nu, mas aquilo não causava nele nenhum desconforto. Não havia frio ou calor e nem mesmo escuridão ou luz. Só paz.

– Onde estou?

– Na fronteira, Aldred – a mulher respondeu. – Cabe a você escolher... de que lado irá ficar. Se irá transpor os limites ou não. *Você* pode cruzar a barreira.

Ele não entendia.

– Sei que você não entende – ela adivinhou. – Mas você tem dentro de si algo mais divino do que qualquer palavra escrita pelo homem ou templo levantado por mãos humanas. Aldred, você é filho da terra, dos céus, da água e do fogo.

Ele continuava sem entender. Por que ele? Mas aquela pergunta não tinha resposta.

– O que isso quer dizer? O que quer de mim?

A mulher fechou os olhos. De repente, Aldred viu Marigold Hill, mas ela não era mais verde e bela como ele a tinha encontrado. Morte. Havia morte por todos os lados. Os campos e lavouras estavam secos, não havia mais gado ou ovelhas e as pessoas... as pessoas estavam doentes... Aislinn... Aislinn estava...

– O que é isso? – ele perguntou, perturbado – O que está me mostrando?

– Eu não lhe mostrei nada. Você sabe que é capaz de ver sozinho, Aldred.

– O futuro – ele murmurou.

A mulher suspirou.

– Essa terra precisa de equilíbrio, Aldred. É como a aveleira. Ela está secando. Mas você pode restaurá-la.

– Por quê? O que causaria algo tão...

– Vocês – ela disse, severa. – Vocês causaram e continuarão causando. Vocês, que vivem sobre a terra, vocês, que destroem, matam e flagelam cada sopro de vida, cada espírito que vive sob o sol e a lua. São vocês...

Ela parou de falar e se aproximou dele. Aldred não conseguia escapar de seu olhar, terno e furioso ao mesmo tempo, vida e morte, paz e caos.

– São vocês que destroem, mas são vocês também que podem curar. Você, Aldred, pode curar a terra assim como Aislinn conseguiu curar seu corpo. Volte até a aveleira. Eu te mostrarei o caminho.

*O caminho para casa.*

Na manhã seguinte, Aldred acordou novamente, mas eu não pude ficar com ele. Meu pai, que ainda estava zangado com meu sumiço, ordenou que eu voltasse às minhas tarefas costumeiras. "Sua mãe tomará conta do monge", ele disse. Resignada, obedeci. Fui até as montanhas para ordenhar as vacas que pastavam lá e depois voltei a tecer o manto de Patrick. Mais tarde, fiquei um bom tempo fazendo um pão com maçãs, mas tudo parecia sair errado. Eu não pensava em nada a não ser no bosque e no que Aldred havia feito lá. A música que ele cantara e o as chamas azuis dançando no galho de aveleira assombrariam minhas memórias por muito tempo ainda.

Ele ficou em nossa casa por mais dois dias. Eu o vi pouco durante aquele tempo e fiquei zangada com minha mãe, que primeiro me incumbira da tarefa de salvar a vida de Aldred e agora, quando eu realmente queria estar perto dele, me afastava. Ela acatara a decisão de meu pai muito facilmente e eu não entendia o porquê. Além disso, estava preocupada. Por que Aldred não falava comigo quando eu me aproximava? Por que seus olhos estavam tão distantes e apagados?

Foi então que, naquela segunda noite, eu sonhei novamente com a mulher de olhos cor de céu. Ela me sorriu e disse algo que atravessou meu peito como uma faca, mesmo que eu ainda não entendesse totalmente o significado de suas palavras.

*Sua missão está cumprida, Aislinn. Agora deixe que Aldred cumpra a dele.*

– Onde ele está?

Quando fui procurar por Aldred naquela noite, encontrei minha mãe sozinha, sentada na cama de palha que havia sido de Sean e que agora tinha pertencido ao monge, mesmo que por pouco tempo. Ela segurava uma lamparina e a chama da vela iluminava seu rosto abaixado. Seus cabelos, caindo pelos ombros, não tinham vida, e eu nunca os vira daquele jeito. Eles sempre pareciam uma revoada de labaredas vermelhas, vibrantes, com existência própria.

– Mãe! Eithne! Você tem que me dizer! Onde está Aldred?

Ela ergueu a cabeça. Seus olhos estavam cheios de lágrimas.

– Quieta. Não acorde seu pai nem seus irmãos – ela suspirou – Oh, filha... eu queria que não fosse Aldred.

De repente, eu comecei a ouvir. As vozes deles. Os espíritos falavam novamente, e dessa vez eu não tinha como fingir que não estava ouvindo. As pedras lá fora, o vento nas janelas, o fogo da vela. Eles cantavam, comemorando alguma coisa.

*Na aveleira as portas irão se abrir, na aveleira, na aveleira...*

Eles não falavam nossa língua, mas, de alguma forma, eu sabia que era isso que diziam.

*Na aveleira ele irá nos encontrar, na aveleira, na aveleira...*
*As portas vão se abrir e ele irá passar,*
*E então tudo estará restaurado...*
*Um sacrifício sem sacrificado!*
*Nenhum sangue derramado,*
*Só um filho da magia retornado!*

Eu não consegui dizer nada. Nunca tinha sentido tanta raiva de minha mãe e daquilo que ela representava. *Eithne, pequena chama.* Ela tinha me ludibriado. Tinha sido cúmplice das vozes antigas que assombravam nossa casa e que haviam me manipulado. Eithne tinha entregado Aldred – eu sabia que ela o convencera de alguma coisa.

– Filha...

– Não... não... chega! Chega desses demônios!

Eu corri para fora de casa e deixei a escuridão me envolver.

*Você veio. Está pronto?*

Havia vagalumes por todo o bosque. Eles sentavam no hábito de Aldred, assim como as borboletas tinham feito na tarde em que Aislinn o levara até ali. A aveleira seca era, agora, uma árvore cheia de folhas e frutos. Das palmas das mãos de Aldred, duas chamas de um fogo quase branco saiam, iluminando tudo ao redor. Ele não se feria mais com o fogo porque não tinha mais medo dele. A canção que ele cantava não pedia mais perdão ou piedade – ela louvava. *Laudate dominum omnes gentes.* O vento, o sol, a lua e as estrelas, a terra, a água... todos falavam com ele porque eram seus irmãos, eram criações de Deus. Eithne o fizera enxergar... ela o ensinara e rezara com ele.

*Todo Poderoso Criador, que fizeste todas as coisas;*
*O mundo não pode expressar toda a tua glória,*
*Ainda que a grama e as árvores possam cantar.*

– Estou pronto.

Ele tinha entendido. Precisava ir. Precisava cumprir seu papel. Ele não era um filho de um íncubo. A morte de sua mãe no parto não fora causada por ele. Talvez nem fosse verdade que seu pai o havia abandonado naquele mosteiro, sem coragem de matá-lo. Talvez fosse apenas um órfão como tantos outros, uma criança vitimada pela fatalidade. Ele havia sido acusado de muitas coisas e tinha passado a vida inteira pedindo perdão pelo que fazia, sentia e ouvia. Haviam tentado curá-lo. Aquelas cicatrizes em suas costas eram uma lembrança dolorosa de tantas e tantas punições que recebera – por dizer que havia sonhado com algo que realmente acontecia dias depois, por ter medo das vozes que ele ouvia sozinho no quarto, por fazer as chamas das velas se apagarem sem nem mesmo soprá-las, ou o chão tremer quando cantava.

Mas agora, Aldred entendia. Ele não era um demônio. Ele era apenas um irmão da terra, dos espíritos do fogo, da água e do vento. Era por isso que ele os ouvia. Agora, iria alimentá-los, nutri-los, até que aquele lugar estivesse curado de novo, até que a mácula que se iniciara na aveleira fosse totalmente extirpada. *Tudo tem o seu tempo determinado, e há tempo para todo o propósito debaixo do céu. Há tempo de nascer, e tempo de morrer; tempo de plantar, e tempo de arrancar o que se plantou; Tempo de matar...*

*E tempo de curar.*

Pela primeira vez, Aldred se sentiu grato por ser quem era. Não haveria doença, fome e morte em Marigold Hill por muitos e muitos anos.

– Obrigado, Deus – ele se ajoelhou no meio do círculo de cogumelos. – Obrigado... Aislinn...

A última coisa que ele viu foi a mulher de olhos de céu. Ela sorria.

*Bem-vindo ao lar, filho.*

*Não, não, não!*

Foi o que gritei, aos prantos, quando o vi. Eu tinha corrido até o bosque com toda a velocidade de minhas pernas e até hoje não sei como não me perdi naquela escuridão. Quando finalmente cheguei, a alvorada já tinha despontado. Fui até a aveleira onde havíamos nos deitado e nos conhecido silenciosamente, por meio de um toque de nossas mãos.

Aldred estava lá, encostado ao tronco. Eu me ajoelhei, mordendo os lábios trêmulos, sentindo o sabor salgado das lágrimas. Havia flores ao redor dele, nascidas da noite para o dia, como se para velá-lo – ou celebrá-lo. Para mim, a dor era a da perda, então as achei fúnebres. Toquei seu rosto gelado e confirmei aquilo que já sabia.

– Ah, Aldred... eu não entendo... Por que teve que morrer? Por quê?

Chorei muito e por muito tempo. Eu o amava – o amo – embora tivéssemos, a rigor, acabado de nos conhecer. Mas aquela tarde no bosque tinha sido muito mais longa do que poderia parecer e nós havíamos estado em um lugar onde o tempo e o espaço não envelheciam. Aldred havia me levado. Talvez fosse verdade que o círculo das fadas era um portal para reinos além, e ele soube abri-lo. Talvez...

Com Aldred ali, misteriosamente morto, não podia me dar ao luxo de duvidar de mais nada.

*Aislinn...*

O vento cantava.

*Aislinn...*

Não eram as vozes que costumavam me atormentar em nossa

casa. Era a melodia mais bonita que já ouvira. Ela cantava meu nome. *Aislinn.*

*Todas as coisas belas do mundo em uma palavra*
*Aislinn*
*Oração e êxtase em uma palavra*
*Aislinn*

E então eu chorei ainda mais. Porque o vento passava por entre meus cabelos e eu sentia como se uma mão os estivesse acariciando. As borboletas sentavam-se em meu colo e mexiam as asas, como se quisessem me alegrar. As folhas das aveleiras sacudiam-se e algumas se desprendiam, rodopiando pelos ares até me atingirem no rosto. Quando elas roçavam minhas bochechas, eu podia jurar que sentia um beijo suave marcando minha pele.

E aquela música ecoava pelo bosque.

Sequei minhas lágrimas, sorrindo, e beijei os lábios e a testa de Aldred. Pensando que ele gostaria de uma última benção, fiz um sinal da cruz e repeti a frase que ele me ensinara, *Kyrie Eleison*. Ele estava tão sereno ali que não teria coragem de enterrá-lo – e nem poderia, sem nenhum equipamento adequado. Teria que pedir a meu pai para fazê-lo. Levantei-me, trêmula, e depois de dar dois passos, olhei para trás para vê-lo uma última vez. Mas tive uma surpresa.

No meio do círculo, restara apenas o crucifixo que ele carregava no pescoço.

Chovia muito naquele dia. O inverno estava começando, e o mês de outubro, acabando. Eithne sempre se sentia especialmente sensível naquela época. Ela olhou para o garoto de cinco anos brincando a seus pés e sorriu. Depois, pensou que Patrick e Diarmid logo chegariam do moinho com Cormack. Estariam molhados até os ossos.

– Vovó?

Tirada de seus pensamentos, ela olhou para o neto que a chamava.

– Sim, Aldred? O que foi, querido?

O garotinho a fitou com seus olhos azuis como o mar. *Deus, como ele se parece com ele... em tudo. Absolutamente tudo.*

– Onde mamãe foi?

Eithne sorriu.

– Não se preocupe. Ela está bem. Só foi encontrar uma pessoa... um amigo que a visita de vez em quando.

– Mas está chovendo muito. Ela não vai se molhar e ficar doente?

A avó sacudiu a cabeça. Suspirando, ela falou, terna:

– Não, meu querido. Ela não vai. Eu prometo.

*Samhain. Quando as fronteiras entre mundos desaparecem. Quando os espíritos daqueles que se foram retornam. O marco do início do inverno. O antigo ano novo celta.*

Estávamos perto do Dia de Todos os Santos mais uma vez. Chovia bastante, mas eu sempre gostei de estar na chuva e observá-la. Foi por conta disso que eu o vi pela primeira vez, perdido em meio a um temporal. Ainda me lembro disso sorrindo.

Naquele final de outubro, eu fui ao bosque e esperei, sozinha. O vento assobiava, contente, talvez porque as portas do outro lado estavam abertas. Eu ouvia as vozes dos espíritos ainda mais altas, cantando, vibrando, me convidando a permanecer ali.

Nossa aveleira estava lá. Eu fiquei de costas para ela, como sempre fazia. Deixei que a água caísse em meu rosto, respirei fundo, e aguardei – por quanto tempo, eu não sei dizer.

*Todas as coisas belas do mundo em uma palavra*

*Aislinn*

Dessa vez, não era apenas o vento que cantava.

*Oração e êxtase em uma palavra*

*Aislinn*

Eu me virei, sorrindo. E o brilho de um relâmpago me fez enxergá-lo de novo em meio a uma tempestade, sorrindo de volta para mim.

– Aldred!

Mais uma vez, seríamos um só.

# O Último Desejo

Charles Krüger

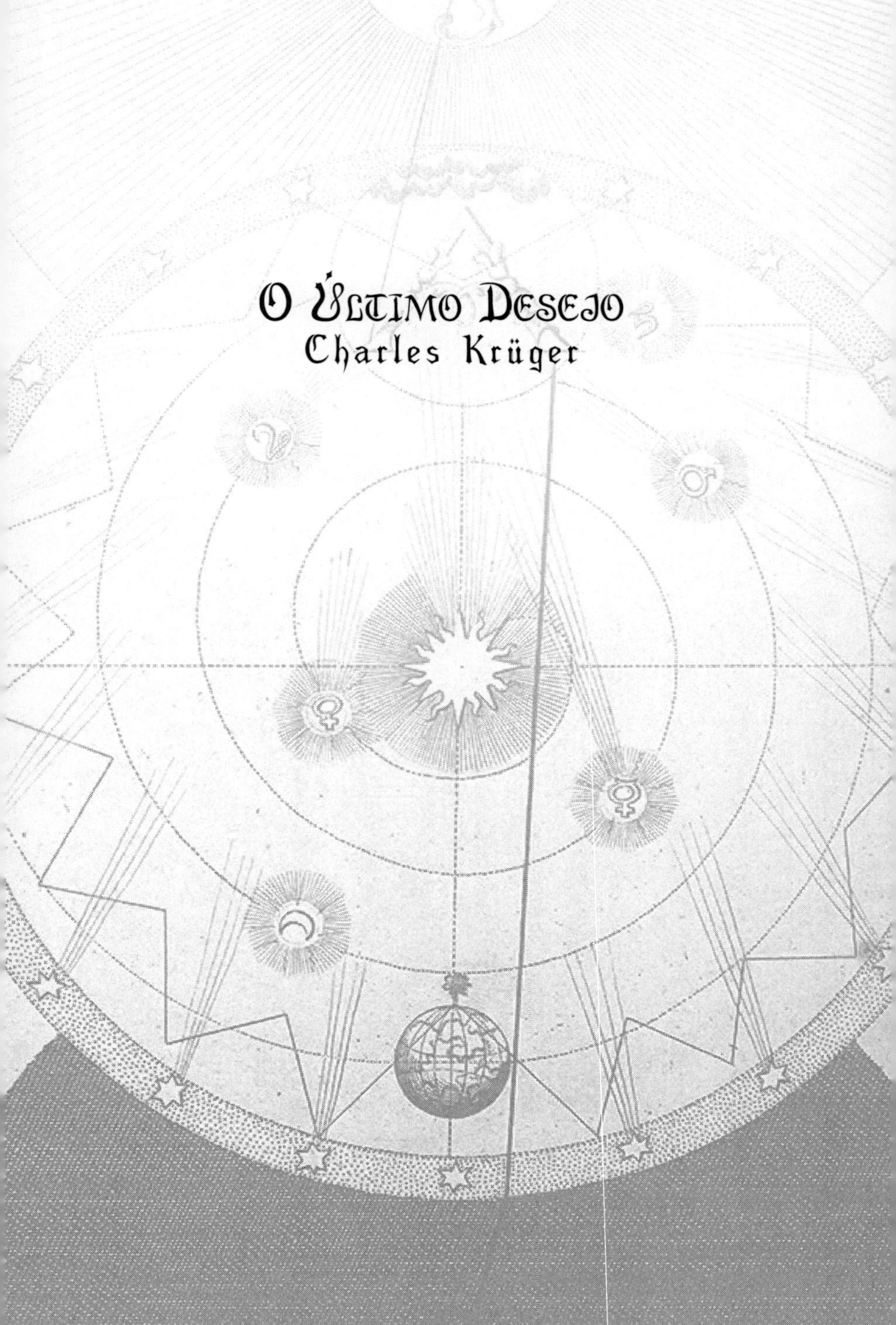

SERÁ QUE OS *sonhos têm realmente um significado?*

– No que está pensando, Raian? Parece que está sonhando acordado.

– Ah, desculpe, Yella. – Ele sacudiu a cabeça como se realmente quisesse perder o contato com o mundo dos sonhos. – É que eu estava lembrando. Tive um pesadelo com minha mãe esta noite.

– De novo?

– É.

O vento trazia consigo o cheiro da forja e dos soldados suados em suas armaduras tilintantes. O canto dos pássaros não era rival para a cacofonia militar. Os dois amigos faziam o óbvio e se afastavam, conversando sempre distantes dali, no gramado inocente destinado às crianças.

– Bem, pelo menos você está aqui... – ele deixou escapar.

– Pelo menos eles estão aqui – Yella corrigiu, apontando para os homens de armas. – Com esses últimos desaparecimentos, é sempre bom saber que existe quem nos proteja.

– Um dia, vou ser capaz de proteger você – ele arriscou, tendo como retribuição apenas o sorriso de quem não entendera a indireta embutida no comentário.

– Espero que nunca precise.

O reino sempre vivera uma paz que beirava a monotonia, e nunca houve reclamações quanto a isso. Vieram os ocasionais desaparecimentos, vieram os ainda mais ocasionais cadáveres sendo encontrados à beira das estradas de terra batida. A preocupação também veio, e ela estava prestes a virar desespero quando a tentativa de mandar soldados atrás de um possível resultado trouxe como consequências mais mortes e nenhuma resolução.

E, como todas as tragédias sempre ocorriam em regiões mais afastadas, havia uma crença de que manter-se próximo aos locais mais habitados era algo seguro. De modo especial, manter-se próximo ao acampamento dos soldados do reino era tido como a grande garantia de proteção.

– Não superou ainda, não é?

– Oi?

– A morte de sua mãe. Sei que não é fácil. Mas você me disse que já tinha superado, e pelo jeito ainda não.

– É difícil, Yella. Mas agora eu tenho um medo maior.

– Medo maior?

– O medo que todo mundo que já perdeu alguém sente. O medo de perder alguém de novo. E é por isso que eu disse que queria te proteger.

– Isso de ter medo de perder mais alguém eu entendi. Mas o que uma coisa tem a ver com a outra?

Ela não entenderia.

Pessoas desaparecendo. Registrados mais três casos, e em dois deles as vítimas foram encontradas com marcas de violência física extrema. Alguém sugeriu que o número de pessoas desaparecidas era maior e que os soldados manipulavam as informações para não haver pânico. Houve uma espécie de desespero compartilhado, e as crianças se afastaram um pouco.

– Zean, o que você acha que pode estar acontecendo?

– Acho que não é seguro irmos tão longe de nossos pais. – Havia um extenso pasto onde ficavam os animais, e eles caminhavam por ali, onde a iluminação era quase nenhuma.

– Deixe de ser medroso – Raian esbravejou. – Nossos pais estão bem ali – e apontou para onde os adultos conversavam, a menos de cem metros.

– Sabe o que eu acho? – Zean arriscou. – Acho que são bárbaros.

– Bárbaros?

– Sim, sabe, aquelas tribos selvagens que todos dizem que existiam no norte do mundo...

– Você acha isso porque tem medo de que possa ser algo pior. Monstros, por exemplo.

– Ha, ha, que engraçado! – e Zean se emburrou.

– Olhe, um dos cavalos parece estar com a pata machucada. – Raian apontou e saiu correndo, afastando-se ainda mais da área iluminada.

– Não corra, espere por mim.

Raian, à frente, com a pressa típica dos adolescentes precipitados; Zean, atrás, com o receio comum aos jovens que ainda são crianças. Havia, de fato, um animal prostrado, algo fustigando seu casco. Ao redor dele, outros tantos cavalos pastando despreocupados.

– Vamos ajudá-lo – Raian disse. – Vai, Zean, me ajude aqui a tirar esse espinho.

Após o esforço em dupla, o objeto afiado saiu, trazendo com ele algumas gotas do sangue do animal, que emitiu um grunhido de dor e alívio. Os meninos caíram no chão após o esforço que tinham feito.

– Não é um espinho grande demais para estar jogado por aqui? – Zean perguntou, a má iluminação lhe permitindo apenas mensurar o tamanho do objeto pelo tato.

– Na verdade, olhando bem, acho que nunca vi esse cavalo por aqui. O pelo dele parece muito claro.

– Raian, tem algo errado aqui! Vamos voltar – e largou o espinho no chão.

– Pare de ser medroso. Meu pai deve ter comprado cavalos sem que eu ficasse sabendo. Ou, algum animal da região se misturou aos nossos por engano.

Uma sombra saiu do chão, flutuando como que por bruxaria. Era o espinho, encaixando-se na testa do animal. A pelagem branca ganhou certo brilho, e logo era possível vê-lo completamente.

Era um unicórnio.

– Meu nome é Inori. É hora de vocês assumirem o controle sobre seus destinos.

Eles tremiam. As tentativas de correr falharam, o medo sobrepujando as pernas.

– Por que querem correr? – o unicórnio perguntou. – Se mais

alguém vier aqui, terei que desaparecer e vocês jamais saberão o que tenho a lhes dizer.

– Quem é você? – Raian gaguejava, mas não queria demonstrar. Historicamente, o menino covarde da região sempre fora Zean. E que continuasse assim.

– Eu sou Inori. Venho de outro mundo porque tenho algo a lhes oferecer em troca de algo que tenho a pedir.

– Você é o culpado pelos desaparecimentos. É isso, não é? – a mente de Zean já começava a fazer conjecturas.

– O que quer de nós? – Raian perguntou.

– Vim para saber o que vocês querem – Inori disse, a voz sempre monocórdia, inflexível. – Vim porque preciso de vocês, e vocês precisam de mim.

Zean tentou correr, tropeçou, caiu e foi puxado de volta por seu amigo. Ambos olharam para seus familiares, a dezenas de metros dali, sob as luzes das lamparinas, cantarolando bobagens ao som de banjos desafinados. Pareciam não ver o que acontecia.

– E se vocês pudessem fazer feliz a pessoa que mais amam? E se vocês pudessem proteger as pessoas que mais amam? Uma coisa em troca da outra.

– Você veio aqui realizar nossos desejos? – era Raian.

– Sim e não. Eu venho de outro mundo. Um mundo que luta para que outros mundos não sejam destruídos. E estou aqui para lhes dar o poder para lutarem contra quem está fazendo seu povo desaparecer. Se aceitarem lutar com o poder que posso lhes oferecer, em troca realizarei o desejo da pessoa que mais amam neste mundo.

– Você sabe quem é o responsável pelos desaparecimentos? – Zean balbuciou.

– São seres decadentes. São os *caídos*. Vim dar a vocês o poder para combatê-los. Em troca, o maior desejo da pessoa que vocês mais amam vai se realizar. Não gostariam de ver feliz a pessoa que vocês amam? E ainda ter o poder suficiente para protegê-la?

*Um dia, vou ser capaz de te proteger...*

– Os poderes mágicos que vocês têm a receber seriam imensos. Suficientes para eliminar todos os *caídos* que já existem.

Alguém gritou o nome de Zean, e os meninos olharam para trás. Eram os pais do garoto anunciando que estavam indo embora e chamando-o.

– Voltarei na próxima noite. Usem o dia de amanhã para pensar.

Unicórnio voltou a ser cavalo, chifre voltou a ser um espinho no chão, gotas de sangue colorindo o verde opressor do gramado infindável. Os garotos se despediram sem saber o que dizer um ao outro.

*Qual será o maior sonho da Yella?*

Lençol umedecido pelo suor de quem se debatera na cama. Ao menos dessa vez não gritara o nome da mãe, acordando pai e irmãs.

*O que você quer dizer com "não", mãe? O quê?*

Ela tinha gritado *não* de forma tão desesperadora que ele acordou dizendo *não* durante a manhã inteira, mesmo nos momentos em que estava sozinho.

Lágrimas. Dor. Desespero.

– Por que, pai? Por quê?

Raian só foi entender quando já era tarde, e as lágrimas vieram em cachoeira. Seu pai falecera. Padres consolavam suas irmãs. Soldados da milícia relatavam ao duque, estranhamente presente ali, o ocorrido. O pai de Raian fora encontrado em uma estrada abandonada, vítima do mesmo tipo de morte das pessoas que desapareciam misteriosamente.

*Foram os caídos. Malditos!*

Ele iria vingar seu pai. Receberia os poderes mágicos de Inori, acabaria com todos os miseráveis. E ainda realizaria o maior sonho de Yella. Iria vê-la sorrir como nunca, iria vê-la feliz, pois ele talvez não pudesse mais ser feliz.

*Mãe! Aquele "não" no meu pesadelo era por causa da morte do pai? Você já sabia que isso ia acontecer?*

Só restaram as lágrimas, a tristeza, a revolta. Soldados se prontificaram a ficar próximos da casa de Raian pelos próximos dias a fim de impedir que houvesse mais vítimas na família. O próprio duque se comprometeu a ajudar com mantimentos até que Raian tivesse idade para trabalhar. Zean apoiou o colega, Yella o abraçou bem forte quando ele mais precisou.

Ele era muito mais apegado à mãe que ao pai. Se superara a morte dela, talvez pudesse resistir à dor da perda dele. O problema era a tristeza de suas irmãs, contra a qual podia fazer muito pouco.

– Não foi a única morte nas proximidades – um soldado cochichou para outro, mas Raian ouviu. – O perigo, seja ele qual for, está por perto. Mas não comente para não assustar o povo daqui.

*Malditos caídos. Vou destruir um por um. Com minhas próprias mãos.*

Era tarde, as irmãs dormiam. O sono fora interrompido com a notícia trágica, antes da hora em que normalmente acordavam. Conseguiram adormecer, e tudo que Raian desejava era que não tivessem pesadelos.

Zean chegou correndo, seu medo característico estranhamente ausente. Com ele, um cavalo. Albino. Tudo ficou claro.

Inori.

– Tem alguém por aqui? – Zean perguntou.

– Só minhas irmãs, que estão dormindo – Raian respondeu. – Por quê?

– Os *caídos* estão vindo. Estão vindo atacar sua casa.

– Mas... eu ainda não me decidi, Inori – o garoto olhou para o unicórnio. – Não que eu não queira me vingar destes malditos e proteger as pessoas, mas... Tenho medo do que a Yella vai desejar...

– Não se preocupe, Raian – Zean tomou a frente. – Eu vou lutar. Eu me tornei um Tocado. Fiz um *contrato* com o Inori hoje cedo.

Já era possível ver sete caricaturas de seres humanos se arrastando na direção dos meninos.

Terror. Eram seres decadentes, como se representassem toda a podridão humana. O que havia de bom nas pessoas parecia ter sido expurgado daquelas formas de vida. Eles eram rostos cadavéricos que emitiam tristeza permeada por uma aura de terror, como se quem os visse tivesse que lutar contra a própria sanidade para aceitar aquilo. Eram autômatos, sem consciência, seres desprovidos de alma e privados do direito de morrer – e incapazes de realmente viver.

Emanavam fedor de putrefação, emanavam fedor de morte, fediam o miasma incompreensível de desespero. As mãos eram garras afiadas, os corpos eram restos de carne dissecada e pestilenta. Gemiam sem usar a boca, pondo para fora uma angústia eterna com um som que ninguém sabia de onde vinha. Não pareciam ter alma, mas, se tivessem, era de lá que vinha sua agonia infindável.

*Foram esses que mataram meu pai?*

Zean tinha uma mancha nas costas das mãos que Raian só percebeu naquele momento. Uma luz levemente azulada surgiu. O menino ganhou uma expressão mais séria, cenho estranhamente franzido. Apontou as mãos para um dos inimigos e um raio rutilante rasgou o ar, despedaçando um dos *caídos*.

Zean repetiu a dose mais duas vezes, desintegrando mais dois inimigos. Eram muitos, e o menino parecia não ter capacidade para vencê-los sozinho.

– Não vai ajudar seu amigo? – Inori perguntou.

Raian hesitou, os olhos atentos na tentativa de entender as habilidades de combate dos inimigos. Não conseguia compreender. Os *caídos* apenas rastejavam, grunhiam e tentavam se aproximar para atacar com as garras. Quando conseguiam, provocavam arranhões similares a golpes de faca.

– Preste atenção na expressão do seu amigo – Inori disse a Raian.

E então ele viu.

Terror.

Aquele era o *verdadeiro poder* do inimigo. Não apenas matavam, não apenas feriam, não apenas sequestravam.

Eles *aterrorizavam*.

Por vezes Raian tinha se perguntado nos últimos dias o motivo pelo qual os soldados da região não eram capazes de simplesmente destruir os *caídos*. Afinal, por que não bastava realizar uma ofensiva em larga escala para acabar com aquele mal?

A resposta estava ali. Ninguém era capaz de resistir àquele terror e seguir lutando – exceto um *Tocado*.

Zean não tinha dúvidas da vitória no começo, mas passou a não ter certeza de nada à medida que ouvia os lamentos infernais dos inimigos. Uma aura de desespero ia se expandindo pelas proximidades. O sistema nervoso do Tocado foi sendo atingido muito mais que seu corpo. O anel ainda disparava contra os *caídos*, os seres seguiam caindo, mas, enquanto houvesse um único deles, não haveria paz em nenhum coração presente.

– Zean vai perder. Faça um contrato comigo. Realize o sonho da pessoa que você mais ama. Ajude seu amigo. Mude o destino.

*Um dia, vou ser capaz de proteger você.*

– Não importa qual seja o desejo de Yella... Ela merece que se realize. Inori, o que eu preciso fazer? Quero ser um Tocado. Quero fazer um contrato com você.

E, quando a luz surgiu, a última coisa que Raian viu, mesmo com os olhos fechados, foi a imagem de sua mãe gritando.

*Não!*

Amanhecera. Raian estava caído na grama, um tanto aturdido ainda. Era como das vezes em que tinha bebido mais vinho do que seu pai lhe permitia, e acordava no dia seguinte com a cabeça dolorida e a visão turva.

Entrou em casa. Suas irmãs choravam. Viu, ao longe, soldados da milícia. Nem sinal dos *caídos*. Nem sinal de Zean. Inori também não parecia estar em lugar algum.

– Raian, tô com saudades do pai.

– Eu sei. Também estou.

– Ele nunca mais vai voltar mesmo?

– Quem sabe, maninha. Talvez demore, mas... quem sabe. – Ele enxugou as lágrimas dela e as suas próprias.

– Oba – ela sorriu, como se aquela suposição fosse uma garantia. – Então vou esperar.

Foi brincar com a outra irmã. Raian se sentiu um monstro por mentir, mas não sabia mais o que dizer. Agora era o responsável pela felicidade de suas irmãs. Faria o que fosse preciso para que não chorassem mais.

Saiu após certificar-se de que suas irmãs tinham comido alguma coisa. Trocou palavras de cumprimento com alguns soldados da região, até que chegou ao gramado onde o sopro da brisa não era tão reconfortante quanto a voz dela.

Yella logo chegou. Era o horário de sempre, mas o sorriso dela parecia mais feliz do que o habitual.

– Desculpe estar tão feliz sabendo que você está tão triste – ela disse, sentando-se ao lado dele. – Por falar nisso, como está? E suas irmãs?

– Precisei mentir que talvez um dia meu pai volte para consolá-las. Fiz mal?

– Não sei. Só sei que você parece tão triste quanto elas.
– Não dormi bem esta noite, Yella. Foi só isso.
– Normal. Eu também não dormi, mas foi de felicidade. Acho que hoje eu sou a pessoa mais feliz desse mundo.
– Por quê? O que aconteceu? Não me diga que o grande sonho da sua vida se realizou? – ele tentou sorrir, pois achava que encontraria alegria na resposta dela.
– Foi isso mesmo. Sabe o Aranyn? Então, ele foi lá em casa ontem à noite e se declarou para mim. Estamos namorando.

A febre misteriosa foi a justificativa para ficar o dia inteiro isolado de tudo e de todos. Anoiteceu, e logo as irmãs dormiam. Raian, Zean e Inori estavam naquela grande área verde em meio a cavalos. As estrelas também eram testemunhas.
– Por que você não falou? – ele gritava. – Por que não falou que o que Yella mais desejava era namorar outro garoto?
– Isso mudaria alguma coisa?
– Mudaria tudo! Eu jamais concederia um desejo para ela se soubesse que era isso que ela queria!
– Mas você queria que se realizasse o desejo dela... ou o seu?
– Eu queria... Eu queria... Eu não sei o que eu queria.
– Raian, acabei não contando a você o que aconteceu ontem – era Zean. – Agora você também tem manchas nas mãos. Você é um Tocado.
– O seu *toque* despertou o poder que havia em mim, Inori? É isso? – Raian inquiriu. – Agora sou um Tocado. Ao custo da minha felicidade, é isso? – e ele ergueu a voz.
– Se sua felicidade depende do amor daquela moça, então você jamais foi feliz até hoje. E, provavelmente, jamais será.
Raian cerrou os punhos e quis dar um soco em Inori, mas sabia que ele tinha razão. Talvez tivesse sido um erro aceitar o contrato.
– Não faz sentido pensar que sendo seres sencientes, dotados de habilidades manuais e plenamente capazes das mais diversas realizações, vocês ainda precisem dos outros para ser felizes. Vocês, humanos, condicionam suas felicidades à aprovação de seus semelhantes como se eles fossem superiores ou tivessem o direito de julgá-los.

Como se dependessem deles. Vocês são reféns emocionais dos seus semelhantes.

– Você jamais entenderia – era Raian, uma lágrima já está escorrendo. – Isso que você dá a entender ser uma fraqueza é nossa grande força. Eu só me tornei um Tocado porque quis ajudar meu amigo Zean. Do contrário, teria relutado. Se fôssemos todos pessoas sem sentimentos, agora Zean estaria morto. Talvez eu também.

– O que seria justo, já que não foram fortes o bastante para se proteger. As vidas humanas são substituíveis. A pessoa que morre hoje e que é capaz de amar, perdoar, matar e ser morta pode ser substituída por qualquer outra, pois todas são capazes de amar, perdoar, matar e ser mortas. No fim, se uma única pessoa tem tanto valor, valorize uma pessoa que ainda esteja viva. Ela tem tanto valor quanto qualquer uma que já tenha morrido.

– Chega, Inori. Você nunca vai nos entender, isso já ficou claro para mim. Vou combater os caídos e proteger todos que eu puder, não importa o que você pense a respeito. Mas não sei realmente o que fazer quanto a Yella.

– Existe algo que eu ainda não disse. – Inori se voltou para os Tocados. – Os ataques dos *caídos* têm se intensificado porque o *Cataclismo* se aproxima. Daqui a quatro dias, o destino deste mundo será decidido.

– Cataclismo? – Zean e Raian perguntaram em uníssono.

– É uma conjuntura cósmica específica que possibilita que o *Rei dos Caídos* possa chegar a este mundo. Está nas mãos de vocês a responsabilidade de vencê-lo. E, como só temos dois *Tocados*, há uma grande chance de que vocês sejam mortos. É algo que eu ainda preciso resolver.

– *Rei dos Caídos*? *Cataclismo*? – Raian pensou no sorriso de Yella. – Preciso protegê-la. Não importa a escolha que ela fez. Não posso deixar que ela sofra. Não vou deixar. Não vou.

A noite acabou com Inori voltando a ser um cavalo comum e Raian indo verificar se suas irmãs dormiam. Zean foi para sua casa. Na cabeça dele, apenas uma pergunta.

*Por que Inori não disse nada ao Raian sobre o uso da mana?*

Três dias.

De acordo com Inori, faltavam apenas três dias para o *Cataclismo*, o evento no qual o *Rei dos Caídos* marcharia sobre o mundo trazendo com ele a totalidade de seus exércitos. Todos os reinos e cidades cairiam em desespero e seriam dizimados. Pior: talvez também se transformassem naqueles seres abomináveis – para Raian ainda não tinha ficado claro se aquilo era possível ou não.

Inori talvez ainda lhe devesse algumas explicações.

As irmãs choravam, quietas, escondidas. Lágrimas ocultas pelo som da mastigação. Cabisbaixas, comiam parte dos parcos mantimentos que tinham recebido do duque. Em troca, cavalos de raça foram levados para a propriedade do nobre. Nem elas nem Raian tinham como contestar aquilo.

Uma começou a soluçar, e fingiu ter se engasgado com um pedaço de pão para que seu irmão não visse que chorava. Não adiantou.

– Por que está triste, Líria?

– Você mentiu para a gente, não é? O papai não vai voltar. Eu sei que não vai. Assim como a mamãe também nunca voltou.

E o choro ganhou proporções maiores. Raian acabou se emocionando também. No fim, os três choraram abraçados. A comida escassa desceu amarga, indigesta, engolida por obrigação. Raian simplesmente não sabia o que dizer. Mudar de assunto era a única opção.

– Vocês deviam fazer alguma coisa para se divertir. Um passeio, talvez. Cadê aquelas amigas de vocês que sempre vinham aqui brincar? Se elas não morarem muito longe, posso levar vocês até a casa delas.

Líria e Bielle assentiram, enxugando o rosto com as costas das mãos. Terminaram de comer e foram se trocar. As roupas nunca foram muitas, mas elas mantinham o hábito de reservar algumas peças para quando saíam. Raian achava aquilo divertido. Mas naquele dia não sorriu.

Levou-as até a casa das amigas, no vilarejo vizinho, prometendo ir buscá-las antes do anoitecer. Na volta, passou pelas proximidades do campo de treinamento dos soldados da região. Cruzou o gramado onde por incontáveis vezes conversara com Yella. Ela não estava lá daquela vez.

*Deve estar com o namorado dela, sendo feliz. E eu estou aqui, sem rumo.*

Estava próximo de sua casa quando viu Zean vir correndo em sua direção. Ofegante, assustado, quase sem fôlego suficiente para articular as palavras corretamente.

– *Caídos*... atacando... aqui perto...

– Mas... a essa hora do dia?

– O Inori disse... que como o *Cataclismo*... está se aproximando... esse tipo de coisa... acontece...

– Quantos eles são?

– Não sei... Vamos logo, Raian.

Aproximadamente vinte, mas gemiam uma melodia infernal como se fossem cem. Raian tentou tapar os ouvidos, mas era seu sistema nervoso que era agredido pela cacofonia de desespero. Famílias corriam aos tropeções, pais gritavam por seus filhos, que por sua vez gritavam por seus irmãos.

Havia fogo em uma casa, embora ela estivesse aparentemente vazia. Não havia vítimas. Os únicos cadáveres eram os dos agressores, presos em uma cruel forma de não-vida. Rastejavam, eram lentos, mas pareciam ágeis em espalhar terror. Ninguém conseguia fugir deles sem antes derramar lágrimas de agonia.

Quando já não havia ninguém por perto, Raian e Zean invocaram os poderes que os tinham transformado em *Tocados*. Manchas em seus corpos adquiriram uma coloração viva. Anéis surgiram em seus dedos por magia, trazendo com eles certa coragem. Precisavam ser fortes para enfrentar a onda de desespero.

*Caídos* e *Tocados* mediram forças. As garras sujas tentavam se aproximar e eram rechaçadas por ondas de luz azul. Os seres decadentes se dissolviam lentamente, possibilitando que outros viessem terminar o ataque que começaram. Zean se desconcentrou, tendo o peito talhado pela investida inimiga. Raian aumentou o poder de fogo de seu anel, devastando um grupo de quatro *caídos* que cercavam seu amigo.

Os inimigos foram diminuindo. Para se curar, Zean encostou seu anel no ferimento que o fustigava.

– Não faça isso! – Inori, recém-chegado, gritou.

A dor desapareceu, mas o *tocado* não tinha mais força para se levantar. Raian foi auxiliá-lo, mas acabou ferido nas costas. Deu uma cotovelada em seu oponente e o dizimou com sua magia.

– Inori, por que a luz que sai dos anéis está ficando mais escura? – Raian gritou.

– Porque sua *mana* está acabando. Terminem logo a batalha antes que o pior aconteça.

Zean chegou a ficar de pé, mas o último caído o derrubou, rasgando seu rosto com as garras pestilentas. O *tocado* caiu.

– Deste jeito, ele vai virar um *caído* – Inori disse.

– Eu sei que ele caiu – Raian gritou. – Mas não é hora para trocadilhos.

Zean usou suas últimas forças para desferir um ataque mágico. A energia que saiu de seu anel passou de púrpura para preta. O último *caído* tinha sido derrotado. O vilarejo estava salvo. As pessoas que havia pouco tinham fugido já poderiam voltar a seus lares em segurança. Mas a um custo muito alto.

– A *mana* dele acabou – Inori gritou.

– Raian. Rápido – Zean sussurrou, já sem forças, para o amigo que se ajoelhava ao lado dele. – Você precisa me matar.

– O quê?

– Me mate! Me mate logo.

– Rápido, antes que ele entre em desespero! – Inori alertou. – Ele vai se transformar em um *caído* se você não matá-lo agora!

– Como assim? Deve haver outra forma de salvá-lo. Diga, Inori. Diga qual é a outra forma de salvar a vida do Zean.

– A *mana* dele acabou. Em instantes, ele começará a entrar em desespero e se transformará em um *caído*. Você precisa matá-lo antes que isso aconteça. Ou quer que ele vire seu inimigo?

*Então, essa é a origem dos caídos...?*

– Eu não posso! – Raian gritou, levantando-se e esmurrando o ar. – Não posso matar meu amigo!

– Pode, e deve – Inori disse – É a vontade dele. Olhe para ele.

Àquela altura, Zean já não tinha mais lucidez. Era apenas um corpo que parecia iniciar um processo de mutação. Os olhos ainda abertos se mostravam vazios, mas já ganhavam uma gradual coloração vermelha.

– A vida de um *tocado*, mais do que apenas lutar contra os *caídos*, também é lutar contra o próprio desespero. Só assim se evita o risco de ser transformado em um *caído*. Entenda, Raian. Zean estava preparado para isso desde o começo. Ele aceitou esse destino. Aceite também. Isso faz parte da escolha que vocês fizeram.

– Por que você não me contou tudo isso antes?

– Porque você não perguntou.

O corpo de Zean começou a se contorcer. Algo gosmento saiu de sua boca, a pele foi se alterando, ganhando aspecto esponjoso, como se desprovida de líquidos. Um odor de morte foi aparecendo. Os dedos foram se esticando lentamente. As unhas iam crescendo e ficando escuras. Ele se debatia.

– E se eu der minha *mana* para ele? – Raian perguntou.

– Pelo pouco que você tem, quem cairia em desespero seria você.

– Então eu vou fazer isso – Raian gritou – Vou me sacrificar por meu amigo.

– Vai fazer isso mesmo? – Inori tinha um semblante sério como nunca antes teve – Vai se sacrificar para salvar o culpado pela morte de seu pai?

*Culpado... pela morte... do meu pai? O Zean...?*

Não havia mais tempo. Zean não era mais um humano. Era um *caído*. Levantou-se, empurrando Raian. Quando o garoto olhou ao redor, Inori não estava mais lá.

– Covarde! Miserável! Onde se escondeu desta vez?

Zean avançou com suas garras, obrigando Raian a se desviar. O garoto correu para longe, tentando recuperar o fôlego. Seu amigo tinha virado um monstro. Um inimigo, um ser condenado que não podia ser salvo. Lágrimas caíram.

*Ele foi o responsável pela morte do meu pai? Ou será alguma mentira do Inori? Até que ponto posso acreditar nele? Será que ele me disse aquilo só para me convencer a matar o Zean?*

O *caído* caminhou lentamente. Não havia nele nenhum resquício daquilo que tinha sido até poucos minutos antes. Era apenas um monstro que espalhava o desespero. Não reconhecia Raian. Mais que isso: tentaria matá-lo.

*O que acontecerá se eu matá-lo agora? Será que Zean vai poder descansar em paz?*

O *caído* já estava próximo o bastante para atacar quando Raian fechou os olhos. Concentrou a *mana* que ainda tinha, certificando-se de não usá-la toda. Seu anel brilhou, as manchas em seu corpo também.

*Se não há outro jeito a não ser matá-lo, que ele possa, pelo menos, descansar em paz. Que sua alma possa ser poupada!*

Quando o raio de Raian atingiu Zean, o *caído* se contorceu. Uma espécie de luz abandonou o corpo decadente que virava pó. O brilho desconhecido pareceu subir aos céus, mas na metade do caminho já não pôde mais ser visto.

– Por que, Zean? – era Raian, às lágrimas.

O garoto chorou ajoelhado e cabisbaixo por longos minutos. Quando voltou a si, Inori estava ao lado dele.

– Vejo que então aconteceu – o unicórnio disse.

– Agora, nós vamos conversar, Inori. Você me vai me contar tudo que eu ainda não te perguntei. Por bem ou por mal.

– O que você ainda não me contou, Inori? Quais perguntas eu ainda não te fiz? O que é que eu preciso saber e ainda não sei?

Nada.

– Eu preciso saber, Inori. Eu preciso saber para evitar que aconteça outra catástrofe como a que aconteceu com o Zean! – Gritos e lágrimas.

– Aquilo não foi uma catástrofe. Ele foi o responsável pela morte de seu pai.

– Isso também você vai ter que me contar. Como assim "ele foi responsável pela morte de meu pai"? Eu preciso saber, Inori! Eu tenho esse direito!

– Vocês, humanos, sempre buscam conhecer verdades. Saber o que não sabem. O conhecimento nem sempre é algo bom, ao contrário do que vocês pensam. Se você não soubesse tudo que descobriu nos últimos dias, se tivesse se limitado a combater os *caídos*... Quanta infelicidade você teria evitado?

Raian segurou com força o pescoço do unicórnio, em uma tentativa de repetir o gesto humano de estrangulamento. O pelo subitamente ficou em chamas, e o *Tocado* soltou o animal.

– Acha que tem o direito de decidir o que alguém deve ou não saber?

– Tem certeza que quer saber o que aconteceu com seu pai?

Raian se afastou de Inori, as lágrimas sendo enxugadas com as costas das mãos.

– Você destruiu minha vida, Inori.

– Tudo é consequência de suas escolhas. Poderia ter sido tudo diferente, mas você decidiu assim.

Raian soluçava, os olhos fixos no céu, como se houvesse chance de os espíritos de sua mãe e seu pai lhe passarem uma mensagem de esperança.

– Podia ter amado mais a suas irmãs, pois o desejo delas era de que você fosse capaz de protegê-las para sempre. Podia ter amado mais a seu pai, cujo desejo seria de que todo mal deste mundo não chegasse perto de sua família. Mas você optou por amar mais a Yella.

– Eu não escolhi isso.

– Escolheu sim.

– Não foi uma escolha. A gente não manda no coração.

– Se não tem controle sobre seu coração, não pode reclamar de não ter controle sobre o seu destino.

Raian enxugou o que restava do pranto, os olhos umedecidos exalando uma determinação que impressionou Inori.

– Por que meu pai morreu?

– Porque a pessoa que Zean mais amava no mundo era o pai dele. E o pai dele desejou que o seu pai morresse, porque sempre teve inveja das terras férteis de sua família. Ele ainda tem a esperança de que o duque o deixe ficar com as propriedades de seu pai. Assim que os *caídos* deixarem de ser uma ameaça, ele deve conseguir isso. Você e suas irmãs não terão para onde ir.

– Vou matá-lo! Vou matar o pai dele.

– Já que faz tanta questão de saber de tudo, recomendo que não guarde todo esse rancor. Isso faz sua *mana* se consumir. Você logo se tornará um *caído* desta forma.

– O que eu faço, Inori? O que eu faço para deter o *Rei dos Caídos*? Aliás, quem ou o que é o *Rei dos Caídos*?

– Alguém que abriu mão de tudo. Quando um *Tocado* perde toda a sua *mana*, ele se torna um *caído*. É um processo involuntário, acontece contra a vontade. Nenhum *Tocado* deseja isso. Ou não deveria desejar.

Inori voltou-se para Raian, encarando-o com uma seriedade perturbadora.

– Mas quando um *Tocado*, ainda vivo, ainda com *mana*, resolve abrir mão de sua *mana*, dispensá-la voluntariamente, o desespero é muito maior. A transformação em *caído* é muito mais traumática.

– Por quê?

– Porque a perda de *mana* é algo perturbador. Quando isso acontece, você sofre uma agonia que não é capaz de compreender. Mas quando se faz isso conscientemente, o desespero pode ser entendido, sentido. Você vê, diante de seus olhos, todos os motivos pelos quais sofreu na vida. Sofre sem disfarces, sem fugas. A agonia e aflição são incomparáveis. E isso gera o *Rei dos caídos*. Alguém tão terrível que é capaz de dominar os *caídos*. Capaz de levá-los a um mundo que se queira aterrorizar. Foi o que os fez virem para este mundo.

– Eu sou capaz de vencer esse Rei?

– No que está pensando, Raian?

– Vou ter que lutar contra ele, não vou? Preciso saber se ele é tão mais poderoso assim.

– Você tem menos de dois dias, Raian. Menos de dois dias para decidir o que quer para seu destino.

– Há algo que esteja a meu alcance fazer?

– Sempre há.

O *Tocado* sorriu pela primeira vez nos últimos dias.

– Lembre-se, Raian. Enquanto você tiver poder para mudar seu destino, não terá o direito de reclamar de nada.

Inori desapareceu.

A noite veio violenta, trazendo o repouso necessário para uma véspera de batalha. O tal *Cataclismo* aconteceria na próxima alvorada, e o clima tempestuoso era um prenúncio de que nada mais seria como antes. Após certificar-se de que suas irmãs dormiam, Raian deitou-se, a mente embotada por pensamentos conflitantes e incertos. O sono veio para proporcionar o descanso físico, já que um relaxamento mental seria impossível àquela altura.

Chegaram as brumas enigmáticas que havia semanas povoavam

seus sonhos. Junto, chegava a mãe de Raian, trajando um manto de desespero que só lhe deixava livre o rosto assustado e eternamente em prantos. Os habituais gritos de "não" já não eram capazes de expressar o terror. Muito mais precisava ser dito. Aquele seria o momento decisivo.

– Vou ter que enfrentá-la, não é, mãe?

– Filho...

– A senhora... A senhora é a *Rainha dos Caídos*... Tudo ficou claro para mim. O Inori não me contou, mas eu consegui entender por mim mesmo. Vamos lutar até a morte. Eu não acredito mais em milagres. O desespero venceu.

– Não diga isso, Raian...

Houve uma dor compartilhada. O silêncio das lágrimas parecia mais barulhento que qualquer grito de agonia. Estavam todos condenados, de uma forma ou de outra. Chorar era libertador, principalmente por esvaziar corações que se preparavam para a condenação.

– Como isso foi acontecer, mãe?

– Eu tentei, meu filho. Eu lutei para que isso não acontecesse. Mas eu falhei! – ela gritou. – E agora luto para que não aconteça o mesmo com você! – Mais gritos. – Porque eu sei o que você quer fazer. E sei que não vai funcionar.

– Vou me entregar ao desespero. Vou virar o novo *Rei dos Caídos*, mãe. Vou tirá-la de seu trono de desespero sem precisar enfrentá-la. Angústia e sentimentos ruins não faltam para mim.

– Mas ao fazer isso eu também entrarei em desespero, Raian.

– Este será realmente nosso fim, mãe? Uma batalha para ver quem entra em um desespero maior?

Mais silêncio. Um vento mórbido soprou, como se fosse uma confirmação de que todas as perguntas anteriores podiam ser respondidas com um trágico *sim*.

– Não vai funcionar, Raian. Por um motivo muito simples. Nunca se perguntou por que eu mesma não fiz o que você sugere? Por que eu mesma, a *Rainha dos Caídos*, não levei todos os *caídos*, todo o desespero para longe deste mundo?

Silêncio.

– Não, você nunca se lembrou de fazer essa pergunta. É hora de você saber toda a verdade, meu filho. A verdade que Inori jamais contaria a você.

O dia amanhecera com chuva torrencial. Sob a desculpa de ir alimentar os animais, Raian deixou suas irmãs debaixo dos cobertores e foi ao pasto onde Inori seguramente o estaria aguardando.

– Está atrasado. O *Cataclismo* já começou.

– Não sou capaz de vencer sozinho o *Rei dos Caídos* – Raian disse, expressão facial fragilizada pelo sono e pela insegurança. – Zean morreu, não podemos fazer nada para ele voltar. Mas eu preciso de mais alguém para lutar ao meu lado, Inori. Eu preciso vencer. Não é isso que você quer? A minha vitória?

– Não há tempo, Raian. O tempo não espera. O destino não espera.

– Alguém, Inori. Alguém que possa lutar ao meu lado. Pode ser qualquer pessoa.

– Ninguém vai sair de casa com este tempo, Raian. E ninguém confiaria em mim se eu abordasse a pessoa subitamente. Você terá que lutar sozinho.

– Minhas irmãs. Uma delas. Qualquer uma delas. Elas vão confiar em você se eu disser que é seguro, Inori. E elas estão a poucos metros daqui.

– Está disposto a sacrificar a vida delas, Raian? Achei que isso fosse contra tudo que você acreditava.

– Inori, me diga a verdade: dois *Tocados* são suficientes para vencer o *Rei dos Caídos*?

– Estamos falando do evento que vai decidir o destino do mundo. Não há garantias em uma situação dessas.

Raian baixou a cabeça em frustração.

– Mas você parece mais decidido – Inori disse. – Isso vai torná-lo mais forte em batalha.

– Então vamos até minha casa. Não vou trazer minhas irmãs até aqui nesta chuva. Você escolhe aquela que achar que tem mais potencial para ser uma *Tocada*. Eu explico tudo para elas, e levo a outra para a casa de Yella. Vou pedir que ela cuide da minha irmã.

– Isso é realmente necessário?

– Quero dar um último adeus a Yella. No fim, acho que tudo foi por causa dela.

– Tudo foi por sua causa. Suas escolhas. Escolhas que também alterarão para sempre o destino de uma de suas irmãs. Não se omita de suas responsabilidades, Raian.

O *Tocado* não respondeu, gesticulando apenas para que Inori o seguisse.

Bielle fora a escolhida por Inori. Aparentemente, tinha um potencial arcano latente maior. Raian tinha acabado de deixar Líria com Yella, mas a última conversa com a garota que amava ainda continuava. Gotas fortes e vento intenso eram testemunhas.

– Quando você volta pra buscar a sua irmã?

– Eu não sei. – Não havia resposta melhor, exceto aquela que ele não podia dar a ela. – Mas, caso eu demore, você promete cuidar bem dela?

– Claro, Raian. Que pergunta.

Ele precisava que a conversa seguisse, mas não sabia o que dizer. Era a última conversa, o adeus derradeiro, não deveria haver arrependimentos. Mas ele simplesmente não conseguia pronunciar as palavras necessárias. Seu próprio coração era o inimigo.

*Se não tem controle sobre seu coração, não pode reclamar de não ter controle sobre o seu destino.*

– Você é muito importante para mim, Yella. De uma maneira que você não imagina.

– Não precisa tentar me agradar – ela sorriu. – Vou cuidar bem da sua irmã, eu prometo.

Ela realmente não entendia.

– Sabe uma coisa que eu admiro muito em você, Raian?

– Hã?

– O jeito como você sempre escolhe bem as palavras.

– Como assim?

– Sabe, parece que você sempre sabe exatamente o que está dizendo. Que você sempre diz exatamente o que você quer dizer. Você já deve ter notado que eu nem sempre entendo o que você quer dizer. Mas, por algum motivo, parece que você sempre diz tudo que é necessário. Nem mais, nem menos.

Caíram as primeiras lágrimas, mas elas se misturaram à chuva, então Yella não notou.

– Por isso eu quero saber se ainda há mais alguma coisa que você queira me dizer, porque, se não tiver, eu preciso entrar. Não quer que eu fique resfriada, quer?

Raian saiu correndo. Ela não entendeu.

Ela não entendia.

*Adeus, Líria, e me perdoe. Yella, se você não entende o meu silêncio, então as palavras são inúteis.*

Encontraram-se na metade do caminho. Relâmpagos destruíam casas, ventos devastavam abrigos. A chuva golpeava os corpos desprotegidos como se fossem agulhas envenenadas. E havia o desespero.

*Caídos* avançavam às centenas, marchando com pés que arrastavam pelas aldeias, levando terror e morte aos que encontravam. Não seriam mais numerosos que o exército do reino se os soldados não tivessem largado as armas e corrido aos prantos, virilhas molhadas, incapazes de suportar o que viam.

Inori piscava, como se lutasse contra algum tipo de dor. Bielle, um pouco assustada, tinha um anel na mão, manchas nas costas protegidas pelas roupas modestas. Sorria com o retorno do irmão. Se tinha que enfrentar uma ameaça terrível, que fosse ao lado da pessoa que mais amava no mundo.

– Não vão vencer tantos *caídos* juntos – Inori disse com dificuldade.

– Esta batalha vai decidir o destino do mundo, Inori. Não há garantias.

– O otimismo não vai torná-lo mais forte.

– Você disse exatamente o contrário horas atrás, Inori. O que está acontecendo?

– Por que eu não consigo saber qual é o seu desejo, Raian? Por quê?

– Eu sou a pessoa que minha irmã mais ama neste mundo. Eu sugeri que ela fosse uma *Tocada* porque preciso pôr um fim a tudo isso, Inori. Eu precisava fazer o último desejo.

– Último?

– Sim, Inori. O último. Tudo vai acabar aqui e agora.

A chuva rasgava as roupas, tamanha a pressão com que ela caía.

Manter os olhos abertos era difícil. O vento contrário dificultava a respiração. Nada era fácil naquele momento.

– O que você desejou, Raian?

– Você achou que eu desejaria ser forte o bastante para derrotar o *Rei dos Caídos*, não foi? Ou melhor, a *Rainha dos Caídos*...

– Como disse?

– Minha mãe me contou tudo, Inori. Eu quis o desespero. Tinha escolhido me tornar o *Rei dos Caídos* porque achei que com isso poderia levar todos eles para outro mundo. Para mim seria fácil entrar em desespero. Motivos não me faltam. Mas minha mãe me explicou, Inori. Explicou o motivo pelo qual ela mesma não fez isso. Algo em que eu não havia pensado.

– Quando ela te contou isso?

– Ela me contou em sonho. A única forma de você não ter acesso a uma conversa minha com ela era através de um sonho. Ah, se eu tivesse entendido tudo isso antes...

– O que você desejou, Raian? – Os gritos de Inori eram gritos de monstro, de fera vingativa.

– Minha mãe me contou que ela não podia levar os *caídos* para outro mundo por sua causa. Porque VOCÊ não deixava. Porque é você quem controla os *caídos*. Seus desejos são apenas uma forma de fazer as pessoas, cedo ou tarde, se tornarem *caídos*. Você quis afundar este mundo em desespero. Criou um jogo, regras, e nos prendeu em um tabuleiro de desespero. Por isso eu tive que usar minha irmã. Sabia que, se ela fosse uma *Tocada*, eu teria um último desejo.

– Qual era esse desejo? – Inori não tinha mais forças para gritar. Seu corpo parecia ir se decompondo aos poucos – O que você desejou, e por que eu não consigo saber deste desejo por mim mesmo?

– Eu desejei sua morte, Inori.

– Eu desejei, do fundo do meu coração, que você morresse. Que desaparecesse deste mundo e de todos os outros que talvez existam. Minha irmã já se tornou uma *Tocada* há mais de uma hora, eu já fiz o desejo há mais de uma hora. Mas você ainda não morreu, Inori. Sabe por quê?

– Maldito seja, Raian! Malditos sejam você e sua mãe!

– Porque eu desejei que você morresse lentamente, da forma mais dolorosa possível. Eu desejei que você, nos últimos momentos, conhecesse o desespero a que submeteu centenas de pessoas.

– Seu miserável. Sabe que, com a minha morte, todos os *caídos* morrerão, não sabe? Sua preciosa mãe desaparecerá para sempre deste mundo. Nem em sonhos ela poderá falar com você. Aliás, você e sua irmã também desaparecerão. Os *Tocados* são apenas *caídos* que ainda não despertaram para o desespero.

– No fundo, todos nós já estávamos condenados desde o começo – Raian disse, começando a sentir uma dor estranha por todo o corpo. – A diferença é que agora eu tenho a certeza que o seu ciclo de desespero vai terminar para sempre.

– O sorriso vai desaparecer de seus lábios quando sua irmã começar a se debater em dor, seu maldito.

– Morra, Inori! – Raian disse, pegando sua irmã pelo braço e saindo dali. – Morra logo!

Logo o desespero foi consumindo Raian e Bielle. Inori abandonou este mundo com a felicidade mórbida de saber que suas últimas palavras se realizariam.

E a tempestade, reflexo ou não do desespero, desapareceu, levando com ela *Tocados* e *caídos*.

# De Carona

## Melissa de Sá

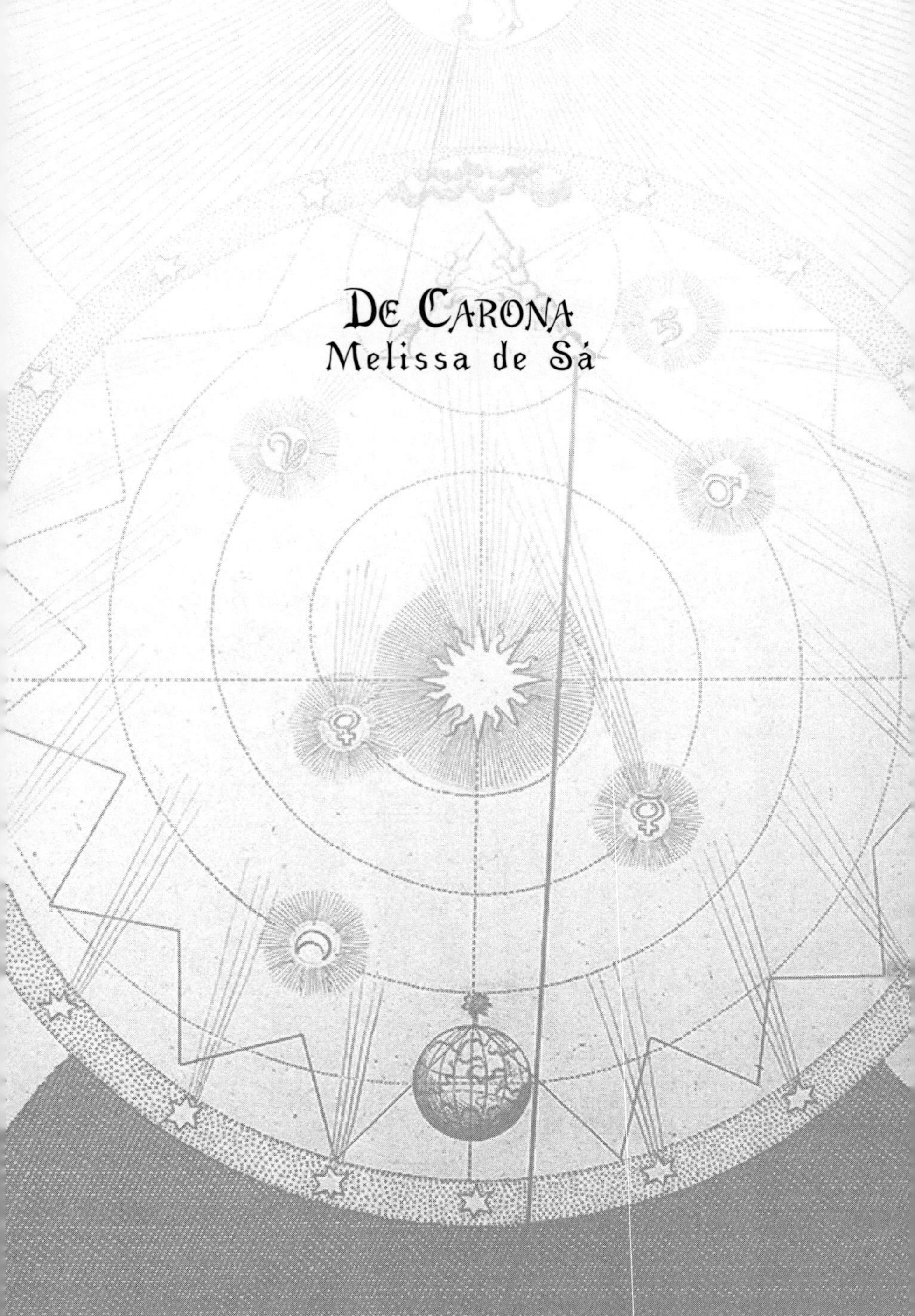

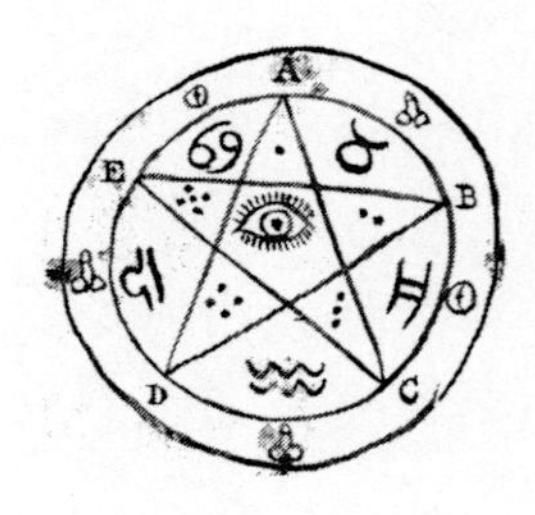


Francine gostava daquela vida.

Aulas só na parte da tarde, a noite dedicada a assistir umas séries no Netflix ou ler um bom livro. Era tão normal que às vezes ela se olhava no espelho apenas para se surpreender.

Tinha até um namorado, João Paulo. Típico garoto de faculdade particular de Jornalismo: calça xadrez, corte de cabelo assimétrico e vício em Youtube. Um fofo, o João Paulo. Iam ao cinema às quintas-feiras, a uns barzinhos da Savassi às sextas, às vezes no fim de semana algum evento comunitário, e depois um fim de tarde juntos cozinhando ou vendo um filme.

Ah, sim, gostava daquela vida. De ter um apartamento pequeno, mas simpático, no Santa Efigênia e ir para a faculdade de ônibus sem pressa. Pagava as mensalidades sem aperto com o dinheiro que herdara e até que se interessava pelas aulas. Fazia as unhas com uma vizinha do quinto andar que falava demais, mas que era legal, e tinha um guarda-roupas modesto, mas sintonizado na moda.

Era uma vida ótima.

Foi por isso que bateu a porta com força na cara da pessoa do outro lado.

A campainha tocou de novo. Francine usou o olho mágico para ver a versão distorcida de quem ainda se atrevia a estar do lado de lá.

– Vá embora! Não tem nada pra você aqui! – gritou.

Agora a criatura estava esmurrando a porta.

– Já falei pra ir embora! – continuou Francine, irritada.

Os murros aumentaram e Francine suspeitou de que alguns chutes estivessem envolvidos.

Abriu a porta novamente, a correntinha de segurança se revelando o adereço frágil que era. Droga de decoração *vintage*!

– Que é?

– Olha lá, Fran, toda mal humorada. Não convida mais antigos amigos para entrar?

– Sua definição de amigos continua turbulenta, não é mesmo?

O sorriso debochado da outra esmoreceu um pouco:

– Você tem uma dívida comigo, Fran. Então vai ter que me deixar entrar.

Francine bufou enquanto destravava o trilho da corrente de segurança. Odiava quando clamavam pelos acordos antigos. Tão antiquado!

– Uau! Olha só o que temos aqui!

Carol entrou sem nenhuma cerimônia, metendo a mão em tudo como sempre. Francine a olhou com reprovação: jaqueta de couro, botas sujas de lama, camisetas de bandas que ninguém conhecia, cabelo ressecado com resto de tinta. Ela ainda era a caçadora de demônios mais clichê e mal vestida do país!

– Eu tenho um compromisso agora à tarde – falou Francine revirando os olhos. – Diga rápido o que quer.

– Calma, Fran! – Carol sorriu daquele jeito debochado enquanto se largava no sofá. – Qualquer coisa você remarca o salão pra outro dia.

– Não enche, Carolina – retorquiu Francine, apoiando-se na parede ao lado do sofá.

– Ei, não há motivos pra essa de Carolina! – disse a outra, levantando-se e segurando uma mecha dos cabelos claros de Francine. – Vamos, Fran, pelos velhos tempos.

Francine bufou de novo, impaciente:

– O que você quer? Sabe que estou fora disso tudo há bastante tempo.

– Eu sei – falou Carol, mascando chiclete daquele jeito insuportável –, e respeito isso. De verdade. Mas é que as coisas estão complicadas lá fora e preciso da sua ajuda.

– Você sempre precisa. Vamos logo, me diga o que é dessa vez.

– Os diários. Preciso dos diários.

Francine quase engasgou de susto. Os diários? O que é que Carol estava pensando?

– Então é assim – começou Francine na voz mais aguda que conseguiu. – Você aparece do nada e joga uma bomba dessas na minha cabeça como se estivesse pedindo uma xícara de açúcar! Só o Apocalipse justificaria usar aquelas porcarias de diários.

– Estamos falando mais ou menos do Apocalipse – falou Carol mexendo na decoração do rack. – Bonitinhas essas coisinhas.

– Apocalipse? Como é que é? Tira as mãos das minhas coisas, Carolina!

– Tá bom, tá bom – fez Carol, colocando o elefante dourado de volta. Do lado contrário.

– Desembucha logo.

– Tá. Por onde começo? Bem, há alguns meses cacei um demônio na Zona Norte e acabei esbarrando numa informação estranha. Como isso aconteceu não importa muito agora, mas a questão é que alguém está tentando abrir um portal aqui na cidade. Os sinais estão por todo lugar. Os feiticeiros estão sentindo e as mães também.

– Um portal para trazer demônios?

– Não, Francine, um portal pra trazer unicórnios! – retorquiu Carol, impaciente. – Caramba, você não escuta nada do que eu digo?

– Belo Horizonte não tem contingente suficiente de aliados para combater uma invasão de demônios.

– Belo Horizonte não tem nem uma casa de shows decente.

– Precisamos de um feitiço de contenção. Algo bastante poderoso, capaz de atravessar a nossa dimensão e a outra, criar um laço energético e manter o portal fechado – falou Francine, mais para si mesma do que para a mulher à sua frente. – Os feiticeiros não têm poder para isso e as mães não se metem nessas coisas... Então precisamos de um Feitiço Chave-Mestra. É, precisamos dos diários.

– Genial, Sherlock – desdenhou Carol. – Podemos ir agora então?

– Existem duas cópias dos diários – continuou Francine, ignorando o comentário. – Uma está na Biblioteca Intercontinental dos Bruxos em Estocolmo. A outra... está com minha mãe.

Francine sentiu algo afundar dentro de si. Por um instante, pensou que Carol compartilhava um pouco de seu desconforto enquanto ela se distraía com as cortinas.

– Ela vai entregá-los a você e a mais ninguém – disse a caçadora numa voz grave.

– Eu sei.

– Pelos velhos tempos? – Carol deu aquele sorriso debochado característico.

– Você ainda dirige aquela lata velha?

– Te pego hoje às quatro.

Sua mãe. Ninguém mais, ninguém menos que Calisto Lapius, a bruxa mais poderosa do país. Talvez do mundo. Okay.

Não que sua mãe fosse bem vista, claro. Morava numa casa decrépita em Lagoa Santa e se recusava a falar com as pessoas, com exceção das festas extravagantes que promovia em sua propriedade uma vez a cada dois anos. Francine se sentia bem por ter se emancipado aos catorze e sumido daquela família bizarra.

Por família queria dizer mãe. Seu pai tinha morrido quando tinha três anos, então não tinha grandes lembranças dele. Mas seu legado não diferia muito do da esposa.

Calisto e Kaleb Lapius, os bruxos que entraram para a história. Tinham feito o que parecia impossível: unir bruxaria europeia com feitiçaria índia e afro-brasileira num compêndio de feitiços em três volumes. O trabalho era tão rechaçado quanto adorado. O *Tratado Pela Unificação da Magia Elemental* era um *best-seller* do ramo, mas vinha com a marca excêntrica dos Lapius: apenas para consulta, nada de prática. O *modus operandi* da coisa toda estava devidamente explicado nos diários do casal. A não ser que alguém quisesse pegar um avião para Estocolmo, Calisto Lapius era a única opção, e a bruxa não era conhecida pela simpatia.

Francine tinha jurado sumir daquela vida. Tinha prometido a si mesma viver sem demônios, exorcismos, caçadas e rituais com bebidas duvidosas. Queria ter como preocupação as compras do mês e sua monografia. Mas se Carol tinha vindo até ela... a coisa devia ser séria. Sabia muito bem que era a última opção da caçadora.

Francine revirou os olhos assim que viu Carol chegar com o carro na esquina. Ela ainda dirigia aquela nojeira de Gol 81 grafite. Pelo amor de Deus, aquilo já deveria ter sido proibido de rodar pelo Detram há pelo menos uns dez anos!

– Entra aí, Fran – gritou Carol por cima do ronco alto do motor. – Não queremos nos atrasar pra nossa excursão.

– Já vamos indo, só estou esperando o João Paulo.

– Quem? – perguntou Carol franzindo a testa de modo nada discreto.

– João Paulo, meu namorado. Ele acabou de me mandar uma mensagem dizendo que está estacionando o carro.

– Você vai levar seu namorado?

– Vou.

– Pra casa da sua mãe?

– Namorados há quase um ano, acho que já é hora de conhecer minha família, não é mesmo?

– Pra buscar um diário de execução de feitiços que nos ajudará a bloquear um portal possivelmente conjurado por um feiticeiro de magia negra com objetivo de destruir a cidade?

– Olha ali o João Paulo – sorriu Francine, acenando empolgada para a esquina como se Carol não estivesse ali. – Ei, João, amor! Estamos aqui!

João Paulo chegou com um *smartphone* nas mãos, sorrindo um pouco sem graça. Carol não acreditava no que via. O cara até trouxera uma bolsa a tiracolo, daquelas para guardar máquina fotográfica.

– Amore, essa é a Carol, uma amiga minha. Ela vai levar a gente em Lagoa Santa, não é uma graça?

– E aí, Carol, tudo tranquilo? – falou João Paulo, estendendo a mão pela janela do Gol. – A Francine me falou que você trabalha pra mãe dela.

– Carol precisa levar umas coisas pra mamãe e eu pensei: caramba, oportunidade perfeita para levar João Paulo e tudo mais! – disse Francine, dando uma risada que parecia digna da Barbie.

– A gente pode ir no meu carro, amor. Vamos seguindo a Carol.

– Ah, que bobagem, João! – fez Francine, batendo no ombro dele de um jeito também digno da Barbie. – E perder a chance de conhecer a coisa *in natura*? Ver de perto o trabalho da Carol?

– Que é exatamente...? – perguntou João Paulo, desconfortável.

Francine lançou um olhar amedrontador à velha amiga.

– Transporte – respondeu a outra.

– Transporte? – João Paulo franziu a testa enquanto lançava um olhar suspeito para a lataria do Gol.

– É, transporte – Carol tentou imprimir segurança à sua voz. – Vou e volto. Volto e vou levando coisas e pessoas e...

– Vamos a bordo, gente! – gritou Francine num riso histérico. – Temos uma longa viagem pela frente.

João Paulo entrou no banco de trás, tentando encontrar seu lugar entre as pás, enxadas e foices que ocupavam o lugar. Francine jogou sua bolsa em cima dele e se postou no banco do carona. Carol ligou o som e engatou a primeira marcha.

– Ainda ouvindo The Clash? Que coisa mais clichê! Daqui a pouco começa com Black Flag e Velhas Virgens.

– E você ainda se lembra de tudo isso.

Carol sorriu enquanto arrancava com o carro.

A viagem até Lagoa Santa iria durar menos de uma hora se o trânsito estivesse bom. Francine falava pelos cotovelos, contando casos inúteis sobre pessoas que Carol não conhecia e nem queria conhecer. João Paulo tirava fotos irritantes como se nunca tivesse estado em uma rodovia brasileira antes. Provavelmente ia postar em alguma rede social alternativa quando chegasse em casa. Se ao menos ele soubesse, pensou Carol enquanto dirigia, como os vampiros usam essas porcarias para sequestrar gente...

Era uma boa cartada, Carol tinha que admitir. João Paulo era a apólice de seguro de Francine. A garantia de que não haveria conversas sobre situações desconfortáveis do passado envolvendo magia, vodu e afins, ao mesmo tempo que impedia que Calisto tivesse algum surto mágico ao ver a filha.

É, Francine Lapius era mais esperta do que parecia.

– Olha, amor, é aqui, já chegamos – anunciou ela quando entraram numa estradinha de terra.

A expressão de João Paulo foi impagável.

De fato, devia ser chocante para ele ver que a mãe de sua namorada patricinha chique morava num sítio decrépito cheio de mato e ferro velho. O adicional de a proprietária sair correndo de dentro da casa só de roupão, galochas vermelhas e cabelo selvagem, bradando palavrões com um pedaço de pau na mão, provavelmente não devia ter ajudado muito.

– Saiam daqui, seus idiotas! Eu já disse que não quero saber de controle da dengue! Eu cuido das minhas próprias pragas!

– Oi, Calisto! – gritou Carol descendo do carro. – Eu trouxe visita.

A bruxa já ia começar a gritar alguma coisa imprópria a respeito de Carol, mas parou no meio do caminho quando viu Francine.

– Mãe! Quanto tempo! – exclamou a outra como se tivesse passado um fim de semana longe. – Olha quem eu trouxe para conhecer você. Meu namorado, João Paulo. Ele é estudante de Jornalismo.

João Paulo, que até então ainda se encontrava no banco de trás, começou a se mover. Depois de quase cair ao tentar sair do Gol, deu uma ajeitada na camisa e disse:

– Prazer em conhecê-la.

Ele estendeu a mão. Após uma longa troca de olhares entre mãe e filha, Calisto estendeu de volta. Sua mão suja de terra contrastava com a mão limpa e macia de hidratante Dove de João Paulo.

– Igualmente – Calisto finalmente disse, numa voz que se aproximava mais da de um ser humano. – Vamos todos entrar. Como vai, Carol? Muito trabalho?

– O de sempre – respondeu a caçadora.

Calisto era mesmo uma bruxa extraordinária. Nos trinta segundos que demoraram para percorrer o caminho do carro até a casa, tinha feito algum feitiço que ocultara todas as quinquilharias do submundo que com certeza lotavam a propriedade. Agora era só o muquifo desorganizado de alguém que parecia precisar de uma intervenção.

Francine não dava sinais de vergonha ou nervosismo. Pelo contrário. Fizera um juramento, ao deixar aquela casa aos catorze anos, que não voltaria mais a ser uma menina franzina e tímida à sombra da mãe. Por isso sorria e falava de amenidades.

– Eu ofereceria um lanche, mas não tem nada na geladeira – falou Calisto quando se sentaram na sala de estar.

– Não tem problema, mãe. Não vamos demorar. Trouxe o João Paulo meio que aproveitando a oportunidade. Sei que você e a Carol têm muito o que fazer.

– Claro que temos – Calisto apenas ergueu a sobrancelha.

– No que você trabalha? – perguntou João Paulo, tentando ser educado.

– Digamos que sou aposentada.

– Mas Carol não trabalha pra você?

Mais um olhar breve e significativo se passou entre mãe e filha. Carol podia jurar que elas estavam tendo uma conversa inteira mentalmente. E talvez estivessem mesmo.

– Mas o que eu e Carol fazemos mal pode ser chamado de trabalho. Faça o que gosta e não estará trabalhando, não é o que dizem?

– É verdade – concordou com João Paulo –, por isso estou investindo na fotografia. – Deu uma batidinha na bolsa a tiracolo. – Quero me aprimorar e poder trabalhar com isso no futuro. O que você e Carol fazem?

– Jardinagem.

– Venda de objetos de arte.

Francine achou que podia fuzilar as duas com o olhar.

– Flores e arte, o que mais se pode querer da vida, não? – disse Calisto, dando um sorriso que não chegava exatamente aos olhos. – Ainda mais em tempos tão sombrios. É quase como se tivesse uma nuvem negra só esperando para entrar na cidade, não?

João Paulo permaneceu calado. Talvez examinando o fato de que não havia qualquer sinal de flores ou arte naquele lugar.

– Mãe, já que estamos aqui, gostaria de pedir que nos mostrasse o álbum da família. Para que João Paulo possa conhecer um pouco mais das minhas origens – a voz de Francine era impecável.

– Claro. Imaginei que iria mesmo querer uma coisa dessas. O que mais te traria aqui? Sabe que só mostro isso a você e a mais ninguém. Foi uma promessa que fiz a seu pai e pretendo cumpri-la.

– Eu sei. – De repente Francine ficara mais sombria.

Calisto sumiu para os fundos da casa deixando um trio deslocado para trás. Carol tentou se concentrar no fato de que estava salvando sua cidade de um apocalipse iminente. João Paulo tinha tirado a câmera da bolsa e agora mostrava as fotos que tinha tirado no *display*. *Pelamor!*

– Está aqui – falou Calisto, entregando um caderno grosso para a filha – Mostre para o seu namorado. Acho que ele vai gostar.

Francine abriu o volume no colo com cuidado, sem encarar a mãe. Havia ali fotos de bebê com pequenas anotações ao lado, flores secas, bilhetes. Um típico álbum de família.

Ou pelo menos era isso que Carol e João Paulo viam. Para as duas mulheres da família Lapius, diagramas complexos e explicações de feitiços se esparramavam pelas páginas manchadas.

– Acho que o que está procurando está mais para o final. Suas fotos de 1999, na praia. Uma das últimas vezes em que trabalhei.

Lentamente Francine passou as páginas até chegar ao lugar marcado.

– Essa é você? Que bonitinha! – João Paulo apontou para uma fotografia de Francine num biquíni rosa, sentada na areia, construindo um castelinho.

– Uma graça, não é? Olhe atentamente os detalhes nas margens – disse Calisto, devagar. – Algumas informações importantes poderão escapar.

– É verdade! – concordou João Paulo, inclinando-se para ver melhor. – Tem um carrinho de churros aqui. Caramba, churros, na praia! Que loucura!

A mulher era uma bruxa e tanto, pensou Carol, tentando imaginar como seria o feitiço Chave-Mestra que Francine estava memorizando naquele exato momento, tentando entender como uma bruxa talentosa como Calisto tinha desistido de tudo.

Naquele instante, mãe e filha eram iguais.

Aquela estava sendo uma tarde muito estranha. E olha que Carol caçava demônios havia quase dez anos.

Calisto mantinha o olhar sério e sorria levemente aos comentários da filha sobre João Paulo, a faculdade e o síndico do prédio. Mas havia algo ali por trás. Seria tristeza?

Em outros tempos, Francine não se refreava ao dizer o quanto a mãe era uma controladora louca irresponsável, uma sociopata com poderes mágicos e delírios de grandeza. Guardara essa imagem até mesmo nos anos que seguiram, em que tivera que lidar com Calisto de uma forma ou de outra. Porém agora, sentada naquele sofá velho, as rugas no canto dos olhos ressaltadas pela luz do sol que entrava pela janela, Calisto parecia apenas uma mulher comum que não via a filha havia muitos anos.

Triste com a indiferença de alguém que amou e de quem cuidou.

Carol se mexeu na cadeira, desconfortável.

– Eu vou ver umas coisas no carro, ok? Já volto.

A varanda da casa estava caindo aos pedaços. O vento e a chuva já tinham corroído a pintura, e a ardósia estava rachada em vários pontos. Carol desceu os degraus de pedra até o que deveria ser o jardim e admirou o horizonte daquele sítio esquecido.

– É uma bela vista, não é mesmo?

A caçadora se assustou com a voz calma de Calisto a seu lado.

– Foi por isso que compramos esse lugar.

– É bem legal – concordou Carol, sentindo um leve formigamento com a proximidade da bruxa.

– Eu não sei se gosto de você mais do que das outras pessoas – começou Calisto, os olhos ainda no horizonte. – Mas sei que é boa no que faz. E algo muito sério está acontecendo. Se eu já estava sentindo nas vibrações cósmicas, tudo foi confirmado com Francine vindo aqui. – Ela pousou os olhos tristes em Carol. – Ela jamais viria se não fosse algo sério. Jamais viria se você não tivesse pedido. Ela confia em você mais que em qualquer outra pessoa.

Carol não sabia o que dizer.

– Não se sinta mal por isso. Minha filha nunca gostou de mim o suficiente para confiar. É por isso que peço a você, Caçadora. Proteja minha filha. Proteja-a, não importa o preço. Tempos sombrios estão chegando e agora entendo que Francine tem um papel importante nisso.

Antes que pudesse falar qualquer coisa, a bruxa já tinha sumido para dentro da casa.

João Paulo deu um abraço na sogra, que retribuiu de modo desajeitado. Francine apenas encostou no ombro da mãe, que lhe afagou rapidamente os cabelos. O olhar da bruxa os acompanhou até o carro.

– Tudo certo? – perguntou Carol antes de entrarem.

– Eu poderia desenhar a coisa toda nesse chão de terra – murmurou Francine abrindo a porta do Gol.

– Hey! – exclamou João Paulo. – Você não ia fazer um trabalho pra mãe da Francine? Tipo entregar alguma coisa?

– Nós já entregamos – retorquiu Carol, sem paciência, enquanto remexia os bolsos da jaqueta em busca das chaves do carro.

– Não – fez João Paulo –, não entregamos nada. Pera, o que afinal a gente veio fazer aqui, hein?

– Amor, se acalme – falou Francine, sorrindo.

– Eu não estou entendendo nada! Ela não trabalha pra sua mãe transportando coisas? O que ela veio transportar?

– Nós já entregamos – disse Francine numa voz melodiosa, mas dura, os olhos faiscando levemente.

– Ah, é claro. Entregamos – repetiu João Paulo, devagar, sorrindo de modo abobado – Que lerdo!

– Meu amor lerdinho! – fez Francine, dando uma bitoca no namorado.

– Uau, isso foi totalmente bizarro – comentou Carol, arrancando com o carro.

– O quê? – perguntou Francine enquanto checava o batom no espelho.

– Nada.

Joey Ramone berrava nos alto-falantes quando Carol diminuiu a velocidade e o volume.

– O que foi? – perguntou Francine, chocada. Já tinha pedido umas trocentas vezes para desligar aquela porcaria e Carol não tinha nem piscado.

– Patrulheiros.

Francine ficou tensa. Não ouvia falar de patrulheiros desde... bem, desde que deixara aquela vida para trás.

– Quanto tempo até o sol se pôr?

– Uns vinte minutos.

– Quanto tempo até BH?

– Uns trinta.

As duas se entreolharam brevemente.

Carol acelerou.

O primeiro vampiro apareceu num carro preto logo atrás delas. O espelho retrovisor não refletia sua imagem, apenas uma silhueta turva por trás do volante. Não era comum vampiros dirigindo pela MG-10. Aquela era uma rota para feiticeiros e mães, caminho da Serra do Cipó e outros locais para captação de energia. Era perigoso demais se expor por ali.

A não ser que estivessem atrás de alguma coisa.

Ou alguém.

Carol olhou para o lado. Talvez não devesse ter clamado aquela antiga dívida com Francine. Mas como eles poderiam saber que ela estava ali?

Acelerou mais ainda.

Não que tivesse medo. Alguns vampiros num carro? Por favor.

Mas logo apareceu outro, dessa vez andando na faixa ao lado, um pouco mais atrás.

Francine tinha franzido o cenho.

– Ei, não dá uma impressão estranha de que esses carros estão seguindo a gente?

Era João Paulo. O sorriso besta já estava se desfazendo e a máquina fotográfica irritante estava jogada no banco.

– É – disse Francine, os olhos colados no retrovisor. – Dá mesmo.

João Paulo se mexeu desconfortável no banco de trás. O silêncio naquele Gol estava opressor e Carol se perguntou como alguém como ele responderia a um ataque das forças das trevas.

Não precisou esperar muito. Quando o último raio de sol se foi, um vampiro saltou no capô do carro.

Ele não poderia entrar, Carol sabia. O veículo era protegido com um feitiço de sua avó, além de essência de alho e flor do campo. Mas não era à prova de balas.

Ou facas. Ou enxadas. Ou punhais.

João Paulo gritou como um louco. Antes que pudesse processar o que estava acontecendo, uma cabeça de vampiro apareceu na janela do motorista e Carol deu um soco na criatura.

Um pouco abalado, mas sem desistir, o vampiro tentou segurá-la pelo pescoço. Carol tentou se esgueirar enquanto fechava o vidro e torcia o braço do vampiro. Quando ele se soltou e voltou a caminhar pelo capô, Carol começou a dar guinadas perigosas, a fim de tentar jogar a criatura no chão.

Foi aí que os tiros começaram. Do carro de trás, três, quatro, cinco disparos. O vidro traseiro estava aos cacos.

– Vão ter que pagar por isso, seus idiotas! – gritou Carol, abrindo o porta-luvas com força e tirando de lá um revólver.

– Puta que pariu! – gritou João Paulo, os olhos arregalados.

– Segura o volante, Fran! – berrou ela, impaciente, enquanto abria de novo o vidro e disparava contra os agressores no outro carro.

O vampiro em cima do capô então descobriu que o vidro de trás tinha ido embora e agora tentava entrar no carro por ele. Sua pele, no entanto, queimou quando tentou passar.

Carol deu um tiro na cabeça dele e a criatura caiu na estrada.

Mais tiros. João Paulo estava agachado no banco traseiro, gritando como um bebê.

– Mas o que é isso? O que tá acontecendo? Pelo amor de Deus! Francine, o que é isso? Vamos morrer, vamos morrer!

– Cala a boca, João Paulo! – berrou a namorada – Me passa a espingarda que deve estar atrás do banco. Anda logo!

João Paulo não ousou desobedecer e logo encontrou uma carabina velha encaixada no banco de trás. Ao passar a coisa toda para a namorada, começou a chorar. Lá estava a querida Francine, os cabelos sempre brilhantes e escovados, segurando aquele trabuco e mirando nos vampiros perseguidores.

O primeiro carro saiu da estrada depois que Francine conseguiu atingir os pneus e Carol estourou a cabeça do motorista. João Paulo pegou uma enxada do banco de trás e a usou para proteger o rosto enquanto tentava se lembrar a todo custo de qualquer oração que fosse.

Quando parecia que Carol e Francine estavam ganhando vantagem, outro carro se aproximou. Dessa vez eram vampiros maiores e armados com espingardas.

– Pega a direção, João Paulo – falou Carol, estranhamente calma, após analisar a situação.

– O quê?

– Pega a porra da direção!

Não era Carol. Era Francine.

Desajeitado, João Paulo passou para o banco da frente e tomou o volante, enquanto Carol tinha metade do corpo do lado de fora da janela, disparando feito louca. Como é que os outros carros não paravam naquela cena bizarra? Será que eles não viam o que estava acontecendo?

Era a merda de um tiroteio na MG-10 entre vampiros e duas garotas armadas num Gol 81. Como assim ninguém parava o carro?

Foi então que um vampiro apareceu na janela direita e agarrou Francine pelos cabelos, dizendo em sua voz pastosa:

– Vikrum diz olá pra você, belezinha. Já faz um tempo que ele quer te ver.

– Solta ela! – gritou João Paulo, tentando estapear a coisa com a mão direita. – Solta ela!

Mas não precisou muito. Francine fechou os olhos, e de repente suas mãos estavam em chamas. O vampiro pegou fogo e saiu rolando pela estrada. Em frente ao novo palácio do governo estadual, João Paulo notou.

– Sério, ninguém viu isso? – ele exclamou para o nada.

As metralhadoras do carro de trás começaram a buzinar.

João Paulo guinou para a outra faixa, tentando manter estabilidade no carro. Se estivesse no seu Punto, 90 km/h não seriam problema, mas naquela porcaria de Gol era tranqueira toda hora. Passou a quinta marcha com força enquanto sumia para a outra faixa, tentando escapar ao mesmo tempo de uma saraivada de balas e de uma carreta.

– Fran, eu preciso de ajuda aqui! – gritou Carol, se esquivando, ao cair em cima de João Paulo no banco do motorista.

– Ei, estou tentando dirigir! – berrou ele, mas Carol o ignorou.

– Eu não sei – falou Francine, com a voz trêmula. – Já faz muitos anos que não faço uma coisa dessas.

– Ou é isso ou eu vou ter que ir lá dar porrada naquelas coisas malditas – explicou Carol num sorriso torto. – E, sinceramente, não tô a fim de saltar de um carro em movimento!

Mais uma saraivada de balas e João Paulo jogou o carro para a direita, fazendo com que Carol batesse a cabeça no painel.

– Não sabe dirigir não, criatura?

– Tá – fez Francine fechando a cara em concentração –, eu vou lá.

Ela saiu pela janela, deixando metade do corpo para fora. Carol a seguiu distribuindo balas nos vampiros.

– Ei, você consegue – ela disse, encarando Francine por cima do capô.

– Esse é seu sorriso de encorajamento? – berrou a outra. – Parece que comeu alguma coisa azeda!

Carol fez uma careta.

– Okay –Francine respirou fundo. – Vamos lá, vamos lá.

Ela fechou os olhos, e de repente tudo foi silêncio. Até que um zumbido leve, como o de um equipamento eletrônico ligado, encheu tudo. Uma luz forte, azulada, envolveu o carro e começou a se expandir. Francine se concentrou ainda mais, e então aquela luz se condensou num jato veloz e forte, que atingiu o primeiro carro dos vampiros e logo depois o outro. Os veículos ricochetearam até sair da MG-10.

– É isso aí! – gritou Carol, com seu sorriso torto.

O zumbido ficou mais alto, a luz mais brilhante, e a jovem começou a tremer. De repente o Gol 81 chacoalhava violentamente, e Carol teve que se agarrar ao capô para não ser jogada no chão.

– Fran – fez Carol numa voz rouca, mas Francine não ouviu.

Cerrou os punhos com força, mas o zumbido só crescia. Sentia que aquela energia explodia dentro dela. Como uma rolha de champanhe. Como um vulcão que adormecera por tempo demais. Tudo em seu corpo era magia, e até aquele instante não se dera conta do quanto sentia falta daquelas partículas saindo por seus poros, correndo em suas veias.

Quando pressentiu que não poderia mais se conter, apontou os braços para cima, e o terceiro jato de energia explodiu no céu.

Carol fechou os olhos devido à súbita claridade, mas, quando conseguiu abri-los novamente, encarou o olhar assustado de Francine à sua frente. Uma chuva de estrelas caía na rodovia.

– Então quer dizer que você é uma bruxa e que sua mãe também é? – recapitulou João Paulo, confuso.

Estavam no sofá da sala do apartamento de Francine, que tentava fazer um curativo no corte do rosto do namorado.

– E Carol é uma caçadora de demônios?

– É isso aí.

– E aquelas balas eram de madeira? E por isso aquele monte de enxadas e coisas estranhas no banco de trás?

Francine fez que sim com a cabeça enquanto fixava o Band-Aid. Foi então que encarou João Paulo por alguns segundos. Seu coração batia forte, como o de uma garotinha estúpida de colégio.

– Isso é... – começou o namorado, devagar. – Incrível! Caramba, foi a coisa mais incrível que eu já vi na vida! Carol metendo bala naqueles vampiros e você... Amor, você foi sensacional com aquelas bolas de magia e... E tinha aquela foice dentro do carro. A Carol usa aquela foice? E quando você botou fogo naquele vampiro? Meu Deus!

João Paulo se aproximou de Francine e beijou-a.

– Eu te amo – ele disse, elétrico. – Caralho, aquilo foi muito, muito louco!

E desmaiou no sofá.

– E o João Paulo, como está? – perguntou Carol.

Ela estava arrumando o Gol na esquina da rua de Francine. A lataria tinha algumas marcas de bala, e os vidros estavam quebrados, mas o carro ia viver. Muse explodia nos alto-falantes.

– Ele entrou em choque e desmaiou. Acho que foi muito para ele.

– Perseguido por vampiros no dia em que conheceu a sogra. É, quem pode culpá-lo, não? – riu Carol, dando um tapinha no capô. – Mas você pode fazê-lo se esquecer e ele vai tirar fotos de objetos inanimados de novo como se nada tivesse acontecido.

– É... eu posso. Vamos ver – murmurou Francine, incerta.

Carol fez que sim com a cabeça e voltou sua atenção para o Gol.

– Aqui está o feitiço Chave-Mestra – falou Francine, estendendo um pedaço de papel para a outra. – Fiz o diagrama completo.

A caçadora franziu a sobrancelha quando viu que o feitiço tinha sido desenhado com caneta brilhante rosa numa folha de caderno da Hello Kitty.

– Mas tem um problema. Esse feitiço precisa de uma quantidade de energia absurda para ser feito. Algo como uns cem feiticeiros, sem contar umas mães.

– E não é sempre assim? – perguntou Carol, com um sorriso torto. – Ainda espero que um dia seja só chacoalhar umas ervas e pronto. Eu dou um jeito. Obrigada – disse ela guardando o papel no bolso da jaqueta.

– Você salvou minha vida uma vez. Eu tinha uma dívida com você.

– Não foi por isso que vim.

As duas se encararam por alguns instantes, antes que Carol quebrasse o contato visual e entrasse no carro.

– Sabe – ela disse. – Você vale uns dez feiticeiros. Ia ajudar no Chave-Mestra. Você podia voltar. O banco do carona ainda está vazio.

– Carol... – fez Francine, balançando a cabeça. – Essa vida, essa vida não é pra mim...

– Faz cinco anos que você não usa magia e evocou um feitiço sinistro que não só rechaçou os vampiros, mas também provocou uma chuva de energia que foi vista pelos humanos! Deu na rádio. Especialistas estão se reunindo para tentar explicar o fenômeno! Tem fotos no Facebook!

– Aquilo foi...

– Aquilo foi coisa de bruxa de primeira categoria – falou Carol, firme. – Precisamos de você, Fran. Todos nós.

Carol ligou o Gol e engatou a primeira marcha.

– E eu sempre vou estar lá pra ser a sua retaguarda. E pra melhorar seu gosto musical, claro.

Francine respirou fundo ao ver o Gol 81 grafite caindo aos pedaços, agora literalmente, dobrando a esquina. Sentia a normalidade que tanto prezara se esvair como fumaça.

Sorriu.

# E Então Eu Não Estava Mais Lá

Cirilo S. Lemos

– SENTE-SE AÍ, rapaz. As notícias não são boas.

Sentei-me na cadeira de couro preta que o médico me oferecia, um frio esquisito no estômago.

– Não são boas?

O doutor (Veiga, segundo a placa sobre sua mesa) abriu uma gaveta, retirou um grande envelope pardo e passou para mim.

– É a chapa que batemos dos pulmões dela – disse-me, quando abri. Naquele pedaço de plástico, ou fosse lá de que material aquilo fosse feito, vi os contornos esfumaçados do tórax de minha mãe.

– Isto aqui é o problema – ele apontou uma grande mancha escura que tomava quase toda a área do pulmão esquerdo.

– E o que é isso, doutor?

– É um tumor. Está num estágio bem avançado.

O mundo se desintegrou, e eu desabei sobre a cadeira de couro preto. É assim que me lembro daquele momento.

Os cabelos de minha mãe caíram, os olhos assumiram um ar tristonho e encovado; a pele perdeu o viço, se tornou macilenta e pálida. Emagreceu mais de vinte quilos. Mais do que a dor ou a possibilidade da morte, o que a fazia sofrer era estar longe de casa. Às vezes, quando ia visitá-la no hospital, eu a surpreendia chorando. Ela dizia que não era nada, que não estava chorando coisa nenhuma. Eu fingia acreditar para que ela não perdesse tempo se preocupando comigo. Ela fingia acreditar que eu acreditava.

Na última vez que a visitei, saí de lá com a sensação que não a veria fora do hospital outra vez. O trem estava morto, o ônibus estava morto, o Rio de Janeiro estava morto. Os passantes nas calçadas estavam mortos. Era um dia que cheirava a túmulos.

Em casa, olhei-me no espelho e estranhei o que vi. Não era mais o rebelde que estava parado à minha frente. Era um moleque confuso, de orelhas grandes, sem perspectiva e prestes a perder a única coisa que tinha na porra do mundo.

Era nessas horas que eu precisava do ácido. E isso eu tinha.

Na pia da cozinha, tirei a caixa de fósforos do bolso e peguei a cápsula que estava escondida ali. Despejei o pó arroxeado dentro de um copo, misturei com um pouco de leite. Bebi de um só gole. O gosto nunca era o mesmo: às vezes era azedo, outras vezes, salgado, ou ainda doce ao ponto de irritar a garganta. Desta vez se aproximava do sabor de cinzas de cigarro molhadas. Nos primeiros minutos foi como se meu estômago borbulhasse, um poço de magma me criando um vulcão nas entranhas. A boca encheu de saliva grossa e eu me preparei para vomitar. Não vomitei, o vulcão morreu. Fui para a rua com fogos de artifício explodindo atrás dos olhos.

As vozes das pessoas se pareciam com tiras de plástico colorido volitando ao redor de suas cabeças. Eu podia ver as palavras sendo catapultadas das bocas imensas e arregalava bem as pálpebras para ouvir melhor o que elas falavam. Olhavam-me como se eu estivesse doido, mas era pura alegria por estar vivo. Alegria que não podia sentir sem estar viajando no ácido, ou o grilo falante aparecia para me avisar que não se pode celebrar a vida com a mãe à beira da morte num hospital.

Vaguei sem destino pelas ruas do centro, até esbarrar com a Exposição Debret. Não sei bem o porquê, flutuei até a fila e acabei dentro do museu. E foi lá que a vi, arrumando os cabelos para trás e inclinando de leve o corpo para observar a gravura protegida por uma caixa de vidro. O pescoço delicado à mostra. O sorriso suave tentando tomar forma na expressão compenetrada do rosto.

Tentei prestar atenção nas gravuras centenárias espalhadas pelo salão, mas meus olhos inevitavelmente acabavam nela. Em seus cabelos castanhos, ou púrpura, ou serpentíferos. No desenho de seu corpo atraente abrigado na praticidade de um jeans e de uma blusa de arco-íris. A garota mais bonita do mundo.

Ela passou para a gravura seguinte e, entre os dois pequenos passos que compunham o caminho, seus olhos encontraram os meus.

Desviei para Debret. Um homem negro a nadar, corda presa à boca, arrastando pelo rio o barco de um homem branco. O desenho parecia escorrer e pingar.

Alguém avisou que o museu ia fechar. Não ouvi direito, ou não entendi quando as palavras dançaram nos meus ouvidos. A garota seguiu adiante, ajeitando uma alça teimosa de sutiã como se não estivesse acostumada com esse tipo de coisa. Talvez tivesse seios leves demais, como bolhas de sabão. O salão de repente estava apinhado de seios transparentes pairando no ar. Ela abriu caminho por eles e desapareceu pela porta.

Acho que eu estava babando quando um dos seguranças, após repetir que o museu estava fechando, gentilmente me enxotou porta afora. Fiquei parado diante da entrada do prédio pensando se devia abocanhar alguns daqueles seios voadores ou xingar os caras do museu.

– Fechou. Que pena – disse alguém ao meu lado. Era ela. Havia uma ponta de decepção em sua voz. – Bom, fazer o quê.

– Fazer o quê.

– Você era o único que parecia estar sonhando lá dentro. Apreciando aqueles desenhos bonitos.

Olhei-a com surpresa.

– Não precisa ficar sem graça – ela sorriu.

– Não estou sem graça. Bom, estou. Só um pouco.

– Meu nome é Rei dos Sonhos.

Acho que estava tonto.

– Eu sou Marlo. Por causa do dramaturgo – respondi.

– Marlowe?

– É. Marlo. Como disse que é o seu nome?

– Rei dos Sonhos. Tem sonoridades diferentes em idiomas diferentes, mas neste a pronúncia seria mesmo essa.

– Você quer dizer Rainha.

– Não. Quero dizer o que eu disse.

– Mas só homens são reis. Mulheres são rainhas.

Mesmo zonzo, compreendia perfeitamente que as coisas que eu dizia pareciam pura estupidez. Além disso, não tinha certeza de que as palavras que saíam de sua boca eram exatamente as mesmas que chegavam aos meus ouvidos.

– Não sou homem nem mulher. Sou o Rei dos Sonhos.
– Mas parece uma mulher.
Ela deu uma voltinha, observando-se da maneira que só uma mulher faria.
– Gosto dessa aparência – disse, piscando os cílios longos.
Eu também gostava daquela aparência. Para falar a verdade, eu gostava *muito* daquela aparência.
– Este lugar é muito legal.
– Você não é daqui?
– Não – ela olhava para um casal de namorados que passava de mãos dadas. – Não sou daqui. Cheguei agora há pouco. Estive trabalhando muito.
– Ah. E o que você faz?
– Sou brizomante.
– Brizomante?
– Oniromante.
– Mmm...
– Não me diga que não sabe o que é.
– Desculpa. Não faço ideia.
– Surfo pelas teias do sonhar.
– Como uma cartomante?
– Não mesmo, tsc-tsc – ela sacudiu o dedo diante do meu nariz. – Uma cartomante é só uma antena idiota com palha de aço pendurada. Eu sou mais.
– Porque você é o Rei dos Sonhos – comentei.
Ela apontou para os namorados que já chegavam à esquina. Eles pararam, disseram coisas um ao outro, trocaram beijos e rumaram em direções diferentes.
– Aquela moça sonha com pedidos de casamento em colinas verdes. Seus sonhos são tão doces. – Virou-se para mim de repente, e seu olhos nunca foram tão azuis. – Está com fome?
– Hã?
– Perguntei se está com fome.
Minha resposta saiu como um murmurar vago, mas foi o bastante para ela me agarrar pelo braço e me conduzir pela rua. Parecia feita de cores brilhantes, a voz dizendo *estou com vontade de comer algo especial* vinda de toda parte, como se eu estivesse nadando nas palavras.

A cidade começava a se transformar numa grande espiral de concreto, escuridão e lâmpadas fluorescentes abaixo e acima de mim, contorcendo-se em espasmos de vidro e ondulando feito água. Não sabia onde eu estava, nem por que meu estômago doía. E assim, arrastado por uma garota caleidoscópica, percorri quilômetros.

– Você vai adorar a comida daqui.

Estávamos diante de um trailer entre dois prédios terrivelmente altos. A tinta estava descascando e havia uma lata de lixo ao lado da porta. Alguma coisa se remexeu ali dentro. Esperava que fosse um gato.

– Esse lugar é esquisito.

– Você tem de aprender a apreciar coisas diferentes.

Ela empurrou a porta e entrou. Fui atrás, tropeçando nos três degraus.

O lugar era bem maior por dentro que por fora. Não do jeito que as pessoas querem que você entenda quando dizem isso. Maior mesmo. Centenas de mesas se espalhavam por um salão de piso xadrez, iluminadas por pequenas lâmpadas vermelhas. Não havia sinal de balcão, caixas, ou mesmo paredes. Apenas um interminável café escuro onde homens e mulheres vinham encontrar mais solidão.

Como na música de Joni Mitchell, me peguei pensando.

Rei dos Sonhos (eu ainda me perguntava se isso era um tipo de nome hippie) me levou para uma mesa redonda perto de uma colunata. Pegou o cardápio e sorriu:

– Posso escolher para você?

– Acho que só quero um café.

Ela fez uma expressão contrariada.

– Eu não trouxe você até aqui só para beber um café sem graça. Vamos tentar algo mais mágico. – Abriu o cardápio, apontou para um nome espremido entre um monte de outros nomes. Fez sinal para uma garçonete. – Vamos querer dois Bulks de Primavera, com bastante creme. E dois cafés.

A garçonete anotou o pedido num bloquinho e saiu deslizando sobre um par de patins.

– Bulk de Primavera?

– Você vai adorar. É uma torta. Tem esse nome porque é na primavera que os melhores sonhos nascem e se espalham por aí. Daí os Bulks os comem e ficam ainda mais saborosos.

Devo ter parecido o cara mais confuso do mundo, a julgar pela forma como ela riu:

– Pense que é mágica.

A garçonete colocou duas xícaras fumegantes na mesa, depois um pires cheio de creme e dois pratos com a tal torta. Que não parecia uma torta. Diante de mim estava um crustáceo alaranjado cheio de pernas seccionadas vazando para fora da travessa.

– Desculpe, acho que você se enganou – eu disse para a garçonete. – Nós pedimos torta, não essas lagostas, caranguejos, sei lá.

A garçonete fez uma cara de eu-odeio-esse-trabalho e foi servir outras mesas.

Devo ter parecido ainda mais confuso.

– Essa é a torta, Marlowe. Feita de Bulk.

Olhei para o prato.

– Esse bicho?

– Não é um bicho. É o sentimento que está aí em você agora, por isso vê dessa forma. É feita de massa folhada, calda quente e um recheio misto de sonhos, pesadelos, desejos e sede de aventuras que os Bulks comem na primavera e regurgitam. Experimente.

Afundei o garfo no que formava a casca da coisa. De uma maneira difícil de explicar, foi como remexer toda a nuvem negra que vinha carregando dentro de mim nos últimos tempos. Mastiguei devagar, sentindo a textura labiríntica da iguaria. Todos os meus sentidos começaram a reagir ao mesmo tempo, paladar, tato, audição, visão, olfato, trazendo informações diferentes, mudando o mundo para algo novo.

Ei, isso era mesmo magia.

Tinha gosto de torta, mas também de vontade infantil de se transformar em Herói. Esvaziei-me, perdi substância, voltei a ser a pequena matéria de cabelos castanhos encaracolados correndo pela estrada de ferro quase abandonada, que em minha lembrança se estendia ao infinito e hoje não existe mais.

Minhas roupas puídas de criança se prendiam a mim como uma segunda pele. A espada de plástico estava ali, companheira de aventuras de uma época onde tudo resplandecia mais. Salvei universos inteiros de monstros disfarçados de galhos de árvore. Quando a muda da mangueira e os arbustos ordinários caíram ante meus golpes habilidosos, eu me voltei para meu Inimigo Supremo.

De espada em punho, desafiei a Serra Azulada Lá No Horizonte.

Ela respirou com força, arrancando o oxigênio das fissuras e espaços infinitesimais, expandindo os pulmões e arrebentando a terra pisada que a prendia ao chão. Anos enterrada naquele lugar. Talvez séculos.

A Serra forçou o corpo para o alto. Terremotos espantaram as aves e os animais acima dela. Arrancou da terra o braço esquerdo, depois o direito, ergueu a cabeça gigantesca. Por fim, pôs-se de pé e olhou diretamente para o sol. Gostava do tom ligeiramente Azulado que a luz dava à sua pele ancestral. Costumava dizer que era a única coisa delicada que ainda havia no corpanzil rochoso e áspero.

Logo ela encheu meu campo de visão, cada passo percorrendo centenas de metros. Tudo tremia, era difícil se manter de pé. A sombra transformou o dia em noite.

– Quem me desafia? – ela perguntou, e sua voz soou feito uma avalanche.

Nada respondi.

A Serra crispou as mãos e repetiu:

– Quem me desafia?

Seus olhos imensos rutilaram por um segundo em meio à escuridão da vegetação. Com um golpe, arrancou dezenas de barracos dos dois lados da linha do trem. Numa clareira em meio às ruínas, seu Terrível Adversário.

Eu.

Ela gargalhou e ergueu a perna monolítica. Uma coluna de poeira me engoliu.

O que ocorreu a seguir foi o choque épico entre minha espada de plástico e o pé da Serra Azulada Lá No Horizonte.

O Bulk de Primavera tinha gosto de Sede de Aventura, mas também de Pesadelo. Eu continuava mastigando, um doce superlativo me afastando outra vez de mim mesmo. Aquela moça linda, linda, linda, me olhando de cada vez mais longe enquanto eu escorregava outra vez, e então eu não estava mais lá.

Encontrei-me num corredor que parecia não ter fim. Raios de sol esmaecidos penetravam por milhares de janelas com formas geométricas estranhas. Havia uma mesa de escritório de cinco metros de altura e duzentas e setenta e três gavetas finíssimas, cada uma para guardar uma folha em branco. Atrás dela havia um Deus Azul, tão importante que deuses menores giravam ao seu redor. Escrevia poemas sem parar, jogando-os a seguir no cesto de lixo ao meu lado.

Fiquei observando fazer isso por um tempo, atordoado.

– Vou me afogar neste cesto – eu dizia, cada vez que uma bolinha de papel voava cesto adentro. De vez em quando, uma das bolinhas dançava pelas bordas do cesto, parava, oscilava para lá e para cá e caía do lado de fora.

O Deus Azul olhou para mim por alguns instantes.

– Tenho uma boa notícia para você – disse ele.

– Para mim?

– Sua mãe não vai mais morrer.

Havia um chapéu em minha mão. Joguei-o no chão e comecei a dançar ao seu redor, balançando a cabeça como um lunático. Eu *não* queria fazer isso, mas era mais forte do que eu.

Ouvi um ruído abafado. Olhei para o alto. Lá estava o Deus Azul tentando conter a todo custo uma risada que lhe escapava por entre as brechas dos dedos. Esforçava-se para que eu não percebesse. Mas não conseguiu. Um instante depois a risada explodiu na minha cara com uma tempestade de perdigotos galácticos. Ele socava a mesa, baixava a cabeça, rolava e apertava a barriga, enquanto eu ficava ali parado, colocando meu chapéu na cabeça.

– O que foi?

Foi preciso muito tempo para conseguir compreender o que ele dizia entre as risadas.

– Eu só queria ver você dançando em volta do chapéu. Todos dizem que é muito engraçado. E eu menti para você.

Meus olhos ficaram molhados. Quando as lágrimas tocavam o solo, transformavam-se numa nuvem preta.

– Mentiu? O que quer dizer com isso?

– Sua mãe não só vai morrer, como já está morta.

– Não – eu gritei, erguendo as mãos para o céu como num drama canastrão. – Onde enterraram seu corpo?

O Deus Azul fez uma expressão burocrática:

– Não, não. Minha religião não permite enterros. A terra é um elemento sagrado e não deve ser maculado por carne em decomposição.

– Cremaram, então?

– Não. O fogo também é sagrado.

– Então jogaram no mar?
– A água também é sagrada.
– Então que merda você fez com o cadáver da minha mãe?

Uma cortina de veludo vermelho se abriu em uma das mil janelas.

– Ela está lá – ele apontou o dedo enorme na direção de uma colina calcinada, onde uma longa estaca se erguia. – Esse é o correto a se fazer: colocar os cadáveres em torres para que as aves carniceiras os devorem até restarem apenas os ossos. Como não temos torres por aqui, mandei pendurar sua velha num poste.

Mesmo estando muito longe, vi nitidamente o corpo da minha mãe pendurado pelos pulsos carcomidos. A carne pútrida se desprendia dos ossos amarelados e caía no chão, sendo prontamente devorada pelos cães leprosos que andavam por ali. Pouco acima da cabeça dela, urubus gigantescos bicavam o crânio exposto, as barrigas inchadas pelo lauto banquete. O terror maior aconteceu quando um dos cães, reunindo o máximo de forças que a fome lhe dava, saltou e conseguiu abocanhar a canela de minha mãe, puxando-a com ferocidade para baixo. Os pulsos se arrebentaram. Ela caiu no solo queimado e foi engolida em minutos pela matilha. Perto de mim, o Deus Azul e seus deuses menores gargalhavam cada vez mais alto, deliciando-se com a cena que se desenrolava na colina. Voltou, então, a escrever poemas, amassá-los e jogá-los no cesto de lixo.

– Vou me afogar neste cesto.

Tinha gosto de Pesadelo, mas também de Desejo. Que começava a crescer sem me deixar pensar em outra coisa além do corpo atraente daquela moça, a pele meio branca, meio preta. Eu queria perguntar o que estava acontecendo, eu realmente ia perguntar, mas o delicioso queimar do Bulk no meu corpo não deixou. Espalhou-se como um incêndio e fez o lugar dar uma guinada para a direita.

– Você me leva – ouvi-a pedindo, uma boca muito rosa desenhando cada palavra no ar. Antes que eu entendesse o que ela queria dizer com "você me leva" já estávamos de braços dados subindo uma colina arredondada que apareceu de repente embaixo de nós.

Era o fim de tarde de um estranho novembro. A grama estava úmida. Rei dos Sonhos – devia ser mesmo um nome hippie – tirou as sandálias para sentir o verde sob os pés.

– Você está tão calado – ela disse.

Olhei para as casas que salpicavam o vale lá embaixo. No horizonte, a noite começava a descer como uma mancha escurecida na parte inferior do céu.

– Não é nada – respondi.

– Nada mesmo?

– Nada mesmo.

– Tudo bem, então.

– Na verdade, tem uma coisa, sim.

– Eu sabia – ela sorriu. – Sou uma Brizomante, lembra?

– Estou um pouco sem jeito.

– Não precisa ficar.

Segurei suas mãos entre as minhas e admirei os traços adoráveis de seu rosto. Ela retribuiu o olhar, próxima o suficiente para eu sentir sua respiração. Arquejou as sobrancelhas e mordeu o lábio inferior, seu modo de perguntar o que estava esperando para dizer o que tenho de dizer.

– Você quer casar comigo?

Ela olhou longamente para suas mãos. Não disse nada. Apenas ficou ali, parada.

– Desculpe. Não sei o que deu em mim.

– Não, não é isso. É só que... Deu um pouco de medo, acho. Mas foi legal. Podemos fazer de novo?

– Podemos.

Pedi-a em casamento umas quinze vezes e a cada vez eu me apaixonava mais. Quando ela se cansou daquele teatrinho, deitamos de costas sobre a grama e ficamos olhando um punhado de estrelas que insistia em perfurar as luzes da cidade.

– Existem mais estrelas nos sonhos das pessoas – ela disse.

– Deve ser bonito.

– É. Mas enjoa um pouco quando se está preso lá.

– Essa história de Rei dos Sonhos...? – tentei contar a quantidade de vezes que a estrela grande perto da lua piscava.

– É verdade.

– E o que você faz? Governa o Mundo dos Sonhos, enfrenta pesadelos descontrolados. Como naquela revista em quadrinhos.

– Não é assim que as coisas são. Simplesmente observo o que as pessoas sonham e tento sentir o que elas sentem. Mas cansei disso. Agora quero experimentar as coisas fora dos sonhos. Ver como é o mundo. Ter um pouco de Realidade, tipo. Tenho lidado com mágica de sonhos há muito tempo.

– Ah. O que está achando até agora? – e com isso eu queria saber o que ela estava achando de *mim*.

– Estranho, para falar a verdade. Mas gosto de você – ela virou o rosto para mim e sorriu. A ponta de seu nariz roçou de leve o meu.

– Eu queria beijar você – arrisquei.

Ela desmanchou o sorriso.

– Não posso beijar você, Marlowe.

Beijei-a. Não ia deixar que ela inventasse uma desculpa qualquer para escapar de mim. Os lábios dela estavam contraídos pela surpresa. Depois relaxaram. Ela fechou os olhos brilhantes e correspondeu ao beijo. Seus lábios tinham todos os sabores dos Bulks de Primavera.

Lá longe nasceu uma cantoria infantil que começou a aumentar, aumentar e aumentar. E de repente não eram mais vozes de crianças, mas uma campainha distante cujo eco se espalhava e transbordava pela colina, uma urgência de doer os ouvidos. E então *eu* não estava mais lá.

Despertar foi como emergir de águas profundas.

Enxuguei com a blusa o suor que me escorria pelo rosto, procurando entender onde eu estava.

Havia uma caixa de leite virada sobre a pia. O que restou de um copo estilhaçado pelo chão. A cápsula vazia perto do meu rosto. E uma dor de cabeça dos infernos. A cozinha de uma casa *agora minha*.

Não me reconheci no espelho do banheiro. Onde *eu* estava? Parado diante de mim só havia um fantasma esquálido, os olhos quase mortos fitando uma miragem. Foi neste instante que percebi quem eu realmente era. Eu era ninguém, uma tentativa inócua de rebeldia, velha demais para ser adolescente e jovem demais para ser adulta. Eu era só isso, uma garota drogada e sem perspectiva.

O telefone tocou. Alguém disse que minha mãe teve uma parada cardíaca durante a madrugada e acabou não resistindo. Soltei o fone, sentei-me no sofá e fiquei olhando para a parede até o anoitecer, tentando entender minha nova vida.

Ainda sinto Marlowe em minha boca, e tem gosto de Bulk de Primavera.

# De Poder e de Sombras

Ana Lúcia Merege

– Tenha cuidado, ouviu, Fedros? Não vá arranjar encrenca pelo caminho!

A moça e o rapaz sorriam ao se despedir do amigo, meio-elfo como eles, porém um pouco mais novo. Acima da porta, uma lâmpada iluminava a tabuleta com a inscrição "Sobrinhos de Loki", mostrando tratar-se de uma das casas cedidas pelo Conselho de Riverast aos alunos da Escola de Magia. Naquela, em especial, os moradores eram adeptos da Magia da Forma, uma vez que os estudantes costumavam se agrupar de acordo com suas tendências.

Fedros, que viera de sua aldeia natal menos de um ano antes, ainda não sabia aonde o Dom iria levá-lo. O mestre que acompanhara seus primeiros estudos dava ênfase à Magia do Pensamento, mas os testes em Riverast mostraram inclinação para a da Forma, e seu temperamento brincalhão o aproximava dos adeptos dessa segunda vertente. Uma residência como a Sobrinhos de Loki o acolheria sem problemas. No entanto, ela atingira o número máximo de ocupantes, e, diante das exigências impostas pelas outras casas para aceitar novos membros, Fedros acabara por se alojar – temporariamente, esperava – com um grupo de inclinações mistas, onde todos tinham passados nebulosos e estranhos planos para o futuro.

A Casa das Três Chaminés.

Fedros olhou para o céu e apertou o passo. A meia-noite não tardava, e a casa de pedra, cheia de altos e baixos, onde vivia com os esquisitões da Escola de Magia ficava além do bairro central. Um encantamento dos magos ligados ao Conselho mantinha as ruas iluminadas, mas àquela hora elas ficavam vazias, e o rapaz não gostava de percorrê-las sozinho. Riverast costumava ser pacífica, mas ainda assim era uma cidade grande, habitada por todo tipo de gente. Bem diferente de sua terra.

Um sino bateu, causando-lhe um sobressalto. Ele olhou para os dois lados da rua estreita e respirou fundo antes de seguir caminho. Passou pela sede da Sociedade dos Mantos Azuis, em que o teste para novos residentes era fazer levitar os móveis da sala, e cruzou um beco escuro, onde um gato lhe deu novo susto ao saltar da rua para o peitoril de uma janela. Fedros parou um instante para recobrar o fôlego, depois retomou a caminhada, lamentando não ter trazido seu bastão de poder. Jamais tivera oportunidade para um confronto real, mas aprendera o passo-a-passo nos livros, e parecia simples. Era só se concentrar, direcionar sua vontade para o bastão estendido, e qualquer adversário que não usasse Magia...

Uma sombra inesperada atravessou o chão à sua frente. O rapaz estacou, à espera – e recuou, no instante seguinte, diante dos dois homenzarrões que surgiram de trás da esquina. Estavam maltrapilhos, mas carregavam espadas e porretes eriçados com espetos de ferro, e seus sorrisos maldosos se alargaram à medida que se aproximavam dele. Fedros ergueu as mãos, pensou num encantamento de defesa, mas tudo que saiu de sua boca foi um pedido quase tímido.

– Deixem-me passar, amigos. Não tenho nada que vocês possam querer.

Apontou para a cintura, mostrando que não trazia bolsa nem arma. Os homens não pareceram ouvi-lo. Dentes arreganhados, avançaram, erguendo os porretes, e o instinto de defesa fez o rapaz se voltar e correr para salvar a própria pele.

– Socorro! Preciso de ajuda! – Cruzando o beco, ele alcançou a casa dos Mantos Azuis e esmurrou a porta. – Abram, por favor! Eu...

Sua voz morreu na garganta ao ver três homens surgirem no início da rua. Pareciam ainda mais selvagens que os primeiros, e se aproximavam a passos rápidos, deixando Fedros encurralado entre os dois grupos. Ele voltou a bater na porta da casa azul, enquanto tentava desesperadamente se lembrar de um encanto que os repelisse. Conseguiu, mas mal começara a pronunciar as palavras quando um dos maltrapilhos se lançou sobre ele, brandindo o porrete eriçado.

Fedros gritou e caiu de joelhos, protegendo a cabeça com as mãos. O porrete se abateu sobre elas, mas, em vez da dor excruciante que esperava, houve uma sensação gelada, como se um vento forte percorresse seus dedos e atravessasse seu crânio. Sons que não saberia reconhecer cortaram o ar ao seu redor, e a porta da casa se abriu, enquanto alguém usando um perfume de lírio se inclinava sobre ele.

– Você está bem? – A voz melodiosa de uma elfa. – Quem eram aqueles homens? Sabe me dizer?

– Teremos sorte se ele ainda souber o próprio nome – disse uma voz forte.

Fedros ergueu a cabeça a custo e deu com um veterano dos Mantos Azuis, que usava uma tiara e um traje de ritual. Parecia esperar uma explicação. Tentando organizar suas ideias, o rapaz olhou para as próprias mãos, e o que viu – ou melhor, *não viu* – o fez estremecer como num choque.

– Meu anel de poder! – exclamou, apalpando o indicador, onde o anel tinha estado desde que ele passara pela iniciação do Segundo Círculo. – A-acho que os assaltantes o levaram!

– É um agravante, mas, seja como for, tem que reportar o ataque ao Mestre Nessios – disse a elfa. – Vá com um dos veteranos de sua casa. Aliás, onde você mora?

– Três Chaminés... por enquanto – disse Fedros, olhando para o jovem dos Mantos Azuis. Então, apertou os lábios, porque sabia o que ele pensava.

Um garoto do interior, tolo o bastante para sair à noite sem o bastão de poder e para ter seu anel roubado, devia mesmo continuar morando com aquele bando de esquisitos.

– Isso me agrada tanto quanto a você – rosnou Kieran de Scyllix.

Fedros assentiu, constrangido, e desviou os olhos. Na noite anterior, ao chegar a casa, todos dormiam, à exceção daquele único veterano. Fedros lhe contara sobre o ataque, e Kieran fora enfático ao dizer que tinham de reportá-lo o mais rápido possível. Assim, os dois haviam madrugado diante dos portões entalhados da Escola de Magia, e uma vez lá dentro procuraram alguém a quem relatar o caso. Um funcionário com cara de sono anotara tudo e os dispensara, mas outro viera correndo atrás deles e os alcançara quando já estavam na rua.

– O Mestre Nessios mandou chamá-los de volta – disse. Não explicou o porquê, nem avisou que os dois teriam de esperar por um bom tempo numa sala vazia, sentados em cadeiras desconfortáveis, até serem recebidos pelo velho adepto de Magia da Alma. Kieran estava irritado, e para Fedros era ainda pior, porque, após várias luas de convívio, ainda não ficava à vontade diante do veterano. Ele era o mais estranho dos estranhos, um jovem de cabelos negros e testa sempre franzida, cujas despesas em Riverast eram pagas pelo exército. Quando regressasse a Scyllix, assumiria o posto de Mestre das Águias, o que significava ir à guerra e lidar com a energia proveniente do medo e da morte. Um mago precisava ser muito forte para manter o equilíbrio nessas circunstâncias. Talvez fosse isso que impedia Kieran de sorrir.

Sem aviso, um gato branco entrou na sala, o corpo longo se movendo com elegância. Os jovens se levantaram na mesma hora, pois sabiam que o Mestre Nessios surgiria logo a seguir – e que, de alguma forma, perceberia se tinham feito ou não a saudação formal.

– Olá, rapazes. Podem se sentar – disse ele, ao entrar na sala. Era um meio-elfo de cabelos prateados, usando um manto verde-escuro e um lenço de seda negra ao redor dos olhos. Muito antes de Kieran e Fedros terem nascido, ele perdera a visão – um ferimento de guerra, quando servia a um nobre do País do Norte, diziam alguns; um ritual malsucedido, sussurravam outros –, e agora se fazia guiar por aquele gato, a quem estava unido por um estreito elo mental. O animal esperou que ele se sentasse para saltar no seu colo, e Nessios o afagou antes de voltar a falar.

– Jovem Fedros, seu relato me causou grande preocupação, como mestre e encarregado pela Arquimaga de lidar com esse tipo de problema. Lamento se o fiz esperar, mas precisava convocar as testemunhas. Elas podem nos ajudar na resolução do caso, pois estou certo de que esse não foi um simples ataque de rufiões, como talvez tenha parecido no início. E as declarações de seu amigo mostram que ele tem a mesma opinião. Não é mesmo... Kieran?

– Sim, mestre – concordou o veterano. – Os cinco homens, todos parecidos entre si, fazem pensar em Magia da Forma, possivelmente ilusão. Já o que ele sentiu com o golpe é algo comum em treinos de combate mágico. Deixa a cabeça aérea, o que me faz pensar que alguém confundiu o garoto para roubar seu anel.

– E isso é o que mais me preocupa – tornou Nessios. – Assaltantes comuns poderiam ter levado o anel de Fedros, é claro, mas, da forma como foi, sabemos que há magos envolvidos. Provavelmente estudantes desta Escola, o que é ainda mais grave. Devo apurar o caso o quanto antes, e para isso conto com você, um dos mais fortes magos do Pensamento que conheço, embora ainda esteja no Quinto Círculo...

– Obrigado – Kieran quase sorriu.

– ... e com um de seus condiscípulos – concluiu o mestre.

As sobrancelhas do rapaz formaram um V zangado sobre o nariz. Fedros olhou para a porta e viu entrar o veterano dos Mantos Azuis, agora sem o traje de ritual. Tal como Kieran, ele tinha aparência humana, embora descendesse de elfos: um jovem robusto, de olhos claros e cabelos castanhos cortados numa franja sobre a testa. Havia outras coisas em comum além da mescla de sangue, a começar por serem ambos adeptos da Magia do Pensamento, mas as semelhanças não contribuíam para uni-los, embora não fossem exatamente rivais. Mais acertado seria dizer que cada um estava satisfeito em seguir seu próprio caminho.

No entanto, às vezes surgia uma encruzilhada.

– Kieran. – Um cumprimento seco. – Há quanto tempo. Como tem andado?

– Garrett. – O outro retribuiu, sem paciência para delongas. – Fedros me disse que bateu à porta da casa de vocês. Chegou a ver os atacantes?

– Lamento, mas não. Como já relatei ao Mestre Nessios, estávamos conduzindo uma prática nos fundos da casa – explicou o dos Mantos Azuis. – Ouvimos o rapaz bater, mas não pudemos abrir naquele exato momento.

– Que tipo de prática? – perguntou Kieran.

Garrett teve um instante de surpresa, depois fechou a cara. Parecia prestes a responder quando o gato ergueu as orelhas e soltou um breve miado, após o que pulou do colo do mestre e foi se postar como uma sentinela diante da porta. Esta se abriu momentos depois, deixando entrar um riso cheio de calor.

– Seu danadinho! Você me *pressentiu*! – exclamou a moça, abaixando-se para afagar o animal. Fedros reconheceu a elfa que o ajudara na noite anterior, e, para sua surpresa, viu que ela usava um pesado brinco de ônix na parte superior da orelha. Uma descendente da antiga nobreza élfica. Era difícil até mesmo acreditar que ela se dignara a socorrê-lo.

– Kieran, Garrett, vocês conhecem minha discípula Sithia de Kawles, que vive no Principado da Luz – disse Mestre Nessios; a residência agrupava os elfos pertencentes às Casas nobres, não importando o tipo de Magia do qual fossem adeptos. – Ela disse que viu os homens saltando sobre Fedros, e que um deles chegou a desferir um golpe antes que se pusessem em fuga.

– Sithia. – Kieran a saudou com um aceno, esperou que os outros rapazes a cumprimentassem à maneira élfica, tocando as palmas das mãos. – Não sabia que tinha sido você a ajudar o garoto. Chegou a reparar nos assaltantes? Eles eram todos idênticos ou apenas se pareciam entre si?

– Não eram exatamente *iguais* – respondeu ela, sem se importar com aqueles modos abruptos. – Mas eram parecidos demais, como se fossem cinco irmãos. Além disso, as roupas e armas eram muito semelhantes. Todos com espadas e porretes, nenhum com uma adaga, um bastão, uma faca...

– Acham que era uma ilusão, não é? – perguntou Fedros, querendo colaborar. – Mas, se era, estava muito bem feita. Coisa digna de mestre. Não que eu acredite que um dos mestres da Escola tenha feito isso! – apressou-se a acrescentar. – Mas eu não estava com tanto medo assim que não reconhecesse uma ilusão criada por principiantes.

– Talvez não fosse apenas ilusão. Pode ter sido um nível mais alto de Magia da Forma – opinou Garrett. – Cinco homens de verdade, com aparência alterada. De qualquer forma temos que descobrir quem fez isso, e o que ele ou ela quer com o seu anel.

– Sem dúvida, essa é uma pergunta importante – concordou Nessios. – Mas a que vem primeiro se refere ao tipo de Magia envolvido nesse ataque. Foi uma ilusão? Um encanto mais elaborado? Será que alguém interferiu na mente de Fedros para confundi-lo?

– Vamos descobrir – disse Kieran, resoluto. – Algo assim demanda bastante energia. Vamos até o local enquanto ainda dá para sentir os resquícios.

– Vai conosco, mestre? – perguntou Sithia.

– Desta vez não. Mas, por favor, mantenha-me a par de tudo – disse o meio-elfo, com um pequeno sorriso.

Sithia estava séria quando prometeu fazê-lo.

– Muito bem, aqui estamos. E agora, o que querem fazer?

As feições de Garrett estavam contraídas sob a franja castanha. Os outros veteranos não pareceram notar. Sithia caminhava lentamente ao longo da rua, empunhando um bastão de poder feito de madeira de freixo e encimado por uma esfera de cristal. Kieran mantinha abaixado seu próprio bastão, uma simples vara de aveleira com uma runa entalhada, e se concentrava por meio de alguma técnica da Magia do Pensamento. Fedros gostaria de saber qual, mas não teve coragem de interrompê-lo. Em vez disso, usou o método que costumava funcionar melhor, respirando com intervalos medidos e procurando isolar cada uma das sensações que lhe vinham do mundo exterior.

A primeira foi o frio – um frio que ele não *sentia*, exatamente, mas que *percebia*, sabia que existia no ar a despeito de estarem na primavera. Um calafrio subiu por seus braços e chegou à nuca, onde alguma coisa pareceu estalar. Ele sentiu, então, um movimento ao redor das pernas, na altura dos tornozelos, onde cordas invisíveis pareciam estar se enroscando. Ou melhor, era como se fossem serpentes, passeando de lá para cá e roçando nele com suas peles lisas e frias.

O pensamento fez surgir uma imagem muito vívida em sua mente, e o instinto o fez reagir querendo expulsá-la. O jovem estremeceu, quebrando a concentração, e abriu os olhos – e deu com Sithia à sua frente, observando-o com expressão atenta.

– Ele voltou – disse ela, dirigindo-se aos outros. – Tudo bem, Fedros?

– Tudo. – Estava mesmo, até o ponto que ele conseguia sentir. – Que foi que houve? Vocês viram alguma coisa?

– Nós percebemos – respondeu a elfa. – Sentimos energia escura, alguma coisa bem sutil. Precisaríamos de mais que concentração para entender o que são os resquícios, mas, acima de todos eles...

– Sentimos o seu medo – Kieran completou, sua voz descendo a um tom ainda mais grave que o habitual. – Você deixou um rastro ao longo da rua. Isso tornou a atingi-lo agora, mas já existia antes; parece alguma coisa mais antiga. Alguma coisa anterior ao ataque desta noite.

– Anterior? Como assim? – estranhou o rapaz. – Eu nunca tinha visto aqueles sujeitos.

– Nem vai tornar a vê-los, estamos convencidos de que eles eram apenas ilusões – disse Sithia. – Mas, antes disso, você tinha brigado com alguém, ou sido ameaçado?

– Em suma – disse Garrett –, você já trazia pensamentos de medo *antes* de ver os atacantes?

– Bom, eu... eu acho que sim. – Baixou a cabeça, envergonhado do que ia dizer, mas não podia escondê-lo dos veteranos. – Eu venho de Caer Dorn, um lugar muito pequeno, e... e sempre me disseram que é perigoso andar à noite, sozinho, nas cidades maiores. Sei que é bobagem, ainda mais se tratando de Riverast, mas ouvi isso a vida inteira, então...

– Entendemos – sorriu a elfa, com simpatia. –É difícil, mesmo para um aprendiz das Artes Mágicas, se livrar desse tipo de pensamento enraizado.

– É. – Fedros fechou a cara; como todo recém-chegado, orgulhoso de sua tiara de mago, não gostava de ser chamado de aprendiz.

– Mas o medo não o teria feito criar uma ilusão para si mesmo. Não algo tão forte. Seria preciso muito desequilíbrio – disse Kieran. – E você tem uma aura saudável.

– Tenho? – Disso ele gostou.

– Tem – confirmou Sithia. – Há notas desarmônicas, nem a Arquimaga está livre disso, mas suas energias são bem equilibradas. Não vejo manchas de ira, nem de rancor, nem de inveja. É difícil até acreditar que tenha um desafeto, e que ele ou ela tenha usado seus medos mais antigos para assustar você.

– É mesmo. Eu não consigo pensar em ninguém. E nem imaginava que esses medos fossem visíveis – lamentou Fedros. – Nunca falei deles aqui em Riverast, exceto para dois amigos. Eles até brincam comigo a respeito de...

Parou, suas próprias palavras o atingindo como um choque. Sithia e Garrett se entreolharam, talvez pensando em como fazer a pergunta, mas Kieran passou facilmente por cima dos escrúpulos.

– Quem são esses amigos? – inquiriu, o cenho franzido. – Você esteve com eles nos últimos dias?

– Estive. – Fedros baixou a cabeça. – Na verdade, estive ontem. E, quando se despediram, recomendaram que eu tomasse cuidado na rua, mas... mas eles são...

– O quê? – fez o veterano, com impaciência.

– São meus melhores amigos, aqui na cidade. Tenho absoluta certeza de que não foram os dois.

– É o que vamos conferir – disse Kieran.

– Sim, fomos nós – disse Horvik, envergonhado. – Criamos as ilusões e as mandamos atrás de Fedros, porque sabíamos que ele levaria um tremendo susto.

– Mas foi só isso. É o que queremos deixar claro – sublinhou Ysla. – Não roubamos o anel de poder e não sabemos como isso aconteceu. E, se houver algo que possamos fazer para ajudar, contem conosco. Fedros é um amigo querido. Nunca pensamos que nossa brincadeira seria usada para prejudicá-lo.

Kieran contraiu a boca e não disse nada. Estavam na sala principal da Sobrinhos de Loki, cujas paredes eram cobertas por quadros, máscaras, chapéus e vários objetos de aspecto extravagante. Um unicórnio de madeira, em cujo pescoço alguém enrolara um cachecol vermelho, ficava junto à porta que conduzia ao interior da casa, de onde vinha o cheiro apetitoso de bolo de mel. Sempre havia guloseimas, geralmente doces, na casa dos ilusionistas.

– Bom – disse Garrett, após algum tempo. – Então, vocês estariam dispostos a fazer essa declaração diante do Mestre Nessios.

– Sem dúvida – respondeu a meio-elfa. – Nós pretendíamos nos encontrar com Fedros hoje à noite e esperar que ele nos contasse sobre o ataque, e aí confessaríamos tudo. Achávamos que ele ficaria zangado na hora, mas depois riria junto conosco. Nós costumamos pregar peças uns nos outros desde que nos conhecemos.

– Mas nessa a gente exagerou – reconheceu Horvik. Para um meio-elfo, ele parecia grandalhão e desajeitado, o que se compreendia ao saber que seu pai fora um marinheiro das Terras Geladas. Ysla descendia de uma tribo da floresta, era miúda e magrinha, com cabelos escuros. Os dois pretendiam se casar quando deixassem Riverast e se estabelecer numa cidade pequena. Talvez perto da aldeia de Fedros. O rapaz os imaginou tramando contra ele, enchendo-o de terror e o paralisando a fim de roubar seu anel, e concluiu que estavam falando a verdade. Seria doloroso demais saber que o haviam traído.

– Bom, suponho que seja isso mesmo. – Sithia olhava atentamente para o casal, e Fedros se sentiu aliviado: ela devia ter meios de saber. – E isso nos leva a outra pergunta. Assaltantes ilusórios podem desferir golpes, mas não causar confusão mental, muito menos subtrair um objeto sólido. Como foi que essas duas coisas aconteceram?

– Houve Magia do Pensamento envolvida – disse Kieran –, pelo menos na hora do golpe. Quer dizer que alguém mais sabia dessa, hum, brincadeira... ou talvez estivesse lá, naquele exato momento, e aproveitou a oportunidade.

Seus olhos escuros se detiveram primeiro sobre o casal, que não mudou de expressão; depois sobre Sithia, também voltada para os dois; por fim, sobre o veterano dos Mantos Azuis. Fedros sentiu alguma coisa na atmosfera se tornar mais pesada, acompanhando o rubor que crescia nas faces de Garrett.

– Tudo bem – disse este, de um jeito abrupto. – Acho que encerramos por aqui. Vamos voltar e continuar de onde paramos.

– Mas já? Temos um bolo quase saindo do forno – disse Horvik. – Também temos vinho e cerveja, e até uma garrafa de hidromel que me mandaram de casa.

– Talvez Kieran prefira um chá. Ele está um pouco tenso – observou Sithia, correndo um bocado de risco. Todos os jovens, ao entrar para a Escola de Magia, passavam por testes inusitados, mas a entrevista de Kieran com a Arquimaga fora a mais estranha de todas: ela pedira que ele preparasse e servisse um chá para ambos, ao fim do que o dispensara sem uma palavra. No dia seguinte, o jovem fora encaminhado aos mestres que o orientariam nas práticas de Magia do Pensamento – e também a um mestre de harpa, pois a música o ajudaria com a raiva que a Arquimaga percebera em cada gesto dele. O episódio ficara conhecido em toda a Escola, para o desagrado de Kieran, a quem os outros veteranos ofereciam chá sempre que o viam irritado. Quer dizer, só os mais corajosos: se ele estivesse furioso de verdade, aquilo costumava ter o mesmo efeito de gritar a plenos pulmões diante de uma montanha de neve.

Felizmente, não foi assim desta vez.

– Não estou tenso – disse o futuro Mestre das Águias. – Já faço uma boa ideia do que aconteceu. Pelo menos em parte. Só queria evitar que perdêssemos mais tempo.

– Eu também, por isso é melhor irmos andando – insistiu Garrett. Despediu-se do casal de ilusionistas e saiu, seguido pelos outros veteranos. Fedros ficou por último, recebendo as desculpas apresentadas por Ysla e Horvik e as aceitando junto com o primeiro pedaço de bolo de mel.

– Pronto, ele chegou – disse Sithia, assim que o viu sair. – Vamos andando, e você nos conta o que aconteceu.

– E explica por que não contou antes – disse Kieran, com o cenho franzido.

– Do que estão falando? – perguntou Fedros, de boca cheia. – O que Garrett tem para contar?

– É sobre o que ele estava fazendo ontem à noite, junto com os outros Mantos Azuis – rosnou Kieran. – A razão pela qual não abriu a porta assim que você bateu.

– Eu não falei antes porque não vi relação entre o que estávamos fazendo e os assaltantes – disse Garrett, de má vontade. – Ainda não vejo, mas, bom... a verdade é que estávamos mexendo com energias poderosas. Elas podem ter interferido no que aconteceu lá fora. Não porque quiséssemos, espero que compreenda.

– Sim, mas... que energias eram essas? – perguntou Fedros, com expectativa. – Vi que estavam realizando um ritual. Era um conjuramento?

– Era. – Fez uma pausa e confessou, em voz baixa: – De um Assecla.

– Eu *sabia*! – bradou Kieran, dando um soco no ar. – Sabia que estava escondendo alguma coisa!

– Isso não deveria ser feito sem o conhecimento de um mestre – disse Sithia, em tom crítico. – E deveria ter um bom motivo, que justificasse correr o risco.

– É verdade. – Garrett apertou os lábios. – Não comunicamos à Escola, justamente porque não tínhamos motivos. Só queríamos avançar no domínio sobre o Reino Invisível.

– Da pior maneira! – rebateu a elfa. Parecia mais zangada do que Kieran, talvez porque ele houvesse desconfiado antes, ou talvez – pensou Fedros – porque o Reino Invisível dissesse mais respeito à Magia da Alma do que às vertentes da Forma e do Pensamento. Era o lugar habitado pelos seres etéreos – fadas, duendes, espíritos, tudo aquilo que estava além dos olhos dos homens e dos elfos –, e poucos magos, hoje em dia, se aventuravam a conjurar alguma dessas entidades. Ainda mais um Assecla, uma espécie de duende das sombras, não muito poderoso nem perverso, mas astuto e frequentemente traiçoeiro. O que os Mantos Azuis poderiam querer com um deles?

– Nada! Nossa intenção era simplesmente praticar alguns rituais mais antigos – disse Garrett, cabisbaixo, enquanto se aproximavam da casa azul. – Queríamos fazer algo próximo das velhas tradições, com menos imagens mentais, porém mais gestos, mais símbolos. Buscávamos algo que nos desse...

– Uma sensação de *poder*. – Kieran balançou a cabeça. – Sei como é isso.

– E não pensavam em pedir nada ao Assecla? – indagou Sithia, num tom ainda zangado. – Associar-se a ele, como aqueles magos de antigamente?

– Claro que não! Só queríamos saber se éramos capazes de conjurá-lo e lhe fazer algumas perguntas. Mas, quando ele mal começava a se manifestar, os gritos e as batidas na porta provocaram um distúrbio. Ele sumiu sem deixar vestígios, por isso concluímos que havia voltado ao Reino Invisível. Talvez nem tenha chegado a sair de lá. De qualquer forma, encerramos o ritual da maneira correta, se é isso que preocupa vocês.

– O que me preocupa é o que ele pode ter feito – disse Sithia, com a testa franzida. – Pode ter rompido o círculo de poder e atacado Fedros.

– Não creio. Para romper o círculo, pois posso garantir que foi bem traçado, seria necessária uma contraordem. Um encanto que anulasse os nossos conjuros. Caso contrário, o máximo que o Assecla poderia fazer seria escapar ao nosso domínio e voltar às sombras de onde veio.

– Eu posso ter dado essa contraordem – disse Fedros; os veteranos emudeceram, voltaram-se para ele. – Eu criei um escudo de proteção para me defender. Pelo menos tentei. Isso também é um encanto, não é?

– Sim, é claro, mas você disse que sentiu o golpe – lembrou Kieran. – O frio, a confusão. O escudo deveria impedir que fosse atingido; se não funcionou para isso, também não pode ter servido para anular o conjuro dos Mantos Azuis.

– E uma palavra de poder, com a intenção de que ele se afastasse, junto com uma descarga de energia? – Sithia parou de repente, indecisa e soando um pouco culpada. – Eu ouvi os gritos, vi aqueles cinco quase em cima do rapaz, e então...

– Aha! Então você interferiu! – exclamou Garrett, em tom satisfeito. – Foi *sua voz* que rompeu nosso círculo e libertou o Assecla!

– Esperem um pouco. Acho que me perdi. – Fedros ergueu as mãos. – Sithia também agiu? O que, exatamente, aconteceu ontem à noite?

– Algo muito raro. Uma confluência de encantos mágicos – disse Sithia. – Garrett, podemos entrar? Acho que temos muito a discutir sobre os próximos passos.

– Temos mesmo – disse Kieran. Calou-se por um instante e acrescentou, com um sorriso torto:

– E agora até que eu aceitaria uma caneca de chá.

– Recapitulando, as coisas se deram em sequência e convergiram para um único momento. Fedros se despediu dos amigos, que em seguida criaram os assaltantes ilusórios e os puseram numa das ruas por onde o rapaz iria passar. Nessa mesma rua, nós, os Mantos Azuis, estávamos conjurando um Assecla. Este se manifestou no exato momento em que Fedros se defendia do que pensava ser um golpe – e em que Sithia, chegando ao local, liberou uma descarga de energia mágica, junto com uma palavra de poder destinada a repelir os agressores.

Enquanto falava, Garret ia rabiscando um pedaço de papel, com o que a cena se desenhava passo a passo. Ali estava Fedros, um boneco deitado na horizontal a erguer os braços de palito, tendo ao redor cinco formas grandes e indistintas e outro boneco segurando um bastão de poder. Este representava Sithia, e, para que não houvesse dúvida, Garrett a dotara de orelhas enormes.

– Nós estávamos aqui, e o Assecla começou a se manifestar – prosseguiu ele, desenhando um círculo e um vulto esguio que lembrava uma espiral de fumaça. – Nesse momento, a energia liberada por Sithia atuou, criando uma brecha no nosso círculo de proteção. O Assecla escapou – fez uma seta ligando o vulto ao boneco deitado – e, possivelmente, aproveitou a oportunidade de roubar o anel. É essa a minha explicação para o que aconteceu.

– Bem complicado mesmo – Fedros comentou. – Parece uma daquelas narrativas dos grimórios antigos.

– Aquelas que os Mestres de Sagas nos mandam ler no Primeiro Círculo, para nos desencorajar de fazer coisas tontas – disse Sithia, franzindo a testa.

– Seja como for, vamos ficar contentes por ter sido um Assecla – resmungou Kieran. – Ele pode estar solto por aí, mas pelo menos sabemos que não entrou no corpo do garoto.

– Tem certeza? – Fedros apalpou o próprio peito, com um calafrio.

– Tenho. Asseclas não fazem isso. O próprio nome já diz o que eles são: servos, subordinados dos magos que os conjuram. Eles não costumam ter muita iniciativa.

– Então por que *esse* Assecla roubaria meu anel?

– Porque sentiu que ele continha algum poder – explicou Garrett. – Os seres da baixa hierarquia do Reino Invisível, quando trazidos até nós, são ávidos por qualquer migalha de energia mágica. Magos que se associaram a eles relataram que os Asseclas pedem talismãs em troca de seus favores. Isso os deixa mais fortes, ao que parece. Mas acho *muito improvável* que o Assecla conjurado por nós esteja solto – acrescentou, olhando para Kieran, que tomava chá, sentado num dos longos bancos da cozinha. – Para mim, ele pegou o anel de poder e o levou para o Reino Invisível. Temos que realizar um segundo ritual para trazê-lo de volta.

– Um momentinho. "Temos"? – fez a elfa, erguendo as longas sobrancelhas. – Espero que não estejam me incluindo nisso.

– Bom, na verdade eu estava pensando nos Mantos Azuis, mas, agora que falou, parece uma boa ideia. Por que não? – perguntou

Garrett, quando ela fez um gesto negativo. – Sua vontade é forte, e você trabalha com Magia da Alma. Para você é até mais fácil do que para nós. Tenho certeza de que meus companheiros vão concordar.

– Além disso, você já se incluiu, a partir do momento em que sua voz libertou o Assecla – disse Kieran. – Lembra-se das Leis da Magia, que aprendeu no Segundo Círculo? Ao dar início a um encanto, você precisa ir até o fim e lidar com as consequências.

– Sim, mas meu jeito de lidar seria contar tudo ao Mestre Nessios.

– Seria mais prudente, claro. Por outro lado, o mestre pediu nossa ajuda, e isso significa que confia em nós. Em *nós três* – sublinhou Kieran, dirigindo-se a Garrett; este apertou os lábios e não disse nada. – Eu também não me oponho a falar com o Assecla e recuperar o anel de Fedros, desde que tudo seja feito dentro das regras.

– E isso significa...?

– Significa que vamos fazer o ritual, pois temos um bom motivo para isso, que é reaver o anel; e os resultados, sejam quais forem, serão comunicados ao Mestre Nessios, que *já havia* nos autorizado a *agir*. Claro que correremos riscos, mas, se não estivéssemos dispostos a isso, não seríamos magos. O que você acha?

Sua face esquerda se contraiu no habitual sorriso pela metade. Sithia o encarou, depois se voltou para Garrett, que continuava em silêncio. Então, soltou um leve suspiro, que mal e mal disfarçou o brilho cúmplice em seus olhos.

– Creio que assim ficamos mesmo dentro das regras – disse ela. – E, nesse caso... é claro que podem contar comigo.

– Se alguma coisa der errado, lembre-se: você não deve interferir. Não lance mão de nenhum encanto, a não ser para sua própria defesa. Você vai estar lá apenas para observar.

Kieran falava enquanto caminhava a passos rápidos, seguido por Fedros, que quase tinha de correr para acompanhá-lo. Um vento frio soprava em suas vestes e cabelos ao cruzarem a praça, passando pelo templo do Deus Único e enveredando pelas ruas do bairro central. Estavam tão desertas quanto na noite anterior, embora fosse um pouco mais cedo; não encontraram ninguém, à exceção de um gato, do qual, assim mesmo, viram apenas a sombra desaparecendo atrás de uma esquina. Passaram pelo beco onde Fedros se deparara com as ilusões e chegaram à casa da Sociedade dos Mantos Azuis, onde Garrett abriu a porta à primeira batida.

– Olá, vocês dois – disse ele, com um sorriso contrafeito. – Entrem, precisamos conversar.

– Não há o que conversar – disse um dos outros jovens sentados na sala. Fedros entrou atrás de Kieran e viu os dez moradores da casa azul, alguns vestindo trajes rituais, outros com roupas comuns, mas todos de braços cruzados e caras muito sérias.

– Vejo que a Sociedade inteira está aqui – observou Kieran, quase ríspido. – Não deveriam ser apenas dois? Quatro, no máximo, para que estivéssemos num grupo equivalente ao de ontem?

– Sim, foi o que pensamos – Garrett admitiu. – Mas cinco dentre os que estavam no ritual de ontem gostariam de participar. O sexto não vai poder, porque tomou muito vinho no almoço e isso causa desequilíbrio, mas Iresen disse que ficaria no lugar dele.

– Iresen. – Kieran lançou um olhar ao meio-elfo de cabelos dourados. – Bom, não tenho nada contra ele ou qualquer dos outros, mas assim seriam nove pessoas.

– Não se você sair – disse o que falara primeiro, um rapaz baixinho, de aparência humana e olhar belicoso; os outros o fitaram com o cenho franzido, mas mesmo assim ele prosseguiu. – Meus companheiros estão procurando um jeito delicado de falar, mas eu digo o que penso. Não queremos que você participe.

– Ah, é? E por quê? – indagou Kieran, apertando os lábios.

– Porque... Bom, porque você tem uma carga muito forte de raiva – disse Iresen, evitando olhá-lo de frente. – Nos treinos de combate mágico, você invade a mente do adversário com imagens pavorosas que trouxe da guerra.

– Sim... e me retiro, sem causar danos reais, assim que asseguro a vitória – replicou Kieran. – Essa é a prova de que tenho uma vontade forte. Raiva? Talvez eu tenha também, mas sei controlá-la, não se preocupe.

– Sabe mesmo?

– Sei. O seu amigo ainda está inteiro, não?

– Está nos ameaçando? – O jovem humano se levantou e encarou Kieran, o que não teve muito efeito, uma vez que era mais baixo e mais franzino. – Na nossa própria casa?

– Não estou ameaçando. Estou dizendo que vou ajudar a resolver um problema criado na *sua* casa, porque ele atingiu um dos *meus* companheiros – disse, entre dentes, o veterano da Três Chaminés. – Se não quiserem participar, eu posso...

Uma batida na porta o interrompeu. Garrett abriu, e Sithia entrou vestindo um manto ritual cor de rubi, enquanto um gato miava lamentosamente lá fora.

– Boa noite! Tudo preparado? – perguntou ela, sem parecer notar a tensão que pairava sobre a sala. – Quais de vocês vão estar conosco?

– Eu vou – disse, na mesma hora, o único elfo do grupo.

– Ah, Manlias. – Sithia sorriu, e houve uma cintilação entre os dois. – Eu sabia. Quem mais?

– Se esse aí ficar – o baixinho apontou para Kieran –, não contem comigo.

– Nem comigo – disseram outros dois.

– Eu ficarei – disse Iresen, após hesitar por um momento. Alguns companheiros o olharam enviesado, mas outros assentiram, e ninguém disse uma palavra. Pelo jeito suas opiniões não eram tão unânimes quanto pareciam no início. Ainda assim, o ar continuava pesado, e a sensação persistiu em Fedros quando os outros saíram, ficando apenas os que iriam tomar parte no ritual.

Como todas as residências cedidas à Escola, aquela tinha uma sala reservada para as práticas mágicas, e um círculo de borda dupla já estava pintado no chão, com inscrições a tinta e espaço para inserir os símbolos específicos de cada ritual. Havia um braseiro num canto, onde queimavam bastões de incenso aromático, e uma mesa com as ferramentas mágicas que seriam usadas para abrir e fechar os trabalhos. Fedros sentiu um calafrio: voltado para a Magia do Pensamento, seu primeiro mestre não costumava fazer rituais tão elaborados, e todo aquele aparato mexia com sua imaginação.

Os jovens magos tomaram suas posições no círculo, deixando atrás de si os bastões de poder. Garrett seria o principal oficiante; quando se posicionou, Fedros percebeu que os cinco haviam formado a figura de uma estrela. Ele mesmo ficou de fora, encarregado de manter o braseiro provido de incenso e controlar qualquer interferência externa. Um erro podia ser fatal. Ainda bem que nada muito grave acontecera quando ele batera à porta na noite anterior.

Garrett ergueu sua espada ritual, concentrando-se antes de pronunciar a fórmula de abertura. Pouco a pouco, a sala foi se enchendo de uma atmosfera pesada, um pouco opressiva, dentro da qual as palavras do mago pareciam mais solenes. Ele se voltou para os quatro pontos cardeais, saudando as forças que ali existiam, e então se dirigiu aos habitantes do Reino Invisível.

– Eu os conclamo, Senhores das Sombras, para que enviem até mim aquele que atendeu a meu último chamado – proferiu, a voz investida de poder. – Eu os conclamo para que o façam devolver aquilo que pertence a um dos nossos e que foi levado sem permissão. Que assim seja, aqui e agora!

Fedros engoliu em seco, sentindo-se agitar por todo tipo de sensação estranha. No centro do círculo, em meio a seus colegas impassíveis, algo surgiu, definindo-se primeiro como um fio de sombra, depois como uma silhueta de contornos escuros, por fim como um vulto esguio, que afinava ainda mais da cintura para baixo e terminava numa simples espiral de energia negra. As feições, a princípio, eram pouco visíveis, mas depois um pequeno par de olhos brilhou em meio àquela face aguda, e logo a entidade abria a boca, onde as fileiras de dentes pareciam duas serras.

– Aqui estou, nobre mago! – A voz lembrava uma lâmina sendo amolada. – Aqui estou para atendê-lo, o que mal pude fazer na ocasião anterior. Ah! Quanta tristeza ao ser afugentado, escorraçado para longe do seu poder!

– Você se apoderou de algo indevido – replicou Garrett, com voz dura. – O anel do jovem que encontrou na rua. Está com ele, não? Responda!

– Ai de mim, senhor! Ai de mim! – O Assecla ergueu os braços finos como galhos de árvore. – Eu peguei o anel, sim, eu confesso. Como não pegar? Ele tinha brilho, tinha poder... – Arreganhou os dentes afiados, com o que Fedros estremeceu. – Ele me *chamava.*

– Mas não lhe pertencia. – Ergueu a espada, apontando-a para o vulto contorcido. – Aqui e agora, pelo poder que emana deste círculo, eu, Garrett de Bergenan, ordeno que devolva o anel!

– Ooooooh! – lamentou o Assecla, levando as mãos à cabeça. – Eu me torturo por não poder fazê-lo! Não está mais comigo, aquele anel! Que eu seja atirado aos dentes da Roda Eterna se não estiver dizendo a verdade!

O braseiro crepitou, como se a voz estrídula do Assecla o houvesse atiçado. Fedros viu algo diferente nos olhos de Sithia – um brilho de alarme, talvez –, mas Garrett não prestou atenção a nada disso, empenhado em manter seu domínio sobre a entidade.

– Por que não pode devolver? Fale!

– O meu senhor o tomou. Ah, não *o senhor*, que é um mestre sábio e justo, e sim aquele a quem devo me curvar, estando em meu reino. É ele, agora, que tem o anel. Ele e ninguém mais.

– Então, que *ele* o devolva! – exclamou o mago, brandindo a espada. – Aqui e agora...

– *Não*! – soprou Kieran, entre dentes.

– ... eu convoco aquele que detém a posse do anel! – completou Garrett.

Mal ele havia falado, as chamas se avivaram nas velas que iluminavam o círculo. O Assecla gargalhou e desapareceu em meio a uma lufada de vento, surgida de lugar nenhum e quente como uma fornalha.

– O que você fez? – gritou Iresen, dando um passo em direção a Garrett. – O que atraiu até nós?

– Não saia daí! – bradou Manlias.

O meio-elfo recuou, a tempo exato de não ser atingido pela sombra que se alargava no interior do círculo. Os magos se mantinham no estreito círculo exterior, coberto com as inscrições a tinta e a giz. Ali, por enquanto, estavam a salvo, mas a matéria escura continuava a se revolver a seus pés, parecendo estar prestes a crescer sobre eles. Era aterrador.

– Habitante das sombras! – O elfo ergueu sua espada, antecipando-se a Garrett. – Este não é o seu lugar. Eu, Manlias de Herrien, lhe digo que retorne ao Reino Invisível!

A resposta foi uma espécie de risada, um som borbulhante vindo de algum lugar das profundezas. O elfo continuou onde estava, mas seu braço tremia, ao passo que as feições de Garrett estavam contraídas.

– Afaste-se! Isso cabe a mim – disse ele, empunhando sua própria espada. Preparava-se para dar uma ordem, mas, antes que o fizesse, a sombra escura se elevou diante dele, afigurando-se num vulto mais impreciso, porém maior e muito mais impressionante que o Assecla.

– Ah! Criaturinhas! – Algo se moveu em meio às sombras, a voz soando como o eco de uma trovoada. – Qual de vocês irá me desafiar?

– Quem é você? – perguntou Sithia. O vulto se contorceu, dando a impressão de se voltar para ela, e as chamas de todas as velas bruxulearam antes que ele falasse.

– Sou o que vocês convocaram. – As sombras se moviam abaixo dele, à maneira de um poço de lava. – Sou quem terão de enfrentar para ter de volta... *isto.*

Um brilho de ouro surgiu no que devia ser a sua mão. Fedros prendeu o fôlego: ali estava seu anel, o mesmo que ganhara de seu primeiro mestre, anos atrás. Era uma joia cara, mas não carregava em si muito poder: ele não passava de um aprendiz quando a recebera.

E, mesmo agora, era pouco mais que isso. Valeria a pena arriscar-se tanto por aquele simples anel?

– Senhor das Sombras. – Era Iresen que falava, a voz hesitante. – Não pretendemos desafiá-lo. Retorne a seus domínios, e nós...

– Não! – exclamou Garrett, imperioso. – Pelo poder do círculo e da minha vontade, eu, Garrett de Bergenan, ordeno que devolva o anel!

Suas palavras reverberaram no ar, enchendo a sala de uma energia estranha, perturbadora. Fedros estremeceu e olhou para Kieran – e então voltou a prender o fôlego, vendo sua aura cercada por furiosos raios vermelhos.

– K-Kieran. – Ele murmurou o nome do veterano, querendo alertá-lo, embora não soubesse exatamente contra quê. Em suas posições, Manlias e Iresen estavam envoltos em auras pálidas e amareladas, enquanto o azul costumeiro de Garrett era manchado por borrões castanhos e cinzentos.

E, no meio deles, a entidade de sombra crescia cada vez mais.

– Em nome do fogo, que tudo purifica! – tentou Sithia, com os braços erguidos, a aura de um verde iridescente. – Que a harmonia...

Uma gargalhada, como lava em ebulição, abafou suas palavras, e a criatura girou sobre si mesma em meio a um tufão infernal. Kieran, o primeiro a ser atingido, gritou uma palavra de poder e se manteve firme, mas Iresen foi atirado a distância, e, diante disso, Garrett não esperou por um novo ataque.

– *Recue*! – gritou, agarrando o bastão de poder que mantinha à margem do círculo.

Uma energia azulada serpenteou no ar e se chocou contra o gigante de sombra. Este a absorveu, sem recuar ou diminuir de tamanho, e o mesmo aconteceu um momento depois, quando Kieran o atingiu com uma descarga vermelha. Sithia também pegou seu bastão, mas não o usou para atacar a entidade, e sim para entoar um daqueles longos encantos de Magia da Alma, que pareciam um poema bárdico. Fedros não podia ouvir as palavras sussurradas, mas sabia que se destinava a criar harmonia – e que não parecia estar chegando a um bom resultado.

– Juntos! – gritou Kieran, dirigindo-se aos outros rapazes. A intenção era a de unir forças, mas uma nova lufada de vento atirou para longe os bastões de Iresen e Manlias, além de fazer o elfo cair de joelhos. Sithia se perturbou, tropeçando nas palavras do encanto, e Garrett voltou a atacar o Senhor das Sombras, mas tudo que conseguiu foi lhe arrancar mais uma gargalhada. O som borbulhante se somou aos guinchos de alguma coisa lá fora, que arranhava a janela de madeira como se estivesse tentando entrar.

A sala estremeceu ao redor de Fedros, e a confusão de energias lhe invadiu os sentidos. Ele viu seus companheiros mais velhos perdendo a batalha de vontades, viu a aura de Garrett enfraquecer em sucessivos ataques e a de Kieran cada vez mais rubra, viu seu anel brilhar em posse da entidade – e então compreendeu que não poderia viver com o peso daquilo. Não se ficasse ali, assistindo a tudo do lado de fora do círculo.

– Senhor das Sombras! – Ele avançou, sua voz abrindo um rasgo na densa atmosfera que sufocava a sala. – Cesse o ataque a esses magos, pois não é a eles e sim a mim, Fedros de Caer Dorn, que pertence o anel roubado pelo Assecla! E eu, aqui e agora, lhe digo que deixe o círculo e...

– *Não!* – gritaram os outros cinco, em uníssono. O gigante se retesou, como que surpresa, mas em seguida voltou a gargalhar, embora com um som ligeiramente diferente. Seu corpo de sombra se expandiu, e Fedros percebeu tarde demais o que suas palavras tinham provocado.

– Obrigado, pequeno mago! – A voz agora mais próxima, os braços estendidos, a parte de baixo do corpo se desprendendo da matéria escura e amorfa no interior do círculo. – Você será o primeiro a...

Uma onda – não um raio, não uma descarga – de energia cor de violeta se ergueu entre ele e Fedros, como um escudo translúcido. O Senhor das Sombras emitiu um som contrariado e se virou, buscando Sithia, que voltara a recitar com energia redobrada. Vendo isso, Manlias correu para junto dela e segurou sua mão, pronunciando uma palavra de poder; a aura da elfa brilhou, ao passo que a dele ganhou vida, passando do amarelo a um dourado suave. A entidade soltou um rugido e flutuou para além do círculo, querendo alcançá-los, mas então duas longas espirais de energia mágica – uma azul, outra vermelha – se desenrolaram no ar, vindas de extremos opostos da sala, e se enroscaram como cordas ao redor daquele corpo de sombra.

– *Recue*! – bradaram, juntos, Garrett e Kieran.

O prisioneiro urrou e se debateu, mas pouco a pouco foi sendo arrastado em direção ao círculo, não sem esforço por parte dos dois veteranos. À luz das velas, que aumentava e diminuía em meio ao combate de vontades, Fedros viu os rostos deles contraídos, os olhos estreitos, as bocas apertadas, e se concentrou na tentativa de ajudá-los e fortalecê-los. E, apesar de sua inexperiência, ele pôde sentir a energia aquecer seu corpo, convergir para o centro do peito e jorrar de suas mãos numa torrente azul e violeta.

– Iresen! Comigo! – A voz de Manlias veio misturada aos brados estertorosos da entidade e ao arranhar desesperado na janela. Hesitante, o meio-elfo acabou por se erguer, e logo duas outras espirais de energia se enroscavam em torno do Senhor das Sombras. Então, quando os esforços dos cinco finalmente o levaram de volta ao interior do círculo, foi a vez de Sithia empunhar seu bastão de poder, a esfera de cristal reluzindo, colorida pelos reflexos da energia que serpenteava pelo aposento.

– Em nome do fogo, que tudo purifica e ilumina! – proferiu ela, em tom imperioso dessa vez. – Que o equilíbrio se restaure entre o nosso mundo e o Reino Invisível! Que não reste entre nós nenhuma ira, nenhum rancor; que não haja qualquer dívida a ser paga ou mal a ser reparado! Aqui e agora, eu, Sithia de Kawles, digo que assim seja, e as vozes de muitos se somam à minha!

– Eu, Garrett de Bergenan, digo que assim seja! – exclamou o veterano dos Mantos Azuis, e o Senhor das Sombras encolheu de tamanho, chegando à estatura de um homem.

– Eu, Kieran de Scyllix, digo que assim seja! – bradou o futuro Mestre das Águias, e o ser se contorceu violentamente, quase cessando de se debater.

Nesse momento, a janela finalmente cedeu ao ataque de fora, e uma sombra clara e longa saltou em direção ao círculo, onde a entidade se dissolvia frente às palavras de poder de Manlias e Iresen. O susto foi grande, mas não o bastante para que o último mago perdesse sua vez de falar.

– Eu, Fedros de Caer Dorn, digo que assim seja! – gritou o rapaz, sentindo a energia percorrê-lo e fluir pelas pontas de seus dedos. Por um momento, seus olhos se fecharam, e quando tornou a abri-los só havia um resto de sombra onde estivera o gigante.

E à margem do círculo estava um gato branco, tendo na boca o anel de poder que interceptara, em pleno salto, antes que caísse nas profundezas do Reino Invisível.

– Não posso, é claro, fugir ao compromisso que assumi perante a Escola de Magia – disse Mestre Nessios. – Terei de relatar o que fizeram, a começar pela brincadeira de mau gosto dos jovens Horvik e Ysla. E também o ritual da noite passada, sem qualquer propósito. Para o de hoje, reconheço que havia um bom motivo... e, embora isso não vá constar dos registros, devo dizer que estou orgulhoso de vocês. Principalmente de você, Sithia. Chegando ao fim da vida, é reconfortante saber que deixo uma discípula tão preparada.

– Que é isso, mestre. Ainda tenho muito que aprender – disse a elfa, baixando as faces vermelhas. – Até me esqueci, quando me dirigi ao Senhor das Sombras, de exigir que ele devolvesse o anel de Fedros. Ainda bem que seu guia conseguiu salvá-lo.

– O senhor mandou que ele nos vigiasse, Mestre Nessios? – Garrett franziu as sobrancelhas. – Desconfiava de nós?

– Ele não estava vigiando vocês – disse o mestre, imperturbável. – Como todo gato, ele passeia à noite pela cidade, e às vezes vai atrás de Sithia, pois o elo que nos une acabou por incluí-la. Ontem mesmo ele a viu, quando ela, sem saber do primeiro ritual, caminhava até aqui para ver Manlias...

– Ah! Era por isso que você estava tão longe do Principado! – exclamou Fedros, e os dois elfos sorriram, sem nada dizer.

– ... e hoje, de fato, ele a seguiu, porque sentiu que ela estava em perigo. Eu também senti, por intermédio do gato, mas não consegui chegar aqui tão rápido. Talvez tenha sido bom. Não sei se poderia enfrentar outra entidade como aquela, depois do que aconteceu – afirmou, tocando o lenço que cobria seus olhos; os jovens o fitaram com simpatia, e ele voltou a falar. – Mas posso dizer que o anel de Fedros deve ser mais poderoso do que ele supunha, e creio que o mesmo acontece com o jovem mago.

– E*u*? – O meio-elfo sentiu suas faces esquentarem. – Acho que está enganado, Mestre Nessios. Eu quase pus tudo a perder, quebrando o círculo de proteção e libertando o Senhor das Sombras...

– Não, Fedros. Pelo contrário. Claro que agiu por impulso, mas estava sob o efeito de energias poderosas. Seus companheiros também sofriam essa influência, e só conseguiram vencê-la quando viram você em perigo. Às vezes é preciso que haja alguém fora do círculo... Mas, bem, estou me antecipando. Por enquanto, recomendo apenas que procure saber mais sobre o seu anel, e que entre para um grupo de combate mágico. Talvez aí encontre um bom caminho para desenvolver o seu Dom.

– Posso começar a treiná-lo. – Kieran sorriu pela metade, uma chama brilhando em seus olhos. – Aí ele vai saber o que é, de fato, enfrentar as sombras.

– Não me fale – murmurou Iresen, de cabeça baixa. – Nunca mais quero me ver daquele jeito, agindo como um covarde.

– Não foi só você que errou – disse Manlias. – Eu também hesitei, e os outros... Bom, todos nós sabemos como foi.

– Sim, vocês sabem. E há uma lição que todos podem tirar daqui – disse o Mestre Nessios, em tom grave. – Insegurança, raiva e arrogância os dividiram e quase destruíram; companheirismo e confiança mudaram os ventos da batalha. Lembrem-se sempre disso, jovens magos, e no futuro ensinem a seus aprendizes: as sombras mais temíveis são aquelas que trazemos dentro de nós. Estaremos perdidos se não nos dermos as mãos.

# Os conhecedores da verdade de todas as coisas

## Ana Lúcia Merege

descende de fenícios do Líbano e de Al-Gharb. É escritora, bibliotecária, articulista e mediadora de leitura. Escreveu os livros de ficção *O Caçador* (2009) e *O Jogo do Equilíbrio* (2005) e o ensaio *Os Contos de Fadas* (2010), além de contos e artigos. Publicou contos e romances no universo Athelgard, sua série de fantasia que começou com o romance *O Castelo das Águias* (2011).
Blog castelodasaguias.blogspot.com.

## Eduardo Kasse

é paulistano, nascido em 10 de abril de 1982. Escritor e aficionado por cães. É autor da série Tempos de Sangue, completa, com cinco romances publicados: *O Andarilho das Sombras* (2012), *Deuses Esquecidos* (2013), *Guerras Eternas* (2014), *O Despertar da Fúria* (2015) e *Ruínas na Alvorada* (2016), além de diversos contos. Co-organizou as coletâneas: *Medieval: contos de uma era fantástica* (2016) e *Samurais x Ninjas* (2015).
Twitter @edkasse Sites eduardokasse.com.br e temposdesangue.com.br

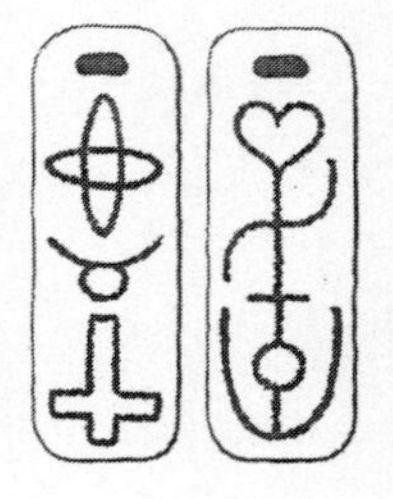

## Simone Saueressig

é gaúcha.Iniciou sua carreira há trinta anos e tem diversos títulos publicados. Suas obras abrangem diferentes públicos, do infantil ao adulto, e alguns de seus contos foram traduzidos para o Espanhol e para o Inglês. Publicou regularmente no Diário Ya, de Madrid (ES) e participou da publicação *Ibn Maruan*, de Marvão (PT). Entre seus títulos, figuram o infantojuvenil *A Máquina Fantabulástica* (Ed. Scipione) e a saga *Os Sóis da América* (independente).

## Erick Santos Cardoso

É desenhista de coração e editor de profissão. Mestre em comunicação, amante da cultura pop em todas as suas vertentes. Tem na Editora Draco o seu projeto para produção e desenvolvimento da literatura de entretenimento nacional.
Twitter @ericksama

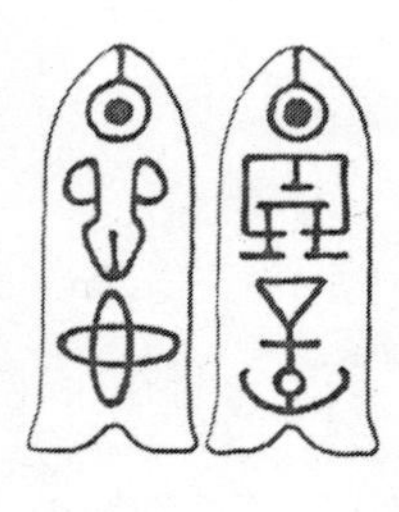

### Karen Alvares

Autora do romance *Alameda dos Pesadelos* (2014) e da duologia *Inverso* (2015) e *Reverso* (2016). Publicada em revistas e antologias de contos, como *Dragões* (2012) e *Meu Amor é um Sobrevivente* (2013). Premiada em concursos literários nacionais, em 2016, na Bienal de São Paulo, ganhou o 3º lugar na categoria destaque como autora de ficção no evento "Celebrando Autores Independentes" da Amazon. Apaixonada pela escrita, vive em Santos/SP com o marido e cria histórias enquanto pedala sua bicicleta pela cidade.
Blog papelepalavras.wordpress.com
Twitter e Instagram @karen_alvares

### Marcelo Augusto Galvão

lê, escreve e reescreve ficção fantástica (horror, fantasia e ficção científica) e policial. Teve histórias publicadas em mais de dez coletâneas no Brasil e Portugal, e-books, e também ajudou a organizar dois livros de contos homenageando Sherlock Holmes pela Editora Draco.
Blog galvanizado.wordpress.com

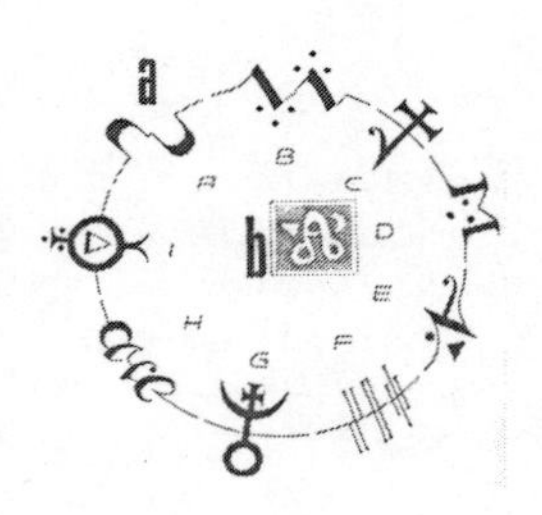

### Vivianne Fair

acredita firmemente que é uma princesa guerreira vivendo neste mundo por engano. Para aproveitar o tempo, escreveu a trilogia *A Caçadora*, publica tirinhas e contos em seu site, mantém um canal no youtube e escreveu vários outros livros como *A Rainha Sombria* e *Quem precisa de Heróis*, incluindo um livro de colorir. Tem contos e livros espalhados em diversas plataformas, como Amazon e Wattpad.
Blog www.recantodachefa.com.br

### Eric Novello

é tradutor e autor dos livros *Ninguém Nasce Herói* (2017), *Exorcismos, Amores e Uma Dose de Blues* (2014) e *Neon Azul* (2010). Escreve livros contemporâneos para jovens e livros de fantasia para adultos, só assim, pra complicar. Todos têm um pé na realidade e o outro no seu mundo insólito, em proporções variadas. Coleciona bonequinhos, cactos e suculentas, e é o humano de estimação de um maine coon chamado Odin.
Twitter/Instagram @eric_novello
Site ericnovello.com.br

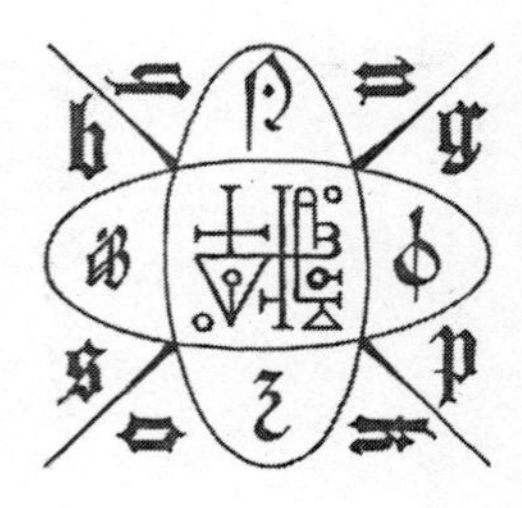

## Liége Báccaro Toledo

nasceu em Londrina, PR, em 1987, e desde que se conhece por gente gosta de contar histórias e ouvi-las. É formada em Letras na Universidade Estadual de Londrina (UEL) e é mestra em Estudos da Linguagem pela mesma instituição. Trabalha como professora de produção textual no ensino fundamental, mas gosta mesmo é de ler, escrever (não que uma coisa exclua a outra, muito pelo contrário) e de jogar RPG – e por meio dessas coisas é que vive suas aventuras, mesmo nunca saindo de sua própria cidade. Graças a seu marido, acredita em finais felizes e acha que a vida é uma grande história de amor. Twitter @AstreyaBhael

## Charles Krüger

abandonou o curso de Letras, mas continua apaixonado por elas. É autor do romance *Os Verdadeiros Gigantes*, e passou parte da adolescência e juventude escrevendo contos e blogs - vício que mantém até hoje. Enquanto trabalha na produção de mais histórias suas, lê, assiste e se emociona com as histórias dos outros.
Blog charleskruger.blogspot.com

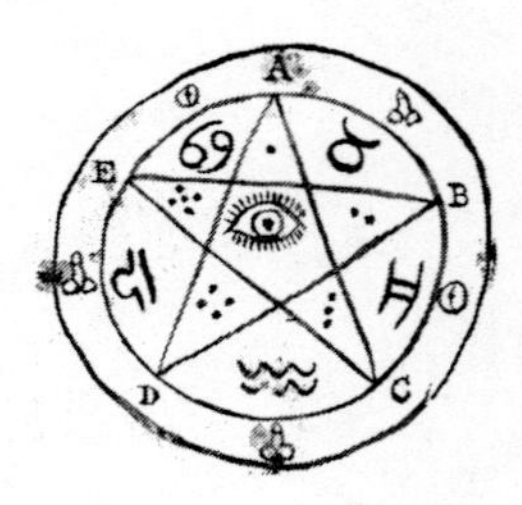



## Melissa De Sá

é escritora e blogueira, autora do romance *Metrópole: Despertar* (2016) e outros contos nesse universo distópico. Nascida em Belo Horizonte, escreve fantasia e ficção especulativa desde a infância. Passou a adolescência no fandom de Harry Potter e foi por lá que encontrou seu estilo para escrever. A paixão pela fantasia a levou a fundar o blog livrosdefantasia.com.br, uma referência online no assunto. Mestre em literatura pela UFMG e é professora de inglês.
Blog mundomel.com.br

## Cirilo S. Lemos

Nasceu em Nova Iguaçu, baixada fluminense, em 1982. Foi ajudante de marceneiro, de pedreiro, de sorveteiro, de marmorista, de astronauta. Fritou hambúrgueres, vendeu flores, criou peixes briguentos, estudou História. Desde então se dedica a escrever, dar aulas e preparar os filhos para a inevitável rebelião das máquinas. Gosta de sonhos horríveis, realidades previsíveis, fotos de família e ukuleles. É o autor dos romances *O Alienado* (2012) e *E de Extermínio* (2015), ambos pela Editora Draco.

*Leia também:*

Excalibur - Histórias de reis, magos e távolas redondas

Medieval - contos de uma era fantástica

Este livro foi impresso em papel pólen bold na Renovagraf em Julho de 2017.